MW01710264

Amos … dans c… dont il est membre depuis 1957. Après le service … il travaille dans différents secteurs de l'exploitation agricole du Kibboutz. Diplômé de littérature et de philosophie de l'Université Hébraïque de Jérusalem, il a été professeur au lycée du Kibboutz. Il est marié et père de trois enfants. Pendant la guerre des Six Jours, officier de réserve, il prend part au combat de blindés du Sinaï.
Il est connu pour ses articles politiques et idéologiques, publiés en Israël et à l'étranger. Il a milité dans le mouvement anti-annexionniste après la guerre de 1967. Invité par l'Université d'Oxford, il a séjourné en Angleterre pendant l'année universitaire 1969-1970.
Traduit en quatorze langues, Amos Oz est l'auteur de huit romans et recueils de nouvelles parus aux Editions Calmann-Lévy. C'est la parution de son premier roman, Ailleurs, peut-être, *qui en 1971 l'a tout de suite imposé en France. Il est la figure la plus marquante de cette « jeune » génération israélienne aujourd'hui arrivée à maturité. Militant pour une réconciliation israélo-arabe, il est devenu l'un des leaders du mouvement « La Paix maintenant ». Cet engagement est illustré par son ouvrage* Les Voix d'Israël, *que les Editions Calmann-Lévy ont publié en 1983. Amos Oz a reçu le Prix Femina Etranger 1988 pour son roman* La Boîte noire.

Joël Raviv, agent des services secrets israéliens, décide de prendre sa retraite anticipée après la mort mystérieuse de sa femme Ivria (accident? suicide? meurtre?).
Cet homme qui n'avait cessé de parcourir le monde – de Manille à Bangkok, de Genève à Helsinki – s'enferme dans le quartier résidentiel de la banlieue de Tel Aviv en compagnie de trois femmes : sa fille Netta, jeune adolescente epileptique, Lisa sa mère et Abigaïl sa belle-mère. Là, en congé de la vie, dans la lente dérive introspective d'une activité quotidienne rythmée par les tâches routinières et obstruée par la récurrence de souvenirs obsessionnels, Joël tente de déchiffrer méticuleusement l'énigme de son existence.
« Et Adam connut sa femme », dit le verset de la Genèse. Peut-on connaître la femme, sa femme, et se connaître à travers elle? L'agent secret bute au mystère de sa propre vie, aveuglé par le sentiment profond de sa culpabilité : n'est-il pas respon-

(Suite au verso.)

sable des crises d'épilepsie de sa fille, de la mort de son épouse, de celle de son collègue « l'acrobate », tué en accomplissant à sa place une mission à laquelle il s'est dérobé ?
Derrière l'intrigue principale où foisonnent des personnages pathétiques de médiocrité et flamboyants d'humanité, ce roman très subtil peut se lire tour à tour comme une fable philosophique sur l'incommunicabilité ou une allégorie religieuse sur le pardon. *Connaître une femme* est au fond un roman initiatique inversé : l'apprentissage n'y procède pas de l'accumulation du savoir mais du dépouillement, du dénuement, jusqu'à la réappropriation de sa liberté par un homme qui a découvert le sens du mot miséricorde...

DU MÊME AUTEUR

Chez le même éditeur :

AILLEURS PEUT-ÊTRE.
MON MICHAËL.
JUSQU'À LA MORT.
TOUCHER L'EAU, TOUCHER LE VENT.
LA COLLINE DU MAUVAIS CONSEIL.
LES VOIX D'ISRAËL.
UN JUSTE REPOS.
LA BOÎTE NOIRE (prix Fémina étranger, 1988).

14.95

AMOS OZ

Connaître une femme

ROMAN

TRADUIT DE L'HÉBREU PAR
SYLVIE COHEN

[redacted]

CALMANN-LÉVY

Titre original de l'ouvrage

LADA'AT ICHA

© AMOS OZ, 1989.
© KETER PUBLISHERS Ltd. Tel Aviv, 1989.
© CALMANN-LÉVY, 1991, pour la traduction française.

I

JOËL saisit le bibelot sur l'étagère et l'examina attentivement. Ses yeux lui faisaient mal. Croyant qu'il n'avait pas entendu, l'agent immobilier répéta : « Voulez-vous voir l'arrière de la maison ? » Joël prit son temps avant de répondre. Il avait l'habitude de peser chaque parole même pour des questions aussi simples que : « Comment vas-tu ? » ou : « As-tu écouté les informations ? » Les mots semblaient être des objets personnels dont il aurait eu du mal à se défaire.

L'agent immobilier patienta. Le silence s'installa. Le bleu profond du tapis épais et moelleux, les fauteuils, le canapé, la table basse en acajou de style anglais, la télévision de marque étrangère, l'immense philodendron en bonne place et les six bûches artistiquement disposées dans la cheminée de brique rouge attestaient un goût sûr. Un passe-plat, près duquel se trouvait une table noire flanquée de six chaises assorties à haut dossier, avait été aménagé dans la cloison séparant la pièce de la cuisine. En revanche, les murs étaient nus, laissant voir la trace claire des tableaux qu'on avait ôtés. Par la porte ouverte, on entrevoyait une cuisine fonctionnelle, équipée de divers gadgets électroménagers. Les quatre chambres qu'il avait visitées auparavant paraissaient très convenables.

Joël se remit à étudier l'objet. Il s'agissait de la statuette d'un félin bondissant, en bois d'olivier verni, manifestement l'œuvre d'un amateur. La patte arrière droite était en l'air, les muscles saillaient sous l'effort et seul le membre postérieur gauche retenait l'animal à une base en acier, l'empêchant de prendre son élan. Le corps formait avec son support un angle de quarante-cinq degrés. La tension était telle que Joël crut ressentir dans sa chair la douleur de la patte fixée au socle et la frustration du bond retenu. Bien que l'artiste fût parvenu à rendre la grâce féline du sujet, le mouvement n'était pas naturel. Peut-être était-ce la création d'un authentique sculpteur ? Des détails tels que les crocs et les griffes, la souplesse de l'échine, l'élasticité des muscles, la cambrure des flancs, l'amplitude du diaphragme et la puissance du poitrail ou encore le positionnement des oreilles couchées en arrière manifestaient une minutie hors du commun et une sorte de défi. La perfection de la statuette semblait l'affranchir du matériau, lui conférer un dynamisme, une vitalité sauvages, effrénés, presque charnels.

Quelque chose le chiffonnait. Il y avait une imperfection, une outrance, un rien de trop achevé ou, au contraire, d'inachevé. Joël n'arrivait pas à déceler l'erreur. Ses yeux le faisaient souffrir. Et si, malgré tout, c'était le travail d'un amateur ? Où se trouvait l'anomalie ? Une légère irritation l'envahit ainsi que le désir fugace de s'étirer de tout son long. La statuette semblait violer les lois de la pesanteur. Peut-être était-ce là le défaut invisible : le poids de l'animal reposant sur un seul membre était disproportionné au regard du fin support dont la créature aspirait à se dégager. Le point par lequel la figurine était fixée paraissait dérisoire. En se concentrant, Joël se rendit compte que la patte s'enfonçait dans une niche minuscule taillée dans l'acier. De quelle façon ? Mystère !

La sourde irritation s'accrut lorsque, retournant le bibelot, il eut la surprise de ne pas y voir la vis susceptible de tenir l'animal en place. Il scruta à nouveau le point d'ancrage sans repérer la moindre trace de fixation ni entre les griffes de la patte postérieure ni dans le corps du félin. Dès lors, qu'est-ce qui pouvait retenir la bête et l'empêcher de bondir ? Sûrement pas de la colle. Aucun produit, à sa connaissance, n'aurait pu maintenir longtemps un objet de ce poids sur une assise aussi précaire bien que le corps du fauve, tendu par l'effort, formât un angle aigu. Il lui fallait se résoudre à porter des lunettes. Pourquoi un homme tel que lui, à quarante-sept ans, en retraite anticipée et pratiquement libre de toute contrainte, s'acharnait-il à nier qu'à l'évidence il était fatigué et qu'il lui fallait absolument se reposer ? Ses yeux étaient fréquemment enflammés et il lui arrivait parfois de voir les lettres se brouiller, surtout la nuit, à la lumière de sa lampe de bureau. La question demeurait néanmoins en suspens : si l'animal, plus lourd que son support, cherchait apparemment à s'en détacher, il aurait dû perdre l'équilibre. Si la fixation tenait avec de la colle, elle aurait dû lâcher depuis belle lurette. Et si la sculpture était parfaite, où était le vice caché ? D'où venait ce sentiment qu'il y avait quelque chose d'anormal ? S'il s'agissait d'une astuce, quelle était-elle ? Furieux de constater l'irritation que ces vétilles suscitaient en lui, si réservé et pondéré d'ordinaire, il saisit le cou de la bête et tenta, sans forcer, de briser le charme et de libérer ce fauve magnifique des souffrances que lui causait sa mystérieuse attache. Peut-être qu'ainsi l'imperceptible défaut disparaîtrait.

— Arrêtez ! s'écria l'agent immobilier, ce serait dommage de le casser. Venez voir l'appentis dans la cour. Le jardin a l'air un peu négligé, il suffira d'une demi-journée de travail pour le remettre en état.

Avec une extrême délicatesse, Joël caressa les contours de l'énigmatique statuette à la frontière de l'inanimé et du vivant. Finalement, cette sculpture devait être l'œuvre d'un artiste de talent, ingénieux, et non celle d'un amateur. Confusément lui revint en mémoire le tableau d'une crucifixion byzantine. Là aussi, il y avait quelque chose d'invraisemblable et de douloureux. Il hocha la tête à deux reprises, comme s'il triomphait d'un débat intérieur. D'un air las, il chassa une poussière imaginaire sur la statuette, à moins qu'il n'eût voulu effacer ses empreintes puis, à contrecœur, il la remit à sa place, entre un vase bleu et une coupe en cuivre.

— Bien, je suis preneur.

— Je vous demande pardon ?

— J'ai décidé de la prendre.

— Quoi donc ?

L'agent immobilier, interloqué, jeta un regard légèrement soupçonneux à son client. Il avait l'impression d'avoir affaire à un homme dur, concentré, renfermé, obstiné et distrait à la fois. Joël restait immobile, le dos tourné, les yeux fixés sur l'étagère.

— La maison, répondit-il tranquillement.

— Sans même visiter le jardin et l'appentis ?

— Je vous répète que je la prends.

— Alors, puisque vous êtes d'accord, il faut compter neuf cents dollars de loyer mensuel et six mois d'avance. L'entretien et les impôts locaux sont à votre charge.

— Ça va.

— Si tous mes clients étaient comme vous, je pourrais passer mes journées à la plage. Je suis un fanatique de voile. Voulez-vous jeter un coup d'œil sur la machine à laver et sur la cuisinière ?

— Je vous fais confiance. Si j'ai un problème, je sais où vous trouver. Auriez-vous l'amabilité de me ramener à votre agence pour régler les formalités ?

II

Le trajet de retour de Ramat-Lotan jusqu'à l'agence, rue Ibn-Gabirol, fut un long monologue sur le marché de l'immobilier, la baisse de la Bourse, les apparentes absurdités de la nouvelle politique économique ou l'incapacité du gouvernement actuel. Le négociateur apprit à Joël que le propriétaire, un de ses amis, Yossi Kramer, était chef de service à El Al, et venait d'être nommé pour trois ans à New York avec un préavis de deux semaines seulement. A peine s'il avait eu le temps de boucler ses bagages pour se précipiter là-bas avec femme et enfants chez un de ses collègues, qui libérait son appartement dans le Queens pour s'installer à Miami.

Son client ne lui semblait guère du genre à changer d'avis au dernier moment : quelqu'un capable de visiter deux appartements en une heure et demie et de prendre le troisième au bout de vingt minutes, sans même discuter le prix, ne lui ferait pas faux bond. Néanmoins, il se sentait professionnellement obligé de convaincre son taciturne passager qu'il faisait une bonne affaire. Il était curieux d'en apprendre davantage sur cet inconnu aux gestes lents dont les fines rides autour des yeux donnaient l'impression — démentie par les minces lèvres, immobiles — de sourire ironiquement. Il entreprit de faire le panégyrique de la maison. Celle-ci, jumelée avec le pavillon mitoyen, avait été construite dans les règles de l'art huit ou neuf ans auparavant à peine, dans un quartier résidentiel. Les voisins étaient un couple d'Américains, le frère et la sœur, des gens sérieux venus pour représenter une association caritative de Detroit. La tranquillité était garantie. La rue ne comptait que des demeures de grand standing. Un auvent avait été prévu pour garer la voiture, le centre commercial et l'école se trouvaient à deux cents mètres, la mer à vingt minutes et la ville à deux pas. L'intérieur, ainsi qu'il avait pu le constater, était entièrement meublé et équipé. En effet, les Kramer étaient exigeants en matière de confort ; de plus, Yossi étant haut placé chez El Al, tout serait du dernier cri et aurait été importé, y compris l'équipement électroménager et les gadgets.

— On voit immédiatement que vous avez le coup d'œil. Vous savez exactement ce que vous voulez. Si mes clients étaient comme vous… mais je crois que je me répète. Que faites-vous dans la vie, si ce n'est pas indiscret ?

Joël réfléchit un instant, semblant choisir ses mots.

— Fonctionnaire, répondit-il laconiquement.

Il replongea dans sa méditation. Il tripotait sans cesse le couvercle de la boîte à gants. Il posait les doigts sur le plastique bleu foncé puis les retirait tantôt brusquement, tantôt délicatement, parfois en louvoyant. Ensuite il recommençait. Les cahots de la voiture l'empêchaient de trouver la réponse à une question qu'il ne parvenait même pas à formuler. Malgré la barbe, le crucifié de la peinture byzantine avait un visage de fille.

— Votre épouse travaille ?

— Elle est décédée.

— Je suis désolé, répondit poliment l'agent immobilier qui, dans sa confusion, crut bon d'ajouter :

— J'ai également des problèmes avec ma femme, elle a de violents maux de tête et les médecins ne parviennent pas à en déterminer la cause. Vous avez des enfants ?

De nouveau, Joël pesa minutieusement les termes de sa réponse :

— Une fille de seize ans et demi.

L'homme se mit à rire et lança sur le ton de la complicité virile :

— L'âge ingrat, n'est-ce pas ? Les flirts, la crise de l'adolescence, les vêtements à la mode…

Il s'étonna qu'il ait besoin d'une maison de quatre pièces. Comme Joël ne répondait pas, il s'excusa… bien sûr ce n'était pas ses oignons… de la curiosité pure et simple… Lui avait deux fils de dix-neuf et vingt ans… A peine un an et trois mois de différence… Hélas ils étaient en train de faire leur service militaire. Heureusement que cette triste affaire du Liban était terminée, si tant est qu'elle le fût, encore qu'il déplorât la façon dont les événements avaient tourné, sans toutefois être spécialement de gauche.

— Qu'en pensez-vous ?

— Il y a aussi deux vieilles dames, les grands-mères, répliqua la voix basse de Joël. Elles habiteront avec nous.

Il ferma les yeux, signifiant que la discussion était close. Il semblait que la fatigue se fût concentrée dans son regard. Il se remémora des bribes de la conversation : flirts, crise, la mer, la ville à deux pas…

— Et si nous organisions une petite rencontre entre mes deux lascars et votre fille ? Qu'en dites-vous ? Peut-être en trouvera-t-elle un à son goût ? Contrairement à la plupart des gens, je prends ce chemin pour rentrer en ville. C'est un peu plus long mais on évite quatre ou cinq feux interminables. A propos, j'habite aussi à Ramat-Lotan. Pas loin de chez vous... de la maison que vous venez de louer. Je vous donnerai mon numéro de téléphone personnel, ainsi vous pourrez me joindre si vous avez le moindre problème. Mais je suis sûr que tout ira bien. N'hésitez pas à m'appeler à n'importe quelle heure. Je vous ferai visiter le quartier avec grand plaisir. N'oubliez pas qu'aux heures d'affluence, c'est le meilleur itinéraire pour se rendre en ville. Lorsque j'étais à l'armée, dans l'artillerie, mon chef de bataillon, Jimmy Gal — celui à qui il manque une oreille, je suis sûr que vous avez entendu parler de lui —, répétait sans cesse que le plus court chemin entre deux points c'est la ligne droite et que cette ligne droite est pleine d'ânes. Vous connaissiez cette histoire ?

— Merci, répondit Joël.

L'agent immobilier bredouilla encore quelque chose sur les mérites respectifs de l'armée d'hier et d'aujourd'hui, puis il finit par se taire. Il alluma la radio au moment où Canal 3 passait une publicité aussi tonitruante que bêtifiante. Soudain, semblant touché par l'aura de mélancolie qui émanait de son passager, il manipula le poste à la recherche de Radio Classique.

Ils roulèrent sans un mot. A quatre heures et demie, par cet après-midi d'été chaud et humide, Tel-Aviv parut à Joël fébrile et nimbée de transpiration. L'image de Jérusalem qui se superposait dans sa mémoire était diamétralement opposée, auréolée de lumière hivernale, couronnée de nuages lourds et sombres dans la lumière voilée du crépuscule. La radio diffusait de la musique baroque. Joël abandonna la boîte à gants et ramena ses mains entre ses genoux comme s'il cherchait à les réchauffer. Subitement, son visage s'éclaira ; il venait de découvrir, du moins le croyait-il, ce qui le préoccupait : l'animal n'avait pas d'yeux. L'artiste —

l'amateur ? — avait oublié de les sculpter. Ou bien il ne les avait pas placés au bon endroit. Ou alors ils n'étaient pas justement proportionnés... Il devrait vérifier. Il ne fallait pas encore désespérer.

III

Ivria avait trouvé la mort à Jérusalem en février, un jour où il n'avait cessé de pleuvoir, le seize. A huit heures et demie du matin. Elle prenait une tasse de café, assise à son petit bureau dans sa chambre face à la fenêtre, lorsqu'il y eut une coupure de courant. Deux ans auparavant, Joël avait acheté à son intention cette pièce à leur voisin, agrandissant ainsi l'appartement de Talbiye. Une ouverture avait été aménagée dans le mur de la cuisine et on y avait installé une lourde porte de bois massif. Ivria avait coutume de la fermer à clef pour travailler ou pour dormir, la nuit. La communication séparant la chambre du salon de l'autre logement avait été condamnée, enduite et recouverte d'une double couche de peinture. On devinait encore les contours du chambranle derrière le lit. Elle avait choisi de meubler son nouveau domaine — qu'elle appelait « le studio » — avec une austérité monacale. Il y avait un lit de fer étroit, une penderie et le fauteuil profond et imposant de feu son père. Celui-ci avait passé toute sa vie dans un *mochav*[1] au nord de Metulla, où Ivria aussi était née et avait grandi.

Entre le fauteuil et le lit, elle avait installé un

1. Village coopératif. *(N.d.T.)*

lampadaire de bronze ciselé. Sur le mur, côté cuisine, elle avait épinglé une carte du Yorkshire. Le sol était nu. Il y avait des rayonnages, deux chaises et un bureau métalliques, au-dessus duquel étaient accrochées trois photographies en noir et blanc moyen format représentant les ruines d'un monastère roman du IXe ou Xe siècle. Sur la table de travail trônait un portrait encadré de son père, Sha'altiel Lublin, un homme râblé, à la moustache de phoque et à l'uniforme d'officier de police britannique.

C'était là qu'elle aimait s'abstraire du quotidien pour terminer son mémoire de maîtrise en littérature anglaise. Elle avait choisi pour sujet : *Le Grenier de la honte. Le sexe, l'amour et l'argent dans l'œuvre des sœurs Brontë.* Chaque matin, aussitôt Netta partie pour l'école, Ivria branchait une musique de jazz ou de ragtime paisible, chaussait ses lunettes carrées sans monture — elles eussent plutôt convenu à un médecin de famille de la génération précédente —, allumait la lampe et, une tasse de café à portée de la main, se plongeait dans ses livres et ses notes. Elle avait l'habitude, depuis son enfance, d'écrire avec un porte-plume qu'elle devait tremper, tous les dix mots environ, dans un encrier. Ivria était une femme maigre et délicate à la peau diaphane. Elle avait des yeux clairs frangés de longs cils. Sa chevelure blonde et souple, parsemée de cheveux blancs, ondulait sur ses épaules. Elle était presque toujours vêtue d'un chemisier clair, uni, et d'un pantalon assorti. Elle ne se maquillait jamais et ne mettait aucun bijou hormis son alliance qu'elle portait inexplicablement à l'auriculaire de la main droite. Ses doigts d'enfant étaient perpétuellement glacés, hiver comme été. Joël aimait sentir leur fraîcheur sur son dos nu et adorait les prendre dans ses grosses mains laides ; il avait alors l'impression de réchauffer des poussins frigorifiés. Bien que séparé par trois pièces et trois portes fermées, il lui semblait parfois entendre le crissement de sa plume sur le papier. De temps en temps, elle se levait pour se camper quelques instants devant la fenêtre d'où l'on apercevait le petit jardin négligé derrière la maison et une haute muraille de pierre. Elle restait barricadée jusqu'à la tombée de la nuit, mettant au propre ce qu'elle avait écrit le matin, consultant toutes sortes de dictionnaires à la recherche du sens exact d'un terme anglais des siècles passés. Joël s'absentait souvent. Les nuits où il était à la maison, ils avaient coutume de se retrouver dans la cuisine pour boire du thé glacé, l'été, ou une tasse de chocolat, l'hiver, avant d'aller dormir chacun dans sa chambre. Entre elle et lui de même qu'entre Netta et elle, existait une convention tacite : interdiction absolue de pénétrer dans sa chambre sauf en cas de force majeure. Là, de l'autre côté de la cuisine, dans l'aile est de l'appartement, s'étendait son territoire gardé par la lourde porte de bois massif.

Netta avait hérité de la chambre conjugale avec le grand lit, l'armoire et les deux miroirs symétriques. Elle avait fixé au mur les photos des poètes hébraïques qu'elle affectionnait : Alterman, Léa Goldberg, Steinberg et Amir Guilboa. Sur les chevets, de chaque côté du lit où dormaient autrefois ses parents, elle avait disposé des bouquets de chardons qu'elle avait cueillis à la fin de l'été dans le champ en friche au pied de la colline, près de la léproserie. Sur l'étagère était rangée sa collection de partitions et de livrets qu'elle aimait déchiffrer, bien que ne pratiquant aucun instrument.

Joël s'installa dans la chambre de sa fille dont la petite fenêtre donnait sur la Colonie allemande et sur la Colline du Mauvais Conseil. Étant la plupart du temps en voyage, il n'avait guère pris la peine d'y changer grand-chose. Une dizaine de poupées de différentes tailles veillaient sur son sommeil, les nuits où il dormait à la maison, ainsi qu'un immense poster en couleurs représentant un chaton endormi, blotti contre un chien-loup qui affichait l'air grave d'un banquier d'âge mûr. La seule modification qu'il apporta fut d'arracher huit dalles dans un coin de la pièce afin d'y sceller son coffre. Il y avait déposé deux revolvers, une collection de cartes détaillées de plusieurs capitales et de certaines villes de province, six passeports, cinq permis de conduire, un prospectus anglais jauni intitulé *Bangkok la nuit,* une trousse de premiers secours, deux perruques, un nécessaire de toilette, divers couvre-chefs, un parapluie télescopique, un imperméable mastic, deux moustaches, du papier à en-tête de plusieurs hôtels et établissements avec les enveloppes correspondantes, un ordinateur de poche, un petit réveil, des horaires d'avions et de trains et des répertoires de numéros téléphoniques dont les trois derniers chiffres avaient été inversés.

Depuis les transformations survenues dans la maison, la cuisine faisait office de lieu de rencontre. Là se tenaient les conférences au sommet, en général le chabbat. La salle de séjour, qu'Ivria avait meublée dans les tons pastel selon le style à la mode à Jérusalem au début des années soixante, servait essentiellement de pièce de télévision. Certains soirs, lorsque Joël était là, il leur arrivait de s'y retrouver à neuf heures pour regarder le journal et, de temps en temps, une pièce anglaise dans le cadre de l'émission « The Armchair Theatre ». C'était surtout lors des visites des grands-mères, qui ne venaient jamais l'une sans l'autre, que le salon retrouvait sa vocation initiale. On y servait le thé dans des verres, accompagné d'un plateau de fruits de saison, et l'on goûtait le gâteau qu'elles avaient apporté. Ivria et Joël invitaient régulièrement leurs deux belles-mères à dîner. Joël s'était fait une spécialité des salades composées à partir de légumes finement découpés en petits cubes qu'il assaisonnait de sauces incroyables dont il détenait le secret depuis sa jeunesse passée au kibboutz. On parlait de l'actualité, de choses et d'autres... Les deux aïeules avaient une prédilection pour ce qui touchait à l'art et à la littérature. On ne parlait jamais d'histoires de famille.

Avigaïl, la mère d'Ivria, et Lisa, la mère de Joël, étaient deux vieilles dames bien conservées et élégantes. Elles avaient le même genre de coiffure qui tenait de l'art japonais des bouquets. Au fil des ans, elles avaient fini par se ressembler, du moins en apparence. Lisa portait de discrètes boucles d'oreilles, un fin collier en argent et se maquillait très peu. Avigaïl arborait des foulards de soie bohème qui tranchaient sur ses tailleurs gris, pareils à des plates-bandes fleuries sur des trottoirs de béton. A l'un des revers, elle épinglait une broche en ivoire en forme de vase renversé.

En les observant plus attentivement, on pouvait rectifier les premières impressions : Avigaïl avait tendance à grossir et ses traits slaves se voilaient de couperose alors que Lisa se desséchait. Elles habitaient depuis six ans le deux-pièces de Lisa, rue Radak, en bas de Rehavia. Lisa travaillait pour le « Comité d'assistance au soldat » et Avigaïl dans une institution pour jeunes handicapés mentaux. En dehors d'elles, les visites étaient rares. Netta, en raison des circonstances, n'avait pas de véritable amie. A ses heures de loisir, elle allait à la bibliothèque municipale ou s'enfermait pour lire dans sa chambre, allongée sur son lit, souvent jusqu'à une heure avancée de la nuit. De temps à autre, sa mère l'accompagnait au cinéma ou au théâtre. Parfois, elle se rendait à un concert au Binyené Haumma ou à l'auditorium de l'Y.M.C.A., avec ses grands-mères. Elle fréquentait également des cercles littéraires ou assistait à une soirée de poésie. Ivria sortait rarement. La reprise de son mémoire lui prenait le plus clair de son temps. Une fois par semaine — Joël y veillait — une femme de ménage venait s'occuper de la maison. Ivria prenait la voiture, deux fois par semaine, pour faire les courses. Ils achetaient peu de vêtements. Joël, qui, en règle générale, ne rapportait jamais grand-chose de ses voyages, prenait garde de ne pas oublier les anniversaires ainsi que celui de leur mariage, le premier mars. Il avait beaucoup de goût et savait choisir à Paris, New York ou Stockholm, des chandails de qualité au meilleur prix, un ravissant chemisier pour sa fille, un pantalon blanc pour sa femme, un châle, une ceinture ou un foulard pour sa mère ou sa belle-mère.

Certains après-midi, une amie d'Ivria venait prendre le café avec elle et discuter à voix basse. Ou bien c'était leur voisin, Itamar Vitkin, qui faisait une apparition en quête d'un signe de vie ou pour « inspecter ce qui avait été son foutoir de chambre ». Il s'entretenait avec Ivria de l'époque du Mandat britannique. Aucun éclat de voix n'avait retenti dans cette maison depuis des années. Le père, la mère et la fille étaient extrêmement attentifs à ne pas se gêner les uns les autres. Ils ne se parlaient qu'avec une extrême politesse. Chacun connaissait les limites de son domaine. Dans la cuisine, les veilles de chabbat, ils n'abordaient que des sujets neutres dans lesquels chacun pouvait trouver quelque intérêt : les probabilités d'existence d'extraterrestres ou la façon de concilier l'écologie et les progrès technologiques. De tout cela, ils discutaient avec animation mais sans se couper la parole. Il y avait aussi de brèves discussions sur des questions pratiques, telles que l'achat de nouvelles chaussures pour l'hiver, la réparation du lave-vaisselle, les coûts respectifs des divers systèmes de chauffage ou encore le remplacement de l'armoire à pharmacie de la salle de bains par un nouveau modèle. Ils parlaient rarement de musique car leurs goûts en la matière étaient différents. Quant à la politique, la situation de Netta, le mémoire d'Ivria, le travail de Joël, il n'y était pas fait allusion.

Joël était souvent absent mais il prenait soin d'indiquer, dans la mesure du possible, la date de son retour. Il ne commentait jamais ses voyages à l'étranger. Excepté les chabbats, ils avaient coutume de dîner séparément, chacun au gré de sa fantaisie. Les voisins pensaient, d'après certaines rumeurs, que Joël s'occupait d'investissements à l'étranger, ce qui expliquait la valise, le manteau d'hiver qu'il portait parfois plié sur son bras même en plein été ou le taxi qui le ramenait fréquemment de l'aéroport, au petit matin. Sa belle-mère et sa mère supposaient ou faisaient mine de croire qu'il négociait des équipements militaires pour le compte du gouvernement. Elles s'abstenaient de poser des questions du genre : « Où as-tu pris froid ? » ou encore : « D'où tiens-tu ce superbe bronzage ? » Elles savaient qu'elles n'obtiendraient en guise de réponse que de laconiques : « En Europe » ou « Au soleil ». Ivria était au courant. Les détails ne l'intéressaient pas.

Il y avait trois chaînes-stéréo dans la maison : une dans le studio d'Ivria, une dans la chambre aux poupées de Joël et une à côté du lit conjugal de Netta. C'était pour cette raison, par égard pour les autres, que les portes étaient toujours soigneusement fermées et la puissance de chaque appareil réduite au minimum.

L'unique pièce où régnait, parfois, une étrange cacophonie était le salon mais personne n'y pénétrait jamais... Depuis des années, il restait soigneusement rangé, propre et vide, sauf lorsque les deux vieilles dames venaient. Chacun sortait alors de sa chambre pour s'y retrouver.

IV

Et survint le drame. Aux feux de l'automne succéda l'hiver. Un oiseau à moitié gelé s'était réfugié sur le balcon de la cuisine. Netta l'emporta dans sa chambre et essaya de le réchauffer. A l'aide d'un compte-gouttes, elle lui fit boire de l'eau de cuisson de maïs. Le soir, ayant repris des forces, il se mit à voleter à travers la pièce en poussant des pépiements apeurés. Netta ouvrit la fenêtre et il s'envola. Le lendemain matin, ils étaient plusieurs, perchés sur les branches dénudées des arbres. Le rescapé se trouvait-il parmi eux ? Comment savoir ? La coupure de courant se produisit à huit heures et demie au matin de ce jour de pluie. Netta se trouvait à l'école et Joël à l'étranger. Apparemment, n'ayant plus assez de lumière — de gros nuages bas et du brouillard recouvraient Jérusalem — Ivria était sortie pour aller chercher, dans le coffre de la voiture garée entre les pilotis de la maison, la grosse lampe torche que Joël avait achetée à Rome. Elle avait dû remarquer que le vent avait emporté sur la barrière la chemise de nuit qu'elle avait mise à sécher sur l'étendoir de la loggia. En allant la ramasser, elle avait dû heurter un câble électrique tombé à terre. Elle avait dû croire que c'était une corde à linge ou elle avait vu qu'il s'agissait d'un câble électrique mais elle en avait déduit, compte tenu de la panne, qu'il ne devait pas y avoir de courant. Elle avait dû tendre la main pour la relever et passer dessous à moins qu'elle n'eût trébuché en se prenant les pieds dedans. Comment savoir ? Ce n'était pas une panne de secteur mais un court-circuit dans l'immeuble. Le câble était bel et bien sous tension. Avec l'humidité, elle avait probablement été électrocutée instantanément et n'avait pas souffert. Il y eut une autre victime : le voisin, Itamar Vitkin, auquel Joël avait acheté la pièce supplémentaire deux ans plus tôt. C'était un homme de soixante ans, propriétaire d'un camion frigorifique, qui vivait seul depuis plusieurs années. Ses enfants, devenus grands, s'en étaient allés. Sa femme s'était séparée de lui et avait quitté Jérusalem — c'était la raison qui l'avait conduit à céder une pièce à Joël. On peut penser qu'Itamar Vitkin avait aperçu l'accident de sa fenêtre et s'était porté au secours d'Ivria. On les trouva étendus, comme enlacés, dans une flaque, l'homme encore en vie. On essaya d'abord le bouche-à-bouche, puis on le gifla vivement ; il mourut dans l'ambulance qui l'emmenait à Hadassa. Les gens de l'immeuble donnèrent une autre version de l'accident à laquelle Joël ne prêta aucune attention. Vitkin passait pour quelqu'un de bizarre : il lui arrivait, à la tombée de la nuit, de s'installer dans son camion, la tête et la moitié du corps débordant de la portière, pour jouer de la guitare pendant un quart d'heure environ. Les passants, peu nombreux dans cette petite rue, s'arrêtaient deux ou trois minutes, haussaient les épaules et continuaient leur chemin. Il livrait de nuit des produits laitiers dans les épiceries et rentrait chez lui, été comme hiver, à sept heures du matin. Parfois, derrière la cloison, on entendait les accords de sa guitare et les admonestations qu'il lui adressait. Il avait la voix douce de qui veut séduire une femme timide. C'était un homme gras et mou, pratiquement toujours vêtu d'un maillot de corps et d'un pantalon kaki trop large. Il se comportait comme s'il craignait sans cesse de commettre par inadvertance quelque chose d'irréparable. Après le repas, il s'asseyait sur son balcon et émiettait du pain aux oiseaux, auxquels il s'adressait sur le même ton doux et tendre. Les soirs d'été, il s'installait en tricot de peau dans son fauteuil de rotin sur le balcon et jouait des mélodies russes poignantes, composées davantage pour la balalaïka que pour la guitare.

Malgré ses bizarreries, on le considérait comme un voisin agréable. Bien qu'il eût toujours refusé de faire partie du comité des copropriétaires, il assumait régulièrement sa part des corvées de nettoyage des communs. De sa propre initiative, il avait même disposé dans le hall d'entrée deux bacs de géraniums qu'il entretenait lui-même. Lorsqu'on lui adressait la parole, fût-ce pour demander l'heure, son visage s'illuminait, tel un enfant à qui on fait la surprise d'un cadeau merveilleux. Cela suscitait chez Joël un certain agacement.

Ses trois fils assistèrent à l'enterrement, escortés de leurs épouses et de leurs avocats. Bien qu'ils n'eussent pas daigné lui rendre visite pendant des années, ils venaient à présent se partager le contenu de l'appartement et prendre les mesures nécessaires pour la vente. Dès leur retour du cimetière éclata une dispute. Deux des femmes élevèrent la voix au point que tout le voisinage put entendre distinctement leurs propos. Par la suite les avocats revinrent à deux ou trois reprises, seuls ou en compagnie d'un commissaire-priseur assermenté. Quatre mois après le drame — Joël avait déjà commencé les préparatifs du déménagement — l'appartement du voisin était toujours inoccupé. Une nuit, Netta crut entendre une musique étouffée de l'autre côté du mur. Selon elle, il ne s'agissait pas d'une guitare mais peut-être d'un violoncelle. C'était ce que, le lendemain matin, elle avait raconté à Joël qui préféra s'abstenir de commentaire — il lui arrivait souvent de ne pas répondre lorsque sa fille lui parlait. Dans la cage d'escalier, au-dessus des boîtes aux lettres, le faire-part de deuil qu'on avait affiché était en train de jaunir. A plusieurs reprises, Joël avait été tenté de l'enlever sans jamais le faire. Il y avait une erreur d'impression, on avait écrit : « Les copropriétaires s'associent à la douleur des familles de nos chers voisins prématurément et tragiquement disparus, Mme Ivria Raviv et M. Eviatar Vitkin. » Raviv était le patronyme que Joël utilisait dans la vie courante. Pour la location de la nouvelle maison de Ramat-Lotan il avait choisi, sans raison précise, de s'appeler Ravid. Netta s'était toujours appelée Netta Raviv, sauf toute petite, pendant une année, à Londres où il était alors en mission sous un nom totalement différent. La mère de Joël s'appelait Lisa Rabinowitz. Ivria, durant les quinze ans où elle fut, par intermittence, étudiante à l'université, utilisait son nom de jeune fille : Lublin. Peu avant l'accident, Joël s'était inscrit à l'hôtel de l'Europe à Helsinki en tant que Lionel Hart. Cependant le voisin d'âge mûr qui aimait la guitare et dont la mort dans la cour, sous la pluie, dans les bras de Mme Ivria Raviv donnait lieu à d'innombrables commérages, se prénommait Itamar, Itamar et non Eviatar, ainsi que l'indiquait le faire-part. Netta déclara qu'Eviatar lui plaisait mieux et que maintenant, cela n'avait plus guère d'importance.

V

Il était rentré à l'hôtel de l'Europe le seize février à dix heures du soir, las et déçu. Il avait l'intention de s'attarder un moment au bar pour réfléchir à son rendez-vous en buvant un gin-tonic avant de monter dans sa chambre. L'ingénieur tunisien pour qui il s'était déplacé à Helsinki et qu'il avait rencontré en fin de soirée au buffet de la gare lui semblait n'être que du menu fretin : il réclamait des contreparties exorbitantes en échange d'informations insignifiantes. Le renseignement qu'il finit par lui donner au terme de leur entrevue était négligeable même si le Tunisien s'était efforcé de faire croire qu'au prochain contact, s'il avait lieu, il offrirait monts et merveilles précisément sur des questions qui intéressaient Joël depuis longtemps.

Les exigences de l'ingénieur n'étaient pas de nature financière. C'était en vain que Joël avait tâtonné en parlant de prime pour sonder sa cupidité. Sur ce point, et sur ce point seulement, son interlocuteur était clair : il n'avait pas besoin d'argent. Il ne faisait aucune allusion à une quelconque rétribution matérielle que Joël, en tout état de cause, n'eût pas été sûr de pouvoir lui fournir — et certainement pas avant d'en avoir référé à ses supérieurs — même si la tractation portait sur des révélations de premier ordre, ce dont il doutait fort. Il avait quitté l'homme une heure auparavant en lui promettant de reprendre contact dès le lendemain pour décider d'un autre rendez-vous.

Il avait prévu de se coucher tôt ce soir-là. Ses yeux fatigués lui faisaient un peu mal. Le handicapé en fauteuil roulant qu'il avait aperçu dans la rue revint plusieurs fois dans ses pensées car il lui semblait le connaître. En fait « connaître » était excessif ; il y avait en lui quelque chose de familier, lié d'une certaine façon à un souvenir qui méritait une grande attention.

Mais il ne parvint pas à se le remémorer.

Le réceptionniste de l'hôtel l'interpella alors qu'il pénétrait dans le bar : « Pardon, monsieur, une certaine Mme Schiller n'a cessé de vous demander ces dernières heures. Elle a laissé le message suivant : M. Hart est prié de rappeler son frère sans délai. » Joël remercia et renonça au bar. Toujours vêtu de son manteau d'hiver, il ressortit dans la rue enneigée. Il n'y avait âme qui vive et, à cette heure tardive, pas la moindre voiture. Il se dirigea vers le bas de l'avenue, jeta un coup d'œil par-dessus son épaule et ne vit que des flaques de lumière jaunâtre sur la neige. Il décida de tourner à droite, changea d'avis et prit à gauche, pataugeant dans la gadoue jusqu'à ce qu'il trouvât, deux pâtés de maisons plus loin, ce qu'il cherchait : une cabine publique. Il regarda une nouvelle fois autour de lui : personne. A la lueur des réverbères, la neige bleuissait et rosissait comme une maladie de peau. Il téléphona en P.C.V. à son bureau. Son frère, pour les contacts d'urgence, signifiait le patron. En Israël, il était presque minuit. L'un des adjoints du patron lui enjoignit de rentrer sur-le-champ. Il n'ajouta rien et Joël ne posa aucune question. A une heure du matin, il prit l'avion pour Vienne et attendit sept heures la correspondance pour Israël. L'agent de liaison de

Vienne vint l'y retrouver au matin et ils prirent un café dans le hall de transit. Il ne fut pas en mesure de le renseigner, à moins qu'il ne fût au courant mais qu'il eût reçu l'ordre de se taire. Ils parlèrent un peu boutique puis discutèrent d'économie.

Le soir venu, le patron en personne était venu l'attendre à Lod. Il lui annonça sans préambule qu'Ivria était morte la veille, électrocutée. Il répondit avec précision et sans fioritures aux deux questions de Joël, s'empara de sa petite valise et l'entraîna par une sortie latérale vers sa voiture, l'informant qu'il le conduirait lui-même à Jérusalem. A l'exclusion de quelques phrases succinctes concernant l'ingénieur tunisien, ils n'échangèrent pratiquement pas un mot durant le trajet. La pluie qui tombait sans cesse depuis la veille s'était transformée en bruine pénétrante. Dans la lumière des phares venant en sens inverse, l'averse semblait monter du sol et non plus tomber du ciel. Dans les virages de Sha'ar Hagaï un camion, renversé dans le fossé, les roues tournant encore à vide, lui rappela soudain l'infirme d'Helsinki. Il éprouva la même sensation confuse de quelque chose de caché ou d'invraisemblable ou, peut-être, d'inhabituel. Il n'arrivait pas à savoir de quoi il s'agissait. Dans la côte du Castel, il sortit son petit rasoir à piles et se rasa à tâtons dans l'obscurité. Il ne voulait pas qu'on le vît à la maison avec une barbe naissante.

Les deux enterrements eurent lieu le lendemain à dix heures du matin. Ivria fut inhumée sous la pluie au cimetière de Sanhédria et le voisin, dans un autre. Nakdimon Lublin, le frère aîné d'Ivria, agriculteur trapu vivant à Metulla, récita le *kaddisch*[1]. Au lieu de

1. La prière des morts.

dire *khir'outèh*[1] et *malkhoutèh*[2], il prononça *kir'outaiah* et *malkhoutaiah,* puis il balbutia *bizman' kerah* à la place de *bizman' karib*[3]. Ensuite, Nakdimon et ses quatre fils soutinrent à tour de rôle Avigaïl qui se trouvait mal.

Joël sortit du cimetière au côté de sa mère. Ils se tenaient très près sans se toucher, excepté un bref instant au passage du portail où, bousculés par la cohue, ils se retrouvèrent pressés l'un contre l'autre et une autre fois, lorsque le vent emmêla leurs parapluies. Brusquement, Joël se souvint qu'il avait oublié *Mrs. Dalloway* dans sa chambre d'hôtel à Helsinki ainsi que l'écharpe de laine offerte par sa femme, dans le hall de transit de Vienne. Il s'y résigna. Comment était-il possible qu'il n'eût jamais remarqué à quel point sa mère et sa belle-mère avaient fini par se ressembler après tant d'années de vie commune ? Désormais la ressemblance s'accentuerait-elle aussi entre sa fille et lui ? Ses yeux le brûlaient. Il songea qu'il avait promis de téléphoner à l'ingénieur tunisien, qu'il ne l'avait pas fait et ne pourrait le faire. Il ne voyait toujours pas le rapport qu'il pouvait y avoir entre cette promesse et l'invalide mais il sentait qu'il y en avait un. Cela l'agaçait un peu.

1. *Khir'outèh :* « selon sa volonté ».
2. *Malkhoutèh :* « selon son règne ».
3. *Bizman' karib :* « dans un temps proche ».

VI

NETTA n'assista pas aux funérailles. Le patron non plus. Non qu'il fût retenu ailleurs mais parce que, selon son habitude, il avait changé d'avis au dernier moment et avait décidé de rester à la maison pour tenir compagnie à Netta en attendant leur retour. Lorsque la famille revint du cimetière accompagnée de quelques amis et voisins, ils les trouvèrent assis face à face dans le salon, occupés à jouer aux dames. Nakdimon et les autres jugèrent que c'était indécent mais, compte tenu du problème de Netta, ils choisirent de ne point prêter attention et de ne pas relever l'incident. Pour Joël, c'était sans importance. Entre-temps le patron avait appris à Netta comment préparer du café noir très fort mélangé à du cognac et elle en servit à tout le monde. Il resta avec eux jusqu'au soir. A la tombée de la nuit, il se leva et s'en alla. Les amis et les parents firent de même. Nakdimon Lublin et ses fils allèrent passer la nuit quelque part à Jérusalem et promirent de revenir le lendemain matin. Joël resta seul avec les femmes. Avigaïl se mit à pleurer dans la cuisine, on aurait dit qu'elle avait un fort hoquet. Lisa la calma avec quelques gouttes de valériane, un ancien remède qui, au bout d'un moment, parvint à la soulager. Les deux vieilles dames s'assirent, enveloppées dans le même châle de laine grise que Lisa avait probablement trouvé dans une armoire, Lisa entourant de son bras les épaules d'Avigaïl. S'il glissait, Lisa se penchait pour le ramasser afin de les en recouvrir, telle une aile de chauve-souris. Grâce aux gouttes de valériane, les sanglots d'Avigaïl s'atténuèrent comme un chagrin d'enfant qui s'endort. Dehors retentirent soudain les miaulements de chats en chaleur, étranges, méchants, perçants, semblables par instants à un aboiement. Joël et sa fille s'installèrent dans le salon de part et d'autre de la table basse qu'Ivria avait achetée dix ans auparavant à Jaffa. Le jeu de dames recouvert de pions en désordre s'y trouvait encore ainsi que les tasses à café vides. Netta lui demanda s'il voulait une omelette et une salade et il répondit : « Je n'ai pas faim. » « Moi non plus », avoua-t-elle. A huit heures et demie le téléphone sonna. Lorsqu'il souleva le combiné, il n'y avait personne. Par réflexe professionnel, il se demanda qui avait intérêt à s'enquérir s'il était chez lui. Il ne trouva aucune hypothèse satisfaisante. Netta se leva pour fermer les volets, les fenêtres et les rideaux. A neuf heures, elle déclara : « Si tu veux, je n'ai aucune objection à allumer la télévision et regarder les informations. » Joël exprima son accord. Ils restèrent assis sans bouger. Par habitude Joël énonça mentalement le numéro de téléphone du Tunisien à Helsinki et songea un instant à l'appeler. Il abandonna vite l'idée : il n'aurait su que lui dire. A dix heures passées, il se leva et confectionna des toasts avec du fromage et du saucisson qu'il avait trouvés dans le réfrigérateur — le saucisson relevé et parsemé de grains de poivre qu'Ivria aimait. Puis il fit bouillir de l'eau et prépara quatre verres de thé au citron. Sa mère dit : « Laisse-moi faire » et il répliqua : « Reste assise, je t'en prie. » Ils burent le thé, personne ne toucha aux sandwiches. Vers une heure du matin, Lisa réussit à convaincre Avigaïl d'avaler deux cachets de Valiûm et la coucha tout habillée sur le grand lit de la chambre de Netta. Elle s'allongea à son côté sans éteindre la lampe de chevet. A deux heures et quart, Joël vint jeter un coup d'œil et vit qu'elles s'étaient endormies. Avigaïl se réveilla à trois reprises, sanglota, s'arrêta et le silence revint. A trois heures, Netta proposa à son père une partie de dames pour passer le temps. Il accepta quand soudain la fatigue le submergea, ses yeux se mirent à le brûler et il partit somnoler sur son lit dans la chambre aux poupées. Netta l'accompagna jusqu'à la porte. Là, debout, il déboutonna sa chemise et lui annonça qu'il avait décidé, puisque tel était son droit, de prendre une retraite anticipée, il allait envoyer sa lettre de démission dans la semaine, sans attendre qu'on désignât un remplaçant. A la fin de l'année scolaire, ils quitteraient Jérusalem. Netta dit : « Si tu veux... » puis s'interrompit.

Il s'étendit sur le lit sans fermer la porte, une main sous la nuque, ses yeux rougis fixés au plafond. Ivria Lublin avait été son unique amour, il y avait déjà longtemps de cela. Avec précision, sans omettre le moindre détail, il revit le jour où, dès années auparavant, après une querelle terrible, ils avaient fait l'amour. De la première caresse jusqu'à l'ultime frisson, ils avaient pleuré puis étaient restés embrassés des heures, recroquevillés l'un sur l'autre, non à la manière d'un homme et d'une femme mais pareils à deux êtres gelés, dehors par une nuit de neige. Il avait laissé son membre en elle, même après que la jouissance fut passée, durant presque toute la nuit. L'évocation de ce souvenir alluma en lui le désir pour son corps à elle. Il posa sa main large et laide sur son sexe, comme pour se consoler, attentif à ne bouger ni sa main ni sa verge. La porte étant restée ouverte, il tendit l'autre main pour éteindre la lampe. Il réalisa alors seulement que le corps qu'il désirait était à présent inaccessible, sous la terre, et qu'il y resterait pour l'éternité. Tout comme les genoux enfantins, le sein gauche un peu plus rond et plus beau que le droit, tout comme la tache de naissance brune qui réapparaissait quelquefois parmi la toison de son pubis. Il se vit enfermé dans le cercueil d'Ivria, dans l'obscurité totale, et l'imagina, reposant nue, recouverte d'une dalle rectangulaire de béton sous un monticule de terre, sous la pluie, dans le noir. Il se souvint qu'elle avait peur de l'obscurité, peur d'être enfermée, puis il songea que les morts n'étaient pas enterrés nus et tendit de nouveau la main pour rallumer précipitamment. Le désir avait disparu. Il ferma les yeux, étendu sur le dos sans bouger, espérant pouvoir pleurer. Les larmes ne vinrent pas, ni le sommeil, et il tâtonna à la recherche de son livre sur la table de chevet. Le livre qu'il avait oublié à l'hôtel de Helsinki.

Par l'entrebâillement de la porte, à travers le bruit du vent et de la pluie, il distinguait sa fille, pas très belle, concentrée, crispée, occupée à ramasser les tasses à café et les verres à thé vides qu'elle disposait sur un plateau. Elle les emporta dans la cuisine pour les nettoyer sans hâte. Elle déposa avec soin dans le réfrigérateur l'assiette de sandwiches au fromage et au saucisson après l'avoir recouverte d'une feuille de papier Cellophane. Elle éteignit la plupart des lumières et vérifia que la maison était bien fermée. Ensuite, elle frappa deux coups à la porte du studio de sa mère avant d'ouvrir et d'entrer. Sur le bureau se trouvaient toujours le porte-plume d'Ivria et l'encrier, resté ouvert. Netta le reboucha et vissa le capuchon du porte-plume. Elle saisit les lunettes carrées, posées à côté, les lunettes sans monture de médecin de famille un peu pédant, début de siècle, comme pour les essayer mais se ravisant, elle les essuya sommairement avec un pan de son chemisier, les plia et les plaça dans l'étui brun qu'elle trouva sous la pile de notes. Elle prit la tasse de café qu'Ivria avait laissée sur la table lorsqu'elle était sortie chercher la torche, éteignit la lumière, quitta la pièce en refermant la porte. Après avoir lavé la tasse, elle revint au salon et s'assit devant le jeu de dames. A travers la cloison, Avigaïl se remit à pleurer et Lisa la réconforta à voix basse. Le silence retomba. Malgré les fenêtres et les volets fermés, on entendait au loin le chant d'un coq, l'aboiement de chiens puis, sourde et prolongée, la voix étouffée du *muezzin* appelant à la prière du matin. Joël se demanda ce qu'ils allaient devenir désormais. Se raser dans la voiture du patron sur le chemin de retour de l'aéroport lui parut ridicule, irrationnel et puéril. L'invalide dans son fauteuil roulant à Helsinki était jeune, très blanc de peau et Joël songea qu'il devait avoir les traits délicats d'une femme. Il n'avait plus ni bras ni jambes. De naissance ? A cause d'un accident ? Cette nuit-là, la pluie tomba sans discontinuer sur Jérusalem. On avait réparé l'électricité moins d'une heure après le drame.

VII

UNE fin d'après-midi d'été, Joël, pieds nus, taillait la haie. A Ramat-Lotan, la ruelle embaumait de senteurs champêtres : subtile combinaison d'herbe fraîchement tondue, de fumicr jonchant les plates-bandes et de terre abondamment arrosée aux tourniquets, disposés en bon nombre dans les petits jardins qui entouraient chaque maison. Il était cinq heures et quart. De temps en temps, un voisin rentrant du travail garait sa voiture, en sortait sans se presser, s'étirait et desserrait sa cravate avant de s'engager dans l'allée dallée menant chez lui.

Derrière le portail de chacun des jardinets, on percevait la voix du présentateur du flash d'information. Ici ou là, des voisins installés sur les pelouses regardaient vers le salon où se trouvait la télévision. En tendant un peu l'oreille Joël aurait pu saisir les paroles du commentateur. Il avait l'esprit ailleurs. Par moments, il s'interrompait pour observer trois petites filles jouant sur le trottoir avec un chien-loup qu'elles appelaient *Ironside,* peut-être en référence au détective paralysé du feuilleton télévisé. Il s'agissait d'une séric américaine que Joël avait vue à plusieurs reprises, seul dans une chambre d'hôtel, quelque part à l'étranger. Une fois, il avait même regardé l'un des épisodes doublé en portugais, ce qui ne l'avait pas empêché de comprendre l'intrigue, fort simple.

A l'entour, perchés dans les hautes branches, des moineaux gazouillaient ou voletaient d'une barrière à l'autre. Joël savait que les oiseaux ne volaient pas parce qu'ils étaient heureux mais pour d'autres raisons. Au loin, pareil au mugissement de la mer, on percevait le grondement de l'autoroute qui passait en contrebas. Derrière lui sa mère, en robe d'intérieur, lisait le journal du soir, allongée sur la balancelle. Un jour, des années auparavant — il avait alors trois ans —, elle lui avait raconté comment elle l'avait trimbalé pour fuir Bucarest jusqu'au port de Varna, à des centaines de kilomètres de là, dans une poussette d'enfant grinçante, dissimulé sous un tas de paquets et de ballots ficelés à la hâte, en prenant le plus souvent des chemins de traverse pour éviter de se faire repérer. Il n'en avait gardé aucun souvenir, excepté un très vague, d'une immense cale obscure, pleine à ras bords de couchettes métalliques superposées où s'entassait une foule d'hommes et de femmes gémissant, crachant, vomissant les uns sur les autres, peut-être même sur lui, ainsi que l'image confuse d'une querelle, d'égratignures, de morsures sanglantes entre sa mère et un homme chauve, mal rasé, qui faisait partie du même périple. Il n'avait aucune souvenance de son père bien qu'il sût, par les deux photos sépia du vieil album de famille, à quoi il ressemblait. Il croyait, ou du moins supposait, qu'il n'était pas juif mais chrétien, d'origine roumaine. Il était sorti de leur vie bien avant l'arrivée des Allemands. Joël se l'imaginait sous les traits de l'homme chauve à la barbe naissante qui avait frappé sa mère dans le bateau.

De l'autre côté de la haie qu'il taillait lentement et minutieusement, le frère et la sœur, les voisins américains qui occupaient la maison jumelle, assis sur des chaises de jardin blanches, buvaient du café en mangeant des glaces. A maintes reprises depuis leur arrivée quelques semaines auparavant, les Vermont avaient invité Joël ainsi que les vieilles dames à venir à la fraîche déguster du café et des glaces ou regarder un film au magnétoscope après le journal du soir. Joël avait répondu : « Volontiers », mais cela ne s'était pas encore fait.

M. Vermont était un homme enjoué, dense, de haute taille, au teint coloré et aux manières un peu frustes de paysan. Il ressemblait au Hollandais rayonnant de santé d'une publicité pour des cigares de luxe. Il était jovial et bruyant, probablement à cause de sa légère surdité. Sa sœur, d'au moins dix ans sa cadette, Ann-Mary ou Rosemary — Joël ne s'en souvenait pas — était petite, attirante, avec de grands yeux bleus enfantins et rieurs, la poitrine insolente. « Salut », dit-elle gaiement lorsqu'elle surprit le regard que Joël fixait sur elle pardessus la haie. Avec quelque retard et un peu moins d'entrain dans la voix, son frère le salua également. A son tour, Joël lança un bref « bonsoir ». Elle s'approcha, son léger chemisier de coton laissant deviner ses seins. Quand elle fut près de lui, elle le dévisagea, ajoutant en anglais, très vite, dans un murmure : « La vie est dure, hein ? » puis à haute voix, en hébreu, elle demanda si, lorsqu'il aurait terminé, elle pourrait lui emprunter ses cisailles pour égaliser la haie de leur côté. Joël répondit : « Pourquoi pas ? » Après une légère hésitation, il proposa de s'en charger lui-même. « Attention, répliqua-t-elle en riant, je serais bien capable de vous prendre au mot. » La lumière du soir était douce, couleur de miel, teintant d'un or étrange les deux ou trois nuages presque translucides qui, venant de la mer, survolaient le quartier en direction des collines. Et de fait une brise légère s'était levée, apportant des effluves de sel et une ombre de tristesse à laquelle Joël s'abandonna. Le souffle léger bruissa dans les feuilles des arbres fruitiers, glissa sur les pelouses humides et vint déposer sur son torse nu des goutelettes d'eau du tourniquet d'un jardin voisin.

Au lieu d'achever son travail et de passer, comme promis, de l'autre côté, Joël déposa son outil dans un coin et partit se promener jusqu'au bout de l'impasse, barrée par un verger clôturé. Il resta là à contempler l'épaisse frondaison, cherchant à déchiffrer un mouvement silencieux qu'il avait cru distinguer au fond du jardin, jusqu'à en avoir mal aux yeux. Puis il tourna les talons et rebroussa chemin. La soirée languissait. Par la fenêtre ouverte d'une des maisons, il entendit une femme s'écrier : « Et alors ? Demain est un autre jour... » Joël tourna et retourna cette phrase dans sa tête mais n'y trouva aucune faute. Devant chaque entrée, il y avait des boîtes aux lettres fantaisie, quelques-unes très originales. Certaines voitures en stationnement étaient encore chaudes et dégageaient des vapeurs d'essence. Les dalles de ciment du trottoir exprimaient elles aussi une touffeur agréable sous ses pieds nus. Chaque carré de béton était gravé d'un sceau figurant deux flèches entre lesquelles était inscrit : « Sharphstein S.A.R.L., Ramat-Gan. »

Il était six heures passées lorsque Avigaïl et Netta, à bord de la voiture de Joël, revinrent de chez le coiffeur. Malgré son deuil, Avigaïl lui parut avoir bonne mine. Ses joues rebondies, semblables à deux pommes, et sa robuste constitution lui donnaient l'air d'une prospère paysanne slave. Elle était si différente d'Ivria qu'une fraction de seconde, il en oublia le lien qui les unissait. Sa fille s'était fait tailler les cheveux à la garçonne : une coupe hérissée qui évoquait une révolte dirigée contre lui. Elle ne lui demanda pas ce qu'il en pensait et, cette fois encore, il préféra se taire. Alors qu'elles pénétraient dans la maison, Joël se dirigea vers la voiture qu'Avigaïl avait garée négligemment, la démarra, sortit du bateau à reculons, fit demi-tour en bas de la ruelle puis revint en marche arrière de façon que la voiture se trouvât au beau milieu de l'auvent, face à la rue, prête à partir. Il resta quelques minutes près du portail comme pour attendre quelqu'un puis se mit à siffloter, très bas, une vieille rengaine. Il ne savait plus d'où elle venait et pensait l'avoir entendue dans une comédie musicale très connue. S'apprêtant à lui poser la question, il se souvint qu'Ivria n'était plus là et que c'était d'ailleurs la raison pour laquelle ils se trouvaient ici. En effet, l'espace d'un instant, il ne voyait plus ce qu'ils étaient venus faire dans ce lieu étranger.

Il était à présent sept heures du soir, une heure acceptable pour boire un verre de cognac. Demain, se rappela-t-il, demain serait un autre jour. A chaque jour suffit sa peine...

Il entra et prit une longue douche. Pendant ce temps sa belle-mère et sa mère avaient préparé le dîner. Netta, qui lisait dans sa chambre, ne se joignit pas à eux. Elle répondit, à travers la porte fermée, qu'elle mangerait seule un peu plus tard.

A sept heures et demie, la nuit se mit à tomber. Vers huit heures, il sortit s'étendre sur la balancelle, emportant avec lui le transistor, un livre et les lunettes qu'il utilisait pour lire depuis quelques semaines. Il avait choisi une monture ronde et noire, ridicule, qui lui donnait l'air d'un prêtre latin vieillissant. Au-dessus de lui vacillaient encore des silhouettes lumineuses étranges, derniers vestiges du jour éteint, cependant qu'une lune d'un rouge agressif semblait jaillir des arbres du verger. En face, par-delà les cyprès et les toits de tuile, le ciel réfléchissait le halo de Tel-Aviv. Joël eut la soudaine impression qu'il devait s'y rendre immédiatement pour aller chercher sa fille, mais elle était dans sa chambre. Sa lampe de chevet allumée se reflétait dans la cour et traçait sur la pelouse un dessin que Joël tenta de déchiffrer, sans succès. Peut-être parce que ce n'était pas une figure géométrique.

Les moustiques commencèrent à l'assaillir. Il retourna à l'intérieur avec le transistor, le livre et les lunettes, conscient d'oublier quelque chose sans parvenir à savoir de quoi il s'agissait.

Dans le salon, toujours pieds nus, il se versa un verre de cognac et s'installa auprès de sa mère et de sa belle-mère pour regarder le journal télévisé de neuf heures. Il suffirait d'un seul geste pour arracher le félin à son socle d'acier et ainsi, à défaut de le comprendre, le réduire enfin au silence. Mais il lui faudrait ensuite le réparer et il ne pourrait le faire qu'en perçant un trou dans l'extrémité de la patte pour y enfoncer une vis. Mieux valait ne pas y toucher.

Il se leva et sortit sur la véranda. On entendait déjà la crécelle infatigable des grillons. Le vent s'était calmé. Des chœurs de grenouilles envahissaient le verger au fond de l'impasse. Un enfant se mit à pleurer. Une femme éclata de rire. La complainte d'un harmonica s'alanguit. Quelque part retentit une chasse d'eau. Les maisons avaient été construites très près les unes des autres et les jardins qui les séparaient étaient minuscules. Ivria rêvait que, une fois son mémoire terminé, les études de Netta achevées et Joël libéré de son service, ils pourraient vendre l'appartement de Talbiye ainsi que celui des grands-mères de Rehavia pour aller habiter ensemble dans la dernière maison d'un *mochav*, dans les monts de Juda non loin de Jérusalem. Il était important, à ses yeux, que la maison fût la dernière. Ainsi par les fenêtres, d'un côté au moins, on ne verrait que les monts boisés, sans trace de civilisation. Il avait déjà réussi à réaliser une partie de ce projet même si les deux appartements de Jérusalem n'étaient pas vendus, seulement loués. Ce revenu suffisait très largement à couvrir le loyer de la maison de Ramat-Lotan. Il y avait également la retraite de Joël, les économies des deux grands-mères ainsi que leurs pensions. Par ailleurs, Ivria avait laissé en héritage une grande parcelle de terrain à Metulla où Nakdimon Lublin et ses fils cultivaient des arbres fruitiers. Au fond de la plantation ils avaient construit depuis peu une petite auberge. Chaque mois, ils viraient sur son compte le tiers des recettes. C'était dans ce verger qu'en 1960 il avait pour la première fois fait l'amour avec Ivria. Il effectuait alors son service militaire et s'était égaré au cours d'une marche topographique faisant partie de ses classes d'officier. Elle, fille d'un agriculteur, son aînée de deux ans, était sortie fermer une vanne d'irrigation dans le noir. Aussi stupéfaits l'un que l'autre, ce fut à peine s'ils échangèrent dix mots dans l'obscurité avant que leurs corps ne se mêlent soudain. Ils avaient roulé dans la boue, tout habillés, haletant, se cherchant à tâtons comme deux chiots aveugles, se faisant mal l'un l'autre, finissant presque aussitôt pour ensuite disparaître chacun de son côté sans un mot. Ils avaient fait l'amour une autre fois parmi les arbres fruitiers de Metulla. Quelques mois plus tard, mystérieusement attiré, il l'avait guettée deux nuits de suite près des vannes d'irrigation jusqu'à ce qu'ils se retrouvent et se jettent à nouveau l'un sur l'autre. Ensuite, il lui avait demandé de se marier avec lui et elle avait répondu qu'il était fou. Depuis lors, ils se rencontraient au buffet de la gare routière de Kyriat-Chemone et faisaient l'amour dans une baraque abandonnée, découverte par hasard sur l'emplacement d'un ancien camp de transit. Six mois plus tard, elle cédait et l'épousait sans passion véritable, mais avec loyauté, déterminée à jouer le jeu et même au-delà. Ils étaient l'un et l'autre capables de pitié et de tendresse. Dans leurs ébats, ils ne se blessaient plus mais s'efforçaient de mieux se comprendre, d'apprendre et d'enseigner, de se rapprocher. Sans faux-semblants. Même si, dix ans après, il leur arrivait encore de faire l'amour tout habillés dans un champ près de Jérusalem à même la terre dure, là où il n'y avait que les étoiles et le murmure des arbres. La sensation d'avoir oublié quelque chose ne l'avait pas quitté de la soirée sans qu'il sût à quoi la rattacher.

Une fois le journal terminé, il alla frapper doucement à la porte de Netta. Aucune réponse ne vint. Il attendit quelques instants et recommença. Comme à Jérusalem, Netta s'était vu attribuer la grande chambre et le lit conjugal des propriétaires. Ici aussi elle avait accroché aux murs ses portraits de poètes, de même qu'elle avait réinstallé sa collection de partitions et de livrets ainsi que les vases de chardons. C'était lui qui en avait décidé ainsi parce qu'il avait du mal à s'endormir dans un grand lit et qu'il était préférable pour Netta, compte tenu des circonstances, d'avoir de la place. Les deux vieilles dames s'étaient installées dans les chambres d'enfants, reliées par une porte de communication. Quant à lui, il avait pris la pièce située à l'arrière de la maison et qui servait de bureau à M. Kramer. Il y avait là un canapé spartiate, une table, la photographie de fin de stage de la promotion 1971 de l'école des blindés sur laquelle on voyait des chars portant des fanions multicolores sur leurs antennes, rangés en demi-cercle, et une autre du maître de la maison en uniforme de capitaine, serrant la main du chef d'état-major David Elazar. Sur une étagère, il trouva des ouvrages de gestion en hébreu et en anglais, des albums commémorant les guerres d'Israël, les tomes de l'encyclopédie « Connaissance du monde », une bible avec les commentaires de Cassuto, des guides touristiques de divers pays et un plein rayon de romans policiers en anglais. Dans le placard, Joël suspendit ses vêtements ainsi que ceux d'Ivria — il n'avait pu se résoudre à les donner à la léproserie au lendemain de sa mort. Il avait déménagé son coffre-fort sans se donner la peine cette fois de le sceller dans le sol puisque, à présent, il était presque vide. En donnant sa démission, il avait restitué les revolvers, y compris le sien. Il avait détruit le répertoire de numéros téléphoniques, ne conservant que les plans des capitales et des villes de province ainsi que son vrai passeport qu'inexplicablement, il gardait sous clef dans le coffre.

Il alla frapper une troisième fois à la porte de Netta et, ne recevant pas de réponse, il ouvrit et entra. Sa fille était endormie sur son lit, osseuse, maigre, les cheveux coupés avec cruauté, presque rasés, une jambe posée par terre comme si elle s'apprêtait à se lever, le genou saillant, découvert. Avec mille précautions il retira le livre qui avait glissé sur son visage, réussit à lui ôter ses lunettes à monture de plastique transparent, puis avec une douceur et une patience infinies, il souleva la jambe pour l'étendre sur le lit. Il tira le drap sur le corps anguleux et délicat et s'attarda quelques instants à contempler les photographies des poètes. Amir Guilboa semblait lui sourire. Joël lui tourna le dos et éteignit la lumière. Au moment de quitter la pièce, il l'entendit implorer d'une voix ensommeillée : « Éteins, je t'en prie ! » bien qu'il n'y eût plus aucune lumière dans la chambre. Il ne répondit pas et ferma la porte sans bruit. Ce fut alors que lui revint à l'esprit ce qui l'avait préoccupé toute la soirée : lorsqu'il s'était interrompu pour aller se promener dans la ruelle, il avait abandonné ses cisailles sur la pelouse. Il n'était pas bon de les laisser dehors à cause de l'humidité. Il chaussa ses sandales et sortit dans le jardin. Il remarqua que le halo blafard auréolant la pleine lune était, de pourpre, devenu argenté. Il écouta les chœurs des grillons et des grenouilles du côté du verger et entendit soudain un hurlement qui jaillit simultanément des postes de télévision de la rue. Après quoi, il perçut le bruissement des tourniquets, le brouhaha lointain des voitures provenant de l'autoroute et le claquement d'une porte dans l'une des villas. Il se répéta, en anglais, les paroles de sa voisine : « La vie est dure, hein ? » Au lieu de rentrer, il plongea la main dans sa poche et y trouva les clefs de la voiture. Il y monta et démarra. A son retour, vers une heure du matin, la rue était calme et la maison, obscure et silencieuse. Il se déshabilla, se coucha, se coiffa du casque stéréo et, jusque près de deux heures du matin, il écouta de courtes pièces de musique baroque en lisant quelques pages du mémoire inachevé. Il apprit que les trois sœurs Brontë avaient deux aînées qui étaient mortes en 1925. Elles avaient aussi un frère ivrogne et tuberculeux du nom de Patrick Branwell. Il lut jusqu'à ce que ses yeux se ferment et qu'il s'endorme. Au matin, sa mère sortit ramasser le journal dans l'allée du jardin et remit les cisailles à leur place, dans la cabane à outils.

VIII

SES journées et ses nuits étant libres et vides, Joël prit l'habitude, presque chaque soir, de regarder la télévision jusqu'à la fin des émissions à minuit, en compagnie de sa mère, assise en face de lui dans un fauteuil, occupée à broder ou à tricoter. Ses yeux gris étroits et ses lèvres serrées lui donnaient une expression dure, offensée. Il s'affalait sur le canapé du salon, en short, les pieds nus surélevés, les oreillers empilés sous sa nuque. Parfois, malgré son deuil, Avigaïl se joignait à eux pour regarder un reportage, son visage de robuste villageoise slave n'exprimant que franchise et bienveillance. Les vieilles dames n'omettaient jamais de préparer une boisson fraîche et un plateau de raisins, de poires, de prunes et de pommes. C'était la fin de l'été. Au cours de la soirée, Joël se versait deux ou trois verres du cognac d'importation que lui avait apporté le patron. De temps en temps, Netta sortait de sa chambre et restait une ou deux minutes sur le pas de la porte. S'il s'agissait d'un documentaire sur la nature ou d'un téléfilm anglais, elle se décidait à entrer et s'asseyait, anguleuse, très mince, la tête haute anormalement tendue, jamais dans un fauteuil mais sur l'une des chaises noires à haut dossier qui flanquaient la table de la salle à manger. Immobile et solitaire, elle restait là d'un bout à l'autre de l'émission. Par moments, son regard semblait fixer le plafond plutôt que l'écran. C'était dû à sa façon d'incliner le cou. Elle portait en général une robe fermée sur le devant par de gros boutons qui accentuait sa maigreur, sa poitrine plate et ses épaules tombantes. Joël avait parfois l'impression qu'elle était aussi vieille que les deux aïeules, peut-être davantage. Elle parlait peu : « Ils ont déjà diffusé ça l'année dernière. » ; « On peut baisser le son ? c'est trop fort. » ; « Il y a de la glace au frigo. » Lorsque l'intrigue se nouait, elle annonçait : « Le caissier n'est pas le meurtrier » ou : « A la fin, ils se remettent ensemble » ou encore : « C'est vraiment trop nul, d'où peut-elle savoir qu'il est déjà au courant ? » L'été, la télévision diffusait quantité de séries policières, d'espionnage ou des histoires de services secrets. Joël s'endormait régulièrement au milieu pour ne se réveiller qu'au moment des informations de minuit alors que les deux grands-mères s'étaient éclipsées en silence pour regagner leurs chambres. Il n'avait jamais trouvé le moindre intérêt à ce genre de films et n'avait guère eu le temps de se pencher sur la question. Ce qui valait aussi pour les romans du même style. Quand ses collègues du bureau lui parlaient du dernier bouquin de John Le Carré en le lui recommandant chaudement, il consentait à essayer de le lire. Le scénario lui paraissait contestable et loufoque ou, au contraire, simpliste et transparent. Après quelques dizaines de pages, il renonçait définitivement. Il voyait dans une nouvelle de Tchékhov ou de Balzac des énigmes qu'aucun roman policier ne recelait. Quelques années auparavant, il avait même songé, quand il serait à la retraite, à écrire de courtes histoires pour raconter les choses telles qu'il les avait vécues durant ces longues années passées dans les services secrets. Il avait rapidement renoncé à cette idée, n'ayant rien trouvé dans les « affaires » qu'il avait eu à traiter de particulièrement extraordinaire ou excitant. Deux oiseaux perchés sur une barrière un jour de pluie ou un vieil homme soliloquant à l'arrêt de bus de la rue Gaza lui semblaient plus dignes d'intérêt que n'importe laquelle de ses expériences professionnelles. A dire vrai, il se voyait plutôt comme un négociateur de marchandises abstraites. Il se rendait à l'étranger, rencontrait un inconnu dans un café de Paris, Montréal ou Glasgow et mettait en place une ou plusieurs transactions en s'efforçant de parvenir à un accord. L'essentiel de son travail se bornait à des impressions, des intuitions, de justes appréciations de la psychologie de ses partenaires et de patients marchandages. Il n'avait jamais eu à bondir par-dessus des barrières ou à sauter d'un toit à un autre — de pareilles idées d'ailleurs ne lui seraient pas venues à l'esprit. Il se considérait comme un commerçant doté d'une longue expérience qui se serait spécialisé depuis des années dans des tractations où il était particulièrement important de savoir tisser des liens de confiance mutuelle, esquisser des garanties et des assurances, et surtout où il était capital de se faire une idée extrêmement précise de la personnalité de son interlocuteur. Ces pourparlers, il fallait en convenir, étaient toujours menés avec discrétion mais Joël supposait qu'il en allait de même dans le domaine commercial et que, si différence il y avait, il ne s'agissait que d'une question de décor ou de contexte.

Il n'avait jamais eu l'occasion de s'aventurer dans des endroits mystérieux, de pister quelqu'un dans un dédale de ruelles, de se battre au corps à corps contre des colosses ou encore de dissimuler des micros. C'était l'affaire d'autres que lui. Son travail consistait à établir des contacts, planifier, coordonner des rencontres, calmer des inquiétudes et divulguer des informations, sans jamais relâcher sa vigilance, à envelopper ses correspondants d'une sorte d'intimité apaisante et détendue, un peu à la façon d'un conseiller matrimonial optimiste, tout en disséquant l'étranger au scalpel d'un œil aigu et froid. Était-ce un charlatan ? Un amateur ? Un imposteur chevronné et roublard ? Ou peut-être simplement un type un peu fou ? Un Allemand rongé d'un repentir historique ? Ou un idéaliste qui voulait refaire le monde ? Un dérangé malade d'ambition ? Une femme dans une situation inextricable qui avait adopté une solution désespérée ? Un Juif de la diaspora trop enthousiaste ? Un intellectuel français désœuvré, avide de sensations fortes ? Un appât envoyé par un ennemi anonyme tapi dans l'ombre qui tirait les ficelles en ricanant ? Un Arabe qu'une vengeance personnelle incitait à contacter nos services ? Ou encore quelque inventeur frustré, déçu que personne ne reconnût sa valeur ? Telles étaient les principales catégories. Puis venait le travail proprement dit, la partie véritablement délicate.

Dans chaque cas, sans exception aucune, Joël s'efforçait de déchiffrer ses partenaires avant d'esquisser la moindre approche. Il estimait qu'il était de la plus haute importance de savoir qui était en face de lui et pour quelle raison. Quel était le point faible qu'on essayait de lui dissimuler ? Quel genre de satisfaction ou de dédommagement attendait-on de lui ? Quelle impression cet homme ou cette femme désiraient-ils lui faire et pourquoi celle-là plutôt qu'une autre ? De quoi cet individu avait-il honte et de quoi était-il fier ? Au fil des années, il avait acquis la certitude que la honte et l'orgueil étaient les principaux mobiles que décrivaient les romans. Les gens aspiraient à fasciner ou à ensorceler autrui afin de répondre à un besoin profond que Joël, en son for intérieur, appelait « amour ». Il n'en avait jamais parlé à quiconque, excepté à Ivria, une seule fois. Elle avait répondu sans s'émouvoir : « C'est un lieu commun. » Joël avait aussitôt approuvé. Telle était sans doute la raison qui lui avait fait abandonner l'idée d'écrire. L'expérience qu'il avait accumulée durant ces années lui semblait vaine : les hommes désiraient tant de choses. Ils désirent ce qu'ils n'ont pas, ce qui leur est inaccessible et délaissent ce qu'ils possèdent.

Et moi, se demanda-t-il lors d'un voyage de nuit dans un wagon désert entre Francfort et Munich, qu'est-ce que je veux ? Qu'est-ce qui me pousse d'hôtel en hôtel à travers ces sombres contrées ? Le boulot, se dit-il presque à haute voix, mais pourquoi moi ? Si je meurs brusquement ici, dans ce wagon vide, en saurai-je plus ou, au contraire, tout s'éteindra-t-il ? Voici un peu plus de quarante ans que j'en suis là et je n'ai même pas un début d'idée de ce qui se passe. Se passe-t-il réellement quelque chose d'ailleurs ? Peut-être bien. On peut déceler, parfois, des indices d'ordre. Le malheur vient de ce que je ne réussis pas à comprendre et que, probablement, je ne comprendrai jamais rien. Ainsi cette fameuse nuit à l'hôtel de Francfort. Le papier peint sur le mur en face du lit suggérait confusément une forme ou une combinaison de figures géométriques dissimulées çà et là sous les motifs de fleurs apparemment imprimés au hasard. A chaque mouvement de tête, à chaque battement de paupière, au moindre instant de distraction, l'ordonnance disparaissait instantanément. Ce n'était qu'au prix d'un effort considérable qu'il parvenait à discerner à nouveau sur le papier peint des îlots de formes régulières, qui n'étaient jamais exactement identiques à celles qu'il avait entrevues l'instant auparavant. Peut-être y avait-il là quelque chose qui n'était pas déchiffrable ? Peut-être n'était-ce qu'une illusion ? Même ça tu ne le sauras pas car tes yeux te brûlent tellement qu'en regardant intensément par la fenêtre du wagon, à peine parviens-tu à deviner qu'on traverse une forêt — ce que tu peux voir se résume au reflet du visage familier, pâle, fatigué, l'air décidément stupide. Il faut fermer les yeux, tâcher de dormir et advienne que pourra.

Ses correspondants mentaient. L'affaire de Bangkok avait été la seule exception. Joël était fasciné par la nature du mensonge. De quelle façon forgeait-on des histoires ? Avec envergure et imagination ? Négligemment, comme incidemment ? Selon une cohérence méthodique ou, au contraire, accidentellement, suivant un désordre intentionnel ? A ses yeux, cette façon de mentir était comparable à une meurtrière non gardée, qui permettait parfois de pénétrer l'intimité du menteur.

Au bureau on le qualifiait de « détecteur de mensonges ambulant ». Ses collègues le surnommaient aussi « laser ». Il arrivait qu'on essayât de l'abuser à propos de questions aussi banales qu'une feuille de paye ou la nouvelle standardiste. Ses réactions ne laissaient pas de surprendre : il se taisait, baissait la tête sur sa poitrine comme s'il était en deuil et finissait par dire, l'air accablé : « Mais Rami, ce n'est pas vrai » ou : « Laisse tomber, Cokney, ça n'en vaut pas la peine... » Ils voulaient seulement plaisanter mais lui n'avait jamais trouvé qu'un mensonge pût avoir un côté amusant. Pas même quand il s'agissait de blagues innocentes ou des traditionnels poissons d'avril. Les mensonges lui semblaient être les virus d'une maladie incurable qu'il fallait manipuler avec des gants et traiter avec le plus grand sérieux et la plus extrême prudence, voire entre les quatre murs d'un laboratoire de recherche bien protégé.

Lui-même ne mentait que s'il n'avait pas le choix et si c'était l'ultime solution pour parer à un danger. Dans ce cas, il choisissait l'histoire la plus sobre, dénuée d'effets inutiles — la plus proche possible de la réalité.

Un jour, comme il se rendait à Budapest pour régler une affaire, il se présenta à la douane de l'aéroport muni d'un passeport canadien. Une femme officier en uniforme lui demanda quel était l'objet de sa visite et il lui répondit, en français, avec un sourire espiègle : « Espionnage, madame. » Elle éclata de rire et tamponna son visa.

Il arrivait très rarement qu'il eût besoin de quelqu'un pour le protéger lorsqu'il devait rencontrer des inconnus. Le ou les gardes du corps se tenaient alors toujours à une certaine distance pour voir sans être vus. Une seule et unique fois, lors d'une humide nuit d'hiver à Athènes, il avait été contraint de sortir son revolver, sans avoir à appuyer sur la détente toutefois, pour dissuader une espèce d'imbécile qui avait essayé de le menacer d'un couteau au milieu de la foule d'un aéroport bondé. Cela ne signifiait pas pour autant qu'il fût non violent. Une seule et unique chose, il en était persuadé, était pire que le recours à la violence : la soumission à la violence. Dans sa jeunesse il avait entendu cette maxime dans la bouche du président Eshkol et elle était restée définitivement gravée dans son cœur. Il s'était efforcé durant ces années d'éviter de telles situations. Il en était arrivé à la conclusion que, lorsqu'un agent se voyait contraint d'utiliser une arme, c'était la preuve qu'il avait échoué dans sa mission. Les filatures, les coups de feu, les rocambolesques courses-poursuites en voiture ou les vols planés étaient sans doute bons pour les gangsters de tout poil mais ne convenaient guère à ses attributions.

L'essentiel de son travail consistait, de son point de vue, à obtenir des renseignements en échange d'une compensation raisonnable, financière ou non. Il avait à ce sujet des discussions, des conflits parfois, avec ses commanditaires quand l'un d'entre eux regimbait à régler ce que Joël s'était engagé à payer. Parfois il en était arrivé à menacer de démissionner. Son obstination lui avait valu, au bureau, le qualificatif de « bizarre » :

— Tu es fou ? Nous n'aurons plus besoin de ce salaud qui de toute façon ne peut plus nuire qu'à lui-même, alors à quoi bon gaspiller du bon argent pour ça ?

— Parce que je le lui ai promis, répondait Joël sombre et dur, et avec votre accord, qui plus est.

D'après un rapide calcul, il avait passé quatre-vingt-quinze pour cent de son temps, professionnellement parlant, durant vingt-trois ans, dans les aéroports, les avions, les trains et les gares, dans des taxis ou des chambres d'hôtel, des halls, des casinos, des coins de rues, des restaurants, des salles de cinéma obscures, des cafés, des clubs de bridge, des bibliothèques publiques, des postes... A part l'hébreu, il parlait le français et l'anglais, un peu de roumain et de yiddish. En cas de nécessité, il pouvait se débrouiller également en arabe et en allemand. Il était presque toujours vêtu d'un banal costume gris. Il avait l'habitude de voyager de ville en ville et de pays en pays muni en tout et pour tout d'une petite valise et d'une sacoche qui ne contenaient jamais ni dentifrice, ni lacets, ni le moindre papier fabriqué en Israël. Il avait appris à rester des journées entières seul avec ses pensées. Il savait se maintenir en forme grâce à des exercices matinaux quotidiens ainsi qu'à une alimentation équilibrée, complétée par des vitamines et des multi-minéraux. Il détruisait les fiches de taxi mais, dans sa mémoire infaillible, étaient inscrites ses dépenses, à un shekel près. Très rarement, deux fois au plus au cours de ses années de service, lors d'un voyage, la brutale envie de posséder une femme l'avait submergé au point de menacer ses facultés de concentration. Il avait alors décidé, de sang-froid, de mettre dans son lit une parfaite inconnue ou presque. Comme on va chez le dentiste en cas de crise aiguë. Pourtant il se gardait de s'engager plus avant. Même quand les circonstances exigeaient qu'il voyageât pour quelques jours en compagnie d'une jeune collaboratrice du bureau et même s'ils devaient se faire passer pour un couple marié. Ivria Lublin était son seul et unique amour bien que l'amour eût fait place au fil du temps, à tour de rôle ou par intermittence, à une mutuelle pitié, à la camaraderie, à la douleur, aux étincelles d'un regain de sensualité, à l'amertume, la jalousie, la colère, puis de nouveau à l'été indien scintillant d'étincelles de sauvagerie charnelle puis à l'esprit de revanche, à la haine et à la pitié — un faisceau de sentiments alternatifs qui se modifiaient, s'inversaient, fusionnaient dans des combinaisons bizarres et des assemblages inattendus, tel un cocktail de barman somnambule. Sans jamais unc seule goutte d'indifférence. Au contraire, les années passant, Ivria et lui devenaient de plus en plus dépendants l'un de l'autre. Même lors de leurs querelles, même les jours de dégoût mutuel, d'injures et de rage. Quelque temps auparavant, au cours d'un vol de nuit vers Le Cap, Joël avait lu dans *Newsweek* un article de vulgarisation scientifique au sujet de la génétique des liens télépathiques existant entre de vrais jumeaux. On y citait l'exemple d'un jumeau, téléphonant à son frère à trois heures du matin sachant que tous deux souffraient d'insomnie cette nuit-là ou encore le cas de l'un qui se tordait de douleur quand l'autre était en train de se brûler, alors qu'ils ne se trouvaient pas dans le même pays. C'était analogue à ce qui se passait entre Ivria et lui. C'était également dans ce sens qu'il comprenait le verset de la Genèse : « ... et Adam connut sa femme. » Ils avaient une relation de « connaissance ». Excepté les perturbations qu'apportait la situation de Netta, ses bizarreries et peut-être — mais Joël repoussait ces soupçons avec la dernière énergie — ses ruses. L'idée de faire chambre à part les nuits où il dormait à la maison avait été décidée d'un commun accord. Avec compréhension et respect. Par concession. Par pitié réciproque. Il leur arrivait de se retrouver à trois ou quatre heures du matin au chevet de leur fille, après avoir quitté leurs chambres pratiquement au même instant, pour voir si tout allait bien. A voix basse, en anglais, ils se posaient mutuellement la question : « Chez toi ou chez moi ? »

A Bangkok, un jour, il avait rencontré une Philippine, diplômée de l'université américaine de Beyrouth. Elle était divorcée d'un terroriste célèbre, responsable de la mort de beaucoup de gens. Elle avait pris l'initiative de contacter le bureau en usant d'un stratagème unique en son genre. Envoyé pour traiter avec elle, Joël avait repensé avant cette rencontre aux détails du subterfuge qu'elle avait employé pour les joindre, manœuvre espiègle et hardie quoique soigneusement calculée, nullement improvisée. Il s'était longuement préparé à faire la connaissance de ce personnage subtil. Il préférait traiter avec des partenaires logiques et déterminés bien qu'il sût que la plupart de ses collègues étaient plutôt enclins à souhaiter que la partie adverse fût inquiète et mal à l'aise.

Ils se reconnurent, grâce à un code convenu à l'avance, dans un temple bouddhiste renommé, bourré de touristes bruyants et s'assirent côte à côte sur un banc de pierre sculpté de monstres. Elle avait déposé son joli sac de paille entre eux, comme une frontière. Elle commença par le questionner sur ses enfants, s'il en avait, et sur les relations qu'il entretenait avec eux. Surpris, Joël réfléchit un peu avant de dire la vérité sans entrer dans les détails. Elle lui demanda aussi où il était né. Il hésita une nouvelle fois avant de répondre : « En Roumanie. » Elle entra enfin dans le vif du sujet. Elle s'exprimait clairement comme si elle peignait des tableaux avec les mots. Elle dessinait des lieux, des personnages, usant de la parole à la façon d'un fin crayon. Elle portait peu de jugements, ne formulait ni éloges ni injures. Tout au plus se contentait-elle de constater qu'untel était particulièrement susceptible ou que tel autre était prompt à se mettre en colère mais aussi à prendre une décision. Ensuite elle lui fit cadeau de quelques photos qu'il aurait payées très cher si elle le lui avait demandé.

Cette très jeune femme, qui aurait pu être sa fille, suscitait en lui une profonde perplexité. Elle l'aurait presque désorienté — la seule et unique fois de sa carrière. Son flair infaillible, ses antennes hypersensibles qui l'avaient toujours merveilleusement servi, étaient à présent complètement paralysés. Tel un instrument de haute précision dont les aiguilles s'affolent en rencontrant un champ magnétique. Il ne s'agissait pas d'une confusion d'ordre sensuel — bien que la jeune femme fût belle et attirante, elle n'avait pratiquement pas éveillé son désir. Cela tenait, pour autant qu'il pût en juger, au fait qu'elle n'avait pas proféré le moindre mensonge. Pas même une de ces petites contrevérités destinées à dissimuler le malaise d'une première rencontre entre étrangers. Pas même lorsque Joël avait glissé, avec subtilité mais intentionnellement, une question qui invitait à mentir : « Avez-vous été fidèle à votre mari au cours de vos deux années de mariage ? » Joël connaissait la réponse grâce au dossier qu'il avait étudié, sachant pertinemment qu'elle n'avait aucun moyen de supposer qu'il était au courant de ce qui s'était passé à Chypre. Néanmoins elle lui dit la vérité bien qu'un peu plus tard, alors qu'il lui posait une autre question du même ordre, elle rétorqua à juste titre : « Ceci est sans rapport avec notre propos. »

Au moment où il allait confesser en son for intérieur que la jeune femme avait passé avec succès l'examen qu'il lui avait fait subir, il eut subitement l'impression, douloureusement aiguë, que c'était lui qui avait été sur la sellette et qu'il avait échoué. Durant près de quarante minutes il tenta, en vain, de la prendre en défaut par quelque exagération ou enjolivement. Lorsqu'il eut fini de lui poser les questions qui lui venaient à l'esprit, elle ajouta spontanément deux ou trois informations, comme pour répondre à des interrogations qu'il aurait oublié de formuler. En outre, elle refusa énergiquement de recevoir quelque dédommagement que ce fût, pécuniaire ou autre, en échange des révélations qu'elle lui avait faites. Quand il s'en étonna, elle refusa de lui en donner les raisons. Il pensait qu'elle lui avait appris ce qu'elle savait ; les renseignements étaient précieux. En conclusion, elle annonça avec simplicité qu'elle avait tout dit et qu'elle n'aurait plus d'informations supplémentaires à lui livrer, ayant définitivement coupé les ponts avec ces gens-là — relations qu'elle ne rétablirait jamais, à aucun prix. En ce moment même, elle souhaitait rompre définitivement le contact avec Joël ainsi qu'avec ceux qui l'avaient envoyé. C'était là son unique requête : qu'ils ne tentent plus de la joindre. Sur ces mots, sans même lui laisser la possibilité de la remercier, elle se leva et prit congé. Elle lui tourna le dos et se dirigea sur ses hauts talons vers le petit bosquet du temple d'un vert profond, tropical. Une Asiatique épanouie et captivante en robe d'été blanche, un foulard bleu pâle autour de son cou souple. Contemplant sa silhouette, Joël s'écria : « Ma femme ! »

Non qu'il y eût entre elles une quelconque ressemblance. Il n'y en avait aucune. D'une façon qu'il ne parvenait toujours pas à déchiffrer des semaines et des mois après cette brève rencontre, il perçut avec l'évidence des rêves à quel point Ivria faisait partie de sa vie. En dépit des souffrances ou à cause d'elles...

Quand il se reprit enfin, il se leva à son tour et quitta les lieux pour rentrer à l'hôtel. Dans sa chambre, il mit par écrit ce que la jeune femme lui avait confié dans le temple, tant que ses paroles étaient encore fraîches dans sa mémoire. Jamais elles ne s'altérèrent. Il se les rappelait aux moments les plus inattendus et son cœur se serrait : pourquoi ne lui avait-il pas proposé de l'accompagner à son hôtel pour faire l'amour ? Pourquoi n'en était-il pas tombé amoureux ? Tout abandonner et la suivre pour toujours... Le temps était passé et maintenant il était trop tard.

IX

Il avait différé la visite promise aux voisins américains de la maison jumelle. Parfois, par-dessus la haie qu'il n'avait toujours pas fini de tailler, il échangeait quelques mots avec le frère ou la sœur. Il trouvait étranges leurs embrassades sur la pelouse, leurs bagarres puériles et braillardes lorsqu'ils se disputaient le ballon avec lequel ils jouaient avec acharnement. Il se surprenait quelquefois à penser aux seins d'Ann-Mary, ou Rosemary, et à ce qu'elle lui avait murmuré à mi-voix à l'oreille : « La vie est dure, hein ? »

Demain est un autre jour, songeait-il.

Le matin, il s'étendait à moitié nu sur la balancelle du jardin pour bronzer en lisant et en grignotant du raisin. Il avait racheté *Mrs. Dalloway,* oublié à Helsinki. Il eut du mal à le terminer. Netta prit l'habitude, presque chaque jour, de se rendre en ville avec l'autobus, d'aller au cinéma, d'emprunter des livres à la bibliothèque municipale ou de déambuler dans les rues pour faire du lèche-vitrines. Elle aimait par-dessus tout les vieux films de la cinémathèque. Il lui arrivait même de voir deux séances en une seule soirée. Entre les programmes, elle s'installait dans un coin d'un petit café, qu'elle choisissait toujours populaire et bruyant. Elle commandait un cidre ou un jus de raisin. Si par hasard un inconnu essayait d'engager la conversation, elle lui décochait une réplique acerbe qui la renvoyait à sa solitude.

Au mois d'août, Lisa et Avigaïl commencèrent à travailler bénévolement, trois heures par jour et cinq matinées par semaine, à la « Fondation pour les sourds-muets » qui se trouvait à la limite du quartier, à quelques minutes de marche de la maison. Pour s'exercer, elles passaient leurs soirées, assises à la table du jardin, à communiquer entre elles dans le langage des malentendants. Joël les observait avec curiosité. Il avait très vite compris les principaux gestes. Ainsi, tôt le matin, il lui arrivait de monologuer devant la glace de la salle de bains en utilisant ces signes. Joël s'était débrouillé pour faire venir une femme de ménage chaque vendredi. Il s'agissait d'une Géorgienne souriante, taciturne, presque belle. Avec son aide, sa belle-mère et sa mère préparaient le chabbat. Elles prenaient la voiture de Joël pour aller faire les courses de la semaine, Avigaïl conduisant tandis que Lisa hurlait de terreur à chaque voiture qui venait en sens inverse. Joël leur avait acheté un four à micro-ondes avec lequel il s'amusait à jouer de temps à autre. Par déformation professionnelle, il avait lu le mode d'emploi quatre fois avant de se rappeler qu'il n'aurait pas à le détruire après l'avoir appris par cœur. Sa belle-mère et sa mère, aidées de la femme de ménage, veillaient à l'entretien de la maison. Elle rutilait de propreté. Il leur arrivait d'aller passer le chabbat à Metulla ou à Jérusalem. Joël et sa fille cuisinaient alors l'un pour l'autre. Quelquefois, le vendredi soir, ils jouaient aux dames ou regardaient la télévision. D'elle-même Netta prit l'habitude, le soir, de lui préparer une infusion avant de se coucher.

A deux reprises, à la mi-juillet et au début août, le

patron vint lui rendre visite. Il débarqua dans l'après-midi sans prévenir. Il mit un certain temps à s'assurer qu'il avait bien fermé les portières de sa Renault, en fit le tour deux ou trois fois afin de vérifier les poignées, puis sonna. Joël et lui s'assirent dans le jardin et se mirent à discuter des nouvelles du bureau jusqu'à ce qu'Avigaïl vînt se joindre à eux. La conversation glissa alors sur le problème de la pression des religieux. Le patron avait apporté à Netta un nouveau recueil de poèmes de Dhalia Ravikovitch, intitulé *Un véritable amour,* et il conseilla à Joël de le lire à l'occasion, au moins l'ode des pages sept et huit. En outre, il lui offrit une bouteille d'un excellent cognac français. A sa deuxième visite, lors d'un tête-à-tête dans le jardin, il lui narra les grandes lignes d'une transaction qui avait échoué à Marseille. Sans transition, il évoqua une autre opération dont Joël s'était personnellement occupé un an et demi auparavant. Il semblait vouloir lui faire comprendre que cette affaire n'avait pas été conclue de façon satisfaisante ou, si l'on préférait, l'avait été mais redevenait d'actualité. Un léger éclaircissement s'imposait. Peut-être devrait-on voler de son temps à Joël — une demi-heure ou une heure un de ces jours — sous réserve bien sûr qu'il acceptât, à un moment qui lui conviendrait.

Joël crut discerner dans les propos ou dans le ton un soupçon d'ironie, une sorte de mise en garde voilée mais, comme d'habitude, il eut du mal à percer les subtilités du patron. Il lui arrivait d'évoquer un sujet vital et extrêmement sensible en donnant l'impression de badiner sur la pluie et le beau temps alors que, lorsqu'il plaisantait vraiment, il prenait un masque tragique. Il pouvait mélanger les genres et son visage devenait aussi dépourvu d'expression que s'il additionnait des colonnes de chiffres. Joël demanda des précisions mais le patron abordait déjà un autre sujet : sa vie, semblable à présent à celle d'un chat paresseux et somnolent. Puis il évoqua le problème de Netta. Il était tombé par hasard, voici quelques jours, sur un article concernant un nouveau traitement qu'on serait en train de mettre au point en Suisse. Il ne s'agissait que d'une revue de vulgarisation et il l'avait apportée pour la lui donner ; c'était là l'objet de sa visite. Ses doigts fins de pianiste s'activaient sans interruption à tisser une couronne compliquée avec les aiguilles de pin qui envahissaient les meubles du jardin. Joël se demanda s'il était toujours en proie aux tourments du manque, bien que deux ans fussent passés depuis qu'il avait brutalement cessé de fumer ses Gitanes à la chaîne. A propos, Joël n'en avait-il pas assez d'entretenir ce jardin ? Ne s'agissait-il pas, après tout, que d'une location ? Ne désirait-il pas reprendre du service ? Peut-être à mi-temps ? Il s'agirait évidemment d'un poste ne nécessitant pas de déplacements. Au service de planification par exemple ou au département d'analyse des opérations.

Joël répondit : « Pas vraiment. » Et le patron passa à une question d'actualité qui faisait la une des journaux. Il l'informa des réels enjeux sans entrer dans les détails. A son habitude, il décrivit l'affaire du point de vue des diverses parties concernées ainsi que sous l'angle des différents observateurs. Dans sa bouche, chaque version était exposée avec discernement et même avec une certaine bienveillance. Il s'abstint d'exprimer son opinion personnelle malgré la demande de Joël. Au bureau, on le surnommait « professeur » sans article défini. Comme un prénom. Sans doute parce que durant plusieurs années, il avait enseigné l'histoire dans un lycée de Tel-Aviv. Occupation qu'il avait poursuivie un jour ou deux par semaine, alors même qu'il était parvenu à de hautes responsabilités. C'était un homme replet, soigné, aux gestes souples, le cheveu rare et dont la physionomie inspirait confiance — il avait l'allure d'un conseiller financier qui aurait des passe-temps artistiques. Joël supposait qu'il devait être un remarquable pédagogue, vu la manière dont il excellait au bureau à réduire les situations les plus compliquées à une thèse suivie d'une antithèse. Il pouvait prévoir les implications les plus complexes à partir de situations apparemment simples. En vérité, Joël n'aimait pas ce veuf modeste aux manières douces, aux ongles manucurés avec un soin tout féminin, aux costumes de laine et cravates de paisible conservateur. A deux ou trois reprises, le patron lui avait assené des coups cuisants sur le plan professionnel sans prendre la peine d'y mettre des formes. Joël se surprit à déceler dans le personnage des traces de cruauté latente, délicate — une cruauté de chat bien nourri. Il ne parvenait pas à comprendre pourquoi le patron avait pris la peine de lui rendre ces visites. Qu'est-ce que cela cachait ? Que signifiait la vague allusion à cette « affaire » classée puis rouverte ? L'idée d'un lien d'amitié avec le patron lui paraissait aussi incongrue que de faire de l'œil à une ophtalmologue dans l'exercice de ses fonctions. Toutefois, il éprouvait pour cet homme une estime intellectuelle ainsi qu'une confuse gratitude dont les raisons lui échappaient. Désormais, cela n'avait plus la moindre importance.

Là-dessus, son hôte s'excusa, quitta la balancelle et, sa lotion après-rasage exhalant derrière lui un sillage embaumant comme un parfum de femme, il se dirigea, grassouillet et affable, vers la chambre de Netta. La porte se referma. Joël, qui le suivait, distingua sa voix basse ainsi que celle de Netta, presque inaudible, à travers la porte. Il ne pouvait comprendre ce qu'ils disaient. De quoi parlaient-ils ? Une sourde irritation monta en lui. Il s'en voulut et balbutia, les mains sur les oreilles : « Imbécile ! »

Se pouvait-il que, derrière la porte close, le professeur et Netta tinssent conseil à son propos ? Se concertant secrètement dans son dos ? Délibérant sur ce qu'ils allaient faire de lui ? Soudain, il soupçonna Netta de rire sous cape. Il réfléchit, se rappela que c'était impossible et, une fois encore, il se reprocha cette exaspération passagère, l'incohérence de sa jalousie, la tentation qui le démangeait de faire irruption dans la chambre sans frapper. Il se rendit à la cuisine pour revenir sur ses pas trois minutes plus tard. Il frappa et attendit un peu avant d'entrer pour leur offrir une bouteille de cidre bien frais et deux grands verres emplis de glaçons. Il les trouva assis sur le grand lit conjugal, plongés dans une partie de dames. Personne ne manifesta la moindre hilarité quand il entra. Il eut la subite impression que Netta lui adressait un furtif clin d'œil. Il décida, après coup, que ce n'était qu'un battement de paupières.

X

Il était disponible à longueur de temps. Les jours finissaient par se ressembler. Ici ou là, il bricolait quelque chose dans la maison : il installa un porte-savon dans la salle de bains, un nouveau portemanteau, un couvercle à ressort pour la poubelle. Il creusa à la bêche les cuvettes d'arrosage des quatre arbres fruitiers du jardin derrière la maison, les élagua et enduisit les moignons de poix noire. Il déambulait de pièce en pièce, de la cuisine à l'auvent du jardin puis au balcon, la perceuse électrique à la main. Tel un scaphandrier relié à son tuyau d'oxygène, il traînait derrière lui la rallonge branchée et le doigt sur le bouton de mise en marche, cherchait où percer un trou. Parfois le matin, il lui arrivait de s'installer devant la télévision pour regarder les programmes pour enfants. Il finit de tailler la haie — de son côté et de celui des voisins. Il lui arrivait souvent de déplacer un meuble pour le remettre à la même place dès le lendemain. Il changea les joints de tous les robinets de la maison. Ayant aperçu de petites taches de rouille sur les piliers, il repeignit l'auvent de la voiture. Il répara le verrou du portail et colla sur la boîte aux lettres une affichette sur laquelle était écrit en majuscules, à l'adresse du livreur de journaux : « PRIÈRE DE DÉPOSER LE JOURNAL DANS LA

BOÎTE ET DE NE PAS LE JETER DANS L'ALLÉE. » Il graissa les gonds des portes afin d'éviter les grincements. Il donna à nettoyer le porte-plume d'Ivria en demandant à ce qu'on en changeât la plume. Il remplaça également l'ampoule au chevet du grand lit de Netta par une plus forte. A partir de la prise du téléphone qui se trouvait dans l'entrée, sur un tabouret, il installa un second branchement dans la chambre d'Avigaïl afin que sa mère et sa belle-mère disposassent d'un poste personnel.

Sa mère commentait :

— Bientôt, tu vas te mettre à attraper les mouches. Va plutôt écouter des conférences à l'université ou à la piscine, fréquente des femmes…

Avigaïl renchérit :

— Sait-il seulement nager ?

Et Netta d'ajouter :

— Une chatte a mis bas quatre petits, dehors, dans la cabane à outils.

Joël répondit :

— Assez ! Qu'est-ce qui se passe ici ? Encore un peu et il faudra élire un comité.

— De plus, dit sa mère, tu vas te rendre malade par manque de sommeil.

La nuit, à la fin des programmes télévisés, allongé sur le canapé, il écoutait longuement le grésillement monotone en observant le floconnement neigeux qui scintillait sur l'écran. Ensuite, il sortait dans le jardin pour fermer un tourniquet, vérifier la lumière de la véranda ou apporter une soucoupe de lait et quelques restes de poulet à la chatte dans l'appentis. Parfois, immobile dans un coin de la pelouse, humant l'air, s'imaginant sans bras ni jambes dans un fauteuil roulant, il contemplait la rue obscure et les étoiles et il arrivait que ses jambes le portent jusqu'à la ruelle en pente vers la barrière du verger pour entendre les grenouilles. Une fois, il crut percevoir un chacal au loin bien qu'il songeât que ce pouvait n'être qu'un chien errant, hurlant à la lune. Il s'installait dans sa voiture, démarrait et conduisait comme dans un rêve sur les routes, désertes la nuit, jusqu'au monastère de Latroun, jusqu'à la limite des collines de Kafr-Kassem au pied du Carmel. Il veillait à ne jamais dépasser les vitesses autorisées. Il s'arrêtait de temps à autre dans une station-service pour faire le plein et échanger quelques mots avec l'Arabe de garde. Roulant au pas, il dépassait les prostituées sur le bas-côté et les observait de loin cependant que de petites rides très fines apparaissaient aux coins de ses yeux bien qu'aucun sourire ne se dessinât sur ses lèvres. Demain est un autre jour, pensait-il en se laissant tomber enfin sur son lit, décidé à dormir, puis il bondissait soudain vers le réfrigérateur pour se verser un verre de lait froid. S'il lui arrivait de rencontrer sa fille occupée à lire dans la cuisine à quatre heures du matin, il lançait : « Bonjour, *young lady !* Que lit mademoiselle en ce moment ? » Elle terminait tranquillement son paragraphe, levait sa tête tondue et répondait : « Un livre. » Joël demandait : « Puis-je me joindre à toi ? Je prépare quelque chose à boire ? » Alors Netta répliquait d'une voix étouffée, presque tendrement : « Si tu veux... » Et elle se remettait à lire. Un peu plus tard, un léger coup se faisait entendre dehors et Joël s'élançait pour attraper, sans succès, le livreur de journaux qui, une fois de plus, avait lancé le journal dans l'allée au lieu de le déposer dans la boîte aux lettres.

Il ne toucha plus à la figurine du salon. Il ne s'approcha plus de l'étagère aux bibelots au-dessus de la cheminée. Comme s'il conjurait une tentation. Tout au plus lui jetait-il un regard oblique, furtif, comparable à celui qu'un homme, assis au restaurant avec sa femme, peut lancer à une autre femme installée à la table d'à côté. Il s'imagina que ses nouvelles lunettes lui permettraient de mieux la déchiffrer. Toutefois à l'aide de ses lunettes à monture noire et en utilisant également celles de docteur d'Ivria, il entreprit d'examiner méthodiquement, méticuleusement, les clichés des ruines romanes — Netta avait décroché les photographies des monastères du studio de sa mère à Jérusalem et lui avait demandé de les fixer au-dessus du canapé. Il se mit à soupçonner qu'il y avait un objet étranger, un sac abandonné, peut-être le sac d'accessoires du photographe, à l'entrée de l'un des monastères. Mais l'objet était trop minuscule pour permettre de parvenir à une conclusion. En raison des efforts excessifs, ses yeux recommencèrent à le faire souffrir. Joël décida qu'un de ces jours il devrait réexaminer le cliché à l'aide d'une forte loupe ou le donner à agrandir. Le laboratoire du bureau le ferait volontiers et fort bien. Il repoussa cette éventualité, ne voyant pas comment il expliquerait de quoi il s'agissait. Ne le sachant pas lui-même.

XI

À la mi-août, deux semaines avant que Netta ne reprît ses cours en terminale au lycée de Ramat-Lotan, Arik Krantz, l'agent immobilier, lui fit la surprise d'une visite un matin de chabbat. Il venait voir si tout allait bien. N'habitait-il pas à deux pas ? En fait ses amis, les Kramer, les propriétaires, l'avaient prié de passer jeter un coup d'œil.

Il lança un regard circulaire, éclata de rire et s'exclama :

— Je vois que vous avez atterri en douceur. On dirait que c'est déjà parfaitement installé ici.

Avec son laconisme coutumier, Joël répondit :

— Ça va.

Arik Krantz demanda si les équipements domestiques fonctionnaient convenablement et ajouta :

— Ne vous êtes-vous pas, si on peut dire, entiché de cette maison au premier coup d'œil et de telles amours se refroidissent souvent dès le lendemain, n'est-ce pas ?

— Ça va, répéta Joël.

Il était vêtu d'un maillot de corps, d'un short de gymnastique et d'espadrilles. Dans cette tenue, il fascinait l'agent immobilier bien plus encore que lors de leur première rencontre en juin, le jour de la location. Joël lui paraissait secret et fort. Son visage évoquait le sel, le vent, les femmes étrangères, la solitude et le soleil. Ses cheveux commençaient à blanchir, taillés de façon militaire, carrée, sans pattes, et une mèche argentée, semblable à une pelote de laine d'acier, bouclait au-dessus de son front. Autour de ses yeux de fines rides simulaient un sourire narquois auquel les lèvres ne participeraient pas. Les yeux étaient enfoncés, rougis, légèrement plissés comme pour se protéger d'une lumière trop vive, de la poussière ou du vent. L'angle du maxillaire semblait concentrer une force contenue comme s'il marchait les dents serrées. En dépit de plis ironiques aux commissures des paupières, il avait un visage jeune et lisse qui contrastait avec ses cheveux grisonnants. Qu'il parlât ou non, son expression ne changeait guère. L'agent immobilier risqua :

— Je ne vous dérange pas ? Je peux m'asseoir un instant ?

Tenant à la main la perceuse électrique toujours branchée à la prise de la cuisine, de l'autre côté du mur, Joël dit :

— Je vous en prie !

— Je ne suis pas venu vous voir à titre professionnel, il s'agit simplement d'une visite de bon voisinage pour voir si je puis vous être utile à quelque chose. Contribuer à votre installation, comme on dit. A propos, appelez-moi Arik. Le propriétaire m'a chargé de vous signaler que vous pouviez raccorder des climatiseurs à chacune des chambres à coucher. N'hésitez pas à effectuer les travaux à ses frais. Il avait projeté de le faire cet été mais il n'en a pas eu le temps. Il vous fait dire également que la pelouse doit être abondamment arrosée — c'est de la terre pauvre — et que les arbustes, par contre, doivent l'être chichement.

Les efforts d'Arik Krantz pour plaire et nouer une relation, ainsi peut-être que le mot « chichement », amenèrent un léger sourire sur les lèvres de Joël. Il n'en était apparemment pas conscient mais Krantz, enthousiaste, renchérit avec assurance en découvrant ses gencives :

— Croyez bien, monsieur Ravid, que je ne suis pas venu vous importuner. J'ai juste fait un petit détour en allant à la mer — aujourd'hui, il fait un temps fantastique pour naviguer. A dire vrai, le détour était délibéré, je voulais vous voir. Bon, je m'en vais...

— Vous boirez bien une tasse de café, affirma Joël.

Il posa la perceuse qu'il tenait toujours à la main sur la table, devant son hôte, un peu à la façon d'un hommage. Ce dernier s'assit avec précaution sur un coin du canapé. Il portait un tee-shirt bleu arborant l'emblème d'une équipe de football brésilienne par-dessus un maillot de bain ainsi que des chaussures de tennis étincelantes. Il serra ses jambes poilues l'une contre l'autre à la manière d'une jeune fille timide. Puis il se remit à rire et le questionna :

— Comment va la famille ? Vous sentez-vous bien ici ? Vous vous êtes habitués sans problème ?

— Les grands-mères sont parties à Metulla. Le café... avec du sucre et du lait ?

— Ne vous dérangez pas... Je prendrai volontiers une petite cuillère de sucre et une demi-goutte de lait, ajouta-t-il bravement un instant plus tard. Juste pour salir un peu le noir. Vous pouvez m'appeler Arik.

Joël sortit pour se rendre à la cuisine. De sa place, l'agent immobilier examina rapidement le salon à la recherche d'un signe de vie. Il lui sembla que rien n'avait changé, excepté trois cartons fermés empilés dans un coin, à l'ombre du philodendron géant. Excepté aussi les trois photographies des ruines au-dessus du canapé que Krantz supposa être un souvenir d'Afrique ou quelque chose d'approchant. Il serait intéressant de savoir de quoi vivait ce fonctionnaire. Au dire des voisins, c'était quelqu'un de haut placé, semblait-il. Peut-être avait-il été suspendu de ses fonctions et l'avait-on mis au vert le temps qu'une commission d'enquête statuât sur son sort ? Il avait l'air d'être un chef de service au ministère de l'Agriculture ou du Développement. Il avait sûrement passé une longue partie de sa carrière dans l'armée. Probablement quelque chose comme chef de bataillon dans un régiment de blindés.

— Quel était votre grade à l'armée, si je puis me permettre de vous poser la question ? Votre visage me dit quelque chose. A-t-on parlé de vous dans les journaux ? Ou à la télévision ? demanda-t-il à Joël qui revenait de la cuisine avec un plateau où étaient disposés deux tasses de café, le sucrier et le pot à lait ainsi qu'une assiette de biscuits. Il déposa les tasses sur la table, laissant le reste sur le plateau qu'il plaça entre eux avant de s'installer dans un des fauteuils.

— Lieutenant au tribunal militaire, lâcha-t-il.

— Et ensuite ?

— J'ai été démobilisé en soixante-trois.

Krantz ravala de justesse la question qui lui brûlait les lèvres. Au lieu de quoi il déclara en sucrant son café et en versant le lait :

— C'était une simple question. J'espère que cela ne vous ennuie pas. Personnellement j'ai horreur des raseurs. Vous n'avez pas eu d'ennuis avec le four ?

Joël haussa les épaules. Une ombre passa devant la porte du salon et disparut.

— Votre femme ? avança Krantz.

Il se souvint aussitôt, se confondit en excuses et, avec mille précautions, formula l'hypothèse qu'il s'agissait sûrement de la fille. Jolie mais sauvage, hein ? Une nouvelle fois il trouva bon d'évoquer ses deux fils. Ils avaient été au front lorsqu'ils étaient au Liban. Ils avaient à peine un an et demi de différence. C'était toute une histoire. Et si on organisait une rencontre entre eux et la jeune fille ? On verrait bien s'il se passait quelque chose.

Il sentit brusquement que l'homme assis en face de lui l'étudiait avec une froide curiosité un peu ironique. Il changea immédiatement de sujet et préféra raconter à Joël que, dans sa jeunesse, il avait travaillé deux ans en tant que dépanneur de télévision qualifié de sorte que si leur poste venait à tomber en panne…

— … téléphonez-moi sans attendre, même à trois heures du matin. Je ferai un saut et je vous le réparerai gratuitement. Il n'y a pas de problème. Et si, un de ces jours, il vous vient l'envie de vous joindre à moi pour faire de la voile — mon bateau est amarré dans le port de pêche de Jaffa — vous n'avez qu'un mot à dire. Vous avez mon numéro de téléphone ? Passez-moi un coup de fil lorsque ça vous tentera. Yallah ! Je m'en vais.

Il lui fallut quelques secondes pour comprendre que Joël acceptait son invitation. Aussitôt il déborda d'enthousiasme et entreprit de vanter les joies de la voile par une fabuleuse journée comme celle-ci.

— Peut-être aimeriez-vous faire une grande balade en mer et aller voir de près le vieux rafiot d'Abby Nathan ?

Joël le fascinait et il désirait vivement s'en rapprocher, créer des liens d'amitié, le servir avec dévouement, lui prouver combien il pouvait lui être utile, lui démontrer sa loyauté et même l'émouvoir. Se maîtrisant, il retint la bourrade qui le démangeait :

— Prenez votre temps. Il n'y a pas urgence, la mer ne va pas s'échapper.

Puis il se leva d'un bond, empressé et joyeux, devançant son hôte pour rapporter lui-même le plateau du café à la cuisine. Si Joël ne l'en avait pas empêché, il aurait même fait la vaisselle.

Dès lors, Joël prit l'habitude d'accompagner Arik Krantz en mer, les chabbats. Tout jeune, il avait appris à ramer et à présent, il s'exerçait à drisser une voile. Il ne rompait que rarement son silence. Krantz n'en concevait ni dépit ni amertume mais plutôt un sentiment comparable à l'attirance qu'éprouve parfois un adolescent pour un aîné dont il rêve de devenir l'esclave dévoué. Inconsciemment, il se mit à imiter la manie qu'avait Joël de se passer un doigt entre le cou et le col de sa chemise ou sa façon d'humer l'air marin et de le retenir dans ses poumons avant de l'exhaler en une lente expiration à travers la fente étroite de ses lèvres. Arik Krantz se confiait volontiers à son ami. Il ne lui cachait rien, pas même ses petites infidélités envers sa femme ni ses stratagèmes pour tromper le fisc ou retarder ses périodes militaires. Lorsqu'il sentait qu'il lassait son compagnon, il s'interrompait pour lui passer de la musique classique — il avait pris l'habitude, les chabbats où son nouvel équipier l'accompagnait, d'emporter un magnétophone à cassettes perfectionné qui fonctionnait sur piles. Au bout d'un quart d'heure, n'en pouvant plus de garder le silence en écoutant du Mozart, il entreprenait de lui expliquer comment faire fructifier son argent ou par quelles méthodes secrètes la marine pourrait protéger hermétiquement les côtes des attaques terroristes. Arik Krantz se sentait transporté par cette amitié inattendue au point qu'il lui arrivait, n'y tenant plus, de téléphoner à Joël au milieu de la semaine pour lui parler du programme du prochain chabbat.

De son côté, Joël médita un peu sur l'expression : « La mer ne va pas s'échapper » sans y découvrir la moindre faute. Il participait à l'arrangement à sa manière : il procurait à l'agent immobilier ce qu'il demandait précisément en s'abstenant de donner quoi que ce fût, hormis sa présence taciturne. Un jour il se surprit à enseigner à Krantz comment dire à une fille : « J'ai envie de toi » en birman. Vers trois ou quatre heures de l'après-midi, ils rentraient au port de Jaffa tandis que Krantz priait intérieurement que le temps s'arrêtât ou que la terre ferme disparût. Puis ils retournaient à la maison dans la voiture de Krantz pour boire un café. Joël articulait : « Merci beaucoup. Au revoir. » Une fois au moment de se séparer, il ajouta : « Arik, fais attention sur la route. » Ces mots-là, Krantz les grava joyeusement dans son cœur, y voyant un petit progrès. Parmi les mille questions qui le démangeaient, il n'en posa que deux ou trois auxquelles il reçut des réponses simples. Il avait peur de tout gâcher, d'exagérer, de l'agacer ou de rompre le charme.

Plusieurs semaines passèrent. Netta entra en terminale et la bourrade que Krantz se promettait chaque fois d'assener sur l'épaule de son ami au moment de prendre congé n'eut pas lieu, remise à une prochaine occasion.

XII

QUELQUES jours avant le début de l'année scolaire, le problème de Netta resurgit. Depuis le drame en février, à Jérusalem, il ne s'était pas produit une seule fois et Joël en était venu à penser qu'après tout, Ivria pouvait bien avoir eu raison dans la polémique qui les opposait. Cela arriva un mercredi, à trois heures de l'après-midi. Ce jour-là Lisa était partie à Jérusalem pour inspecter l'état de l'appartement qu'elle avait loué et Avigaïl s'était également absentée — elle était allée écouter une conférence à l'université de Ramat-Aviv.

Nu-pieds dans le jardin nimbé de la lumière d'une fin d'été brûlant, Joël arrosait les arbustes de la façade. Le voisin d'en face, un Roumain au postérieur imposant évoquant un avocat trop mûr, grimpa par une échelle sur le toit de sa maison avec deux jeunes Arabes qui avaient l'air d'étudiants en vacances. Les jeunes gens démontèrent l'antenne de télévision et la remplacèrent par une neuve, visiblement plus performante. Le propriétaire les harcelait de reproches, de réprimandes et de conseils dans un arabe boiteux. Joël songea qu'ils auraient certainement préféré que le vieil homme leur parlât en hébreu. Parfois ce voisin, importateur de boissons alcoolisées, engageait la conversation en roumain avec Lisa, sa mère. Un jour il lui offrit une fleur avec une révérence exagérée, en guise de plaisanterie. Le chien-loup se tenait au pied de l'échelle. Joël savait qu'il s'appelait *Ironside*. Il dressait la tête en aboyant avec méfiance, par intermittence, sans conviction, comme s'il s'acquittait d'un devoir. Un lourd camion s'engagea dans la ruelle et, parvenu à la hauteur de la barrière du verger, il entreprit d'effectuer péniblement une marche arrière cahotique à grand renfort de halètements et de grincements de freins. La puanteur des gaz d'échappement envahit l'atmosphère. Joël se demanda où pouvait se trouver en ce moment le camion frigorifique de M. Vitkin, Eviatar ou Itamar. Et ce que devenait la guitare dont il tirait ses mélodies russes.

Ensuite, un silence d'après-midi estival revint cerner la rue. Sur la pelouse à côté de lui, Joël aperçut un petit oiseau, le bec caché entre ses ailes, immobile, pétrifié, comme inanimé. Comme Joël déplaçait le jet d'eau d'un arbuste à l'autre, l'oiseau momifié s'envola. Un enfant passa en courant sur le trottoir en criant non sans acrimonie : « On avait dit que ce serait moi qui ferais le gendarme ! » De l'endroit où il se trouvait Joël ne pouvait voir à qui il s'en prenait. Très vite, l'enfant disparut à son tour et Joël, tenant le tuyau d'une main, se baissa pour consolider de l'autre la rigole qui s'était affaissée. Il se rappela comment le père de sa femme, l'ancien officier de police Sha'altiel Lublin, avait coutume de lui adresser un clin d'œil appuyé en proférant : « En somme, nous avons tous les mêmes secrets. » Cette phrase l'exaspérait presque jusqu'à la haine, non pas envers Lublin mais à l'encontre d'Ivria. C'était Lublin qui lui avait appris comment butter de petites rigoles d'irrigation et comment agiter le jet par de légers coups de poignet circulaires afin de ne pas détruire les rebords de la cuvette. Il était perpétuellement environné d'un nuage gris de fumée de cigare. Ce qui touchait de près ou de loin à la digestion, au sexe, aux maladies ou à la défécation était prétexte à plaisanterie. Lublin était un farceur invétéré. La chair semblait susciter chez lui une joie maligne. Il ponctuait ses plaisanteries d'un rire rauque de fumeur assez comparable à un râle.

Un jour, il entraîna Joël dans sa chambre à Metulla et lui tint un long discours d'une voix basse, altérée à force de fumer :

— Écoute. L'homme passe les trois quarts de sa vie à courir là où l'entraîne l'extrémité de son membre. Figure-toi que tu es le troufion et ton arbalète, l'adjudant. Garde-à-vous ! Repos ! Cours ! Saute ! A l'assaut ! Si l'arbalète nous libérait du service obligatoire après deux, trois ou cinq ans, alors il resterait suffisamment de temps à chacun d'entre nous pour écrire les poèmes de Pouchkine et inventer l'électricité. Mais plus on lui en donne, plus il en veut. Il ne vous laisse jamais en paix. Offrez-lui un steak, il réclamera du schnitzel. Offrez-lui du schnitzel, il réclamera du caviar. Encore heureux que Dieu ait eu pitié de nous et ne nous en ait attribué qu'un seul ! Songe à ce qui arriverait si pendant cinquante ans tu devais en nourrir, blanchir, réchauffer et divertir cinq de cet acabit..., conclut-il en se raclant la gorge.

Il s'étrangla puis s'enveloppa aussitôt de la fumée d'un nouveau cigare. Il en fut ainsi jusqu'à sa mort, un jour d'été, à quatre heures et demie du matin sur la lunette des cabinets, le pantalon baissé, un cigare allumé à la main. Joël imaginait très bien le genre de plaisanterie, accompagnée d'un rire de gorge, que Lublin aurait lancée si cela était arrivé à quelqu'un d'autre, par exemple à lui, Joël. Peut-être avait-il eu le temps d'envisager le côté amusant de sa propre mort et s'en était-il allé en s'esclaffant ? Son fils, Nakdimon, était un jeune homme massif et taciturne qui, depuis son enfance, était passé maître dans la capture des serpents venimeux. Il avait appris à récupérer leur venin qu'il vendait pour la préparation de sérum. Bien que Nakdimon eût des opinions politiques extrémistes, la plupart de ses relations étaient des Arabes. En leur compagnie, il faisait montre d'une prolixité fébrile qui s'évanouissait dès qu'il revenait à l'hébreu. Nakdimon manifestait à l'égard de Joël ainsi qu'envers sa sœur, Ivria, une méfiance paysanne crispée. Les rares fois où il montait à Jérusalem, il leur apportait un bidon d'huile d'olive pressée par ses soins ou des chardons de Galilée pour la collection de Netta. Il était pratiquement impossible de lui faire proférer autre chose que des réponses stéréotypées tenant en deux ou trois mots, telles que : « Oui, en gros. » ou : « *Ma'lech* » ou encore : « Dieu merci ! » Ces formules étaient lâchées dans un nasillement hostile, comme s'il se repentait d'avoir consenti à répondre. S'il lui arrivait de s'adresser à sa mère, à sa sœur ou à sa nièce, il les qualifiait de « fillettes ». Joël, pour sa part, avait coutume de le nommer Lublin de même que feu son père — il trouvait leur prénom très laid. Depuis l'enterrement d'Ivria, Nakdimon n'était jamais venu leur rendre visite. Chaque fois qu'Avigaïl et Netta se rendaient à Metulla pour les voir, lui et ses fils, elles s'en revenaient un peu exaltées. Lisa, qui les avait accompagnées pour y passer la fête de Pâque, avait déclaré à son retour : « Il faut savoir vivre. » Joël s'était félicité d'avoir tenu bon. Il avait passé le soir du Seder seul à la maison. Il avait regardé la télévision et, à huit heures et demie, il avait sombré dans un profond sommeil jusqu'à neuf heures le lendemain matin, chose qui ne lui était pas arrivée depuis longtemps.

Bien que ne s'étant pas encore résigné à l'idée qu' « en somme, nous avons tous les mêmes secrets », il ne s'en irritait plus. Peut-être que oui, peut-être que non, nous ne le saurons jamais, songea-t-il avec un pincement de nostalgie, installé dans le jardin face à la ruelle vide baignant dans l'air incandescent. Lorsqu'elle lui chuchotait, la nuit, d'une voix pleine de commisération : « Je te comprends », que voulait-elle dire ? Que comprenait-elle ? Il ne le lui avait jamais demandé. A présent il était trop tard. Le temps était-il venu de se mettre à écrire les poèmes de Pouchkine ou d'inventer l'électricité ? Alors qu'il était en train d'arroser de cuvette en cuvette par légers mouvements du poignet, sans qu'il y prêtât attention, un son bas et étrange s'échappa de sa poitrine, assez voisin du sifflement de Lublin père. Il se remémora les formes qui apparaissaient, disparaissaient, se transformaient, comme si elles se jouaient de lui à chaque battement de paupières, sur le papier peint de la chambre d'hôtel de Francfort. Une jeune fille passa sur le trottoir devant lui, un lourd panier à provisions dans une main, serrant de l'autre deux grands sacs contre sa poitrine. C'était une jeune Asiatique que des voisins aisés avaient fait venir et qu'ils logeaient chez eux dans une chambre avec salle de bains indépendante, en échange de quelques heures de ménage. Elle était très menue mais portait sans effort le panier et les deux gros sacs. Lorsqu'elle passa devant lui, elle parut danser, à croire que les lois de la pesanteur ne la concernaient pas. Pourquoi ne pas fermer le robinet, l'aborder et lui proposer de l'aider ? Ou encore ne rien dire mais se conduire paternellement : lui barrer la route, lui ôter ses paquets des mains et l'accompagner à la maison — il pourrait en chemin engager un brin de conversation... Joël eut, pendant un instant, l'impression de sentir le poids du cabas contre lui. Mais elle serait effrayée, ne comprendrait pas, croirait même avoir affaire à un voleur ou un maniaque, on l'apprendrait et on cancanerait. Non qu'il s'en souçiât — de toute façon les gens du quartier devaient déjà médire sur son compte — mais grâce à ses sens aiguisés et bien entraînés, mû par la force de l'habitude, il apprécia correctement la distance et le temps qu'il lui faudrait pour la rattraper et comprit qu'elle serait déjà passée et rentrée chez elle à moins qu'il ne se mît à courir. Et il n'aimait pas courir. Elle était très jeune, sculpturale, avec une taille de guêpe, une opulente chevelure noire qui dissimulait presque entièrement son visage. Son dos fin se dessinait sous la robe de coton à fleurs, attachée par-derrière à l'aide d'une longue fermeture Éclair. A peine avait-il entrevu le galbe de ses jambes et de ses cuisses à travers le léger tissu qu'elle avait déjà disparu. Soudain ses yeux le brûlèrent. Joël les ferma et vit distinctement un faubourg d'Extrême-Orient, à Rangoon, Séoul ou Manille, une multitude de petites constructions en tôle, en contre-plaqué ou en carton, entassées les unes contre les autres, engluées dans l'épaisse boue tropicale. Une venelle sale, brûlante, traversée par un ruisseau. Des chiens et des chats lépreux, des enfants maladifs leur courant après, nu-pieds, la peau mate, pataugeant en haillons dans l'eau croupie du caniveau. Un vieux buffle large et docile est attelé par des cordes grossières à une charrette misérable dont les roues de bois sont enlisées dans la vase. Le tout baignant dans des odeurs âcres, suffocantes, noyé dans une sorte de mousson tiède tombant sans relâche. Elle tambourine sur la carcasse d'une Jeep détruite, rongée par la rouille, et on entend un crépitement sourd, pareil à une rafale de mitrailleuse. Soudain sur le siège éventré du conducteur surgit le handicapé sans bras ni jambes de Helsinki, diaphane, semblable à un ange, souriant d'un air entendu.

XIII

Ce fut alors que, provenant de la fenêtre de Netta, lui parvinrent un coup sourd et des hoquets analogues à une toux. Il ouvrit les yeux, marcha pieds nus en direction du robinet d'alimentation de l'eau, le ferma et se dirigea à grands pas vers la maison. Lorsqu'il entra, les sifflements et les convulsions avaient cessé et il sut que le problème, cette fois, n'était pas grave. L'enfant était allongée en position fœtale sur le tapis. La syncope avait adouci ses traits au point qu'elle lui parut presque jolie. Il plaça deux coussins sous sa tête et ses épaules afin de faciliter sa respiration. Il sortit pour revenir un instant plus tard avec un verre d'eau et deux comprimés qu'il posa sur la table — il les lui ferait prendre à son réveil. Ensuite, sans aucune nécessité, il étendit un drap blanc sur le corps frêle et, sans la toucher, il s'assit près d'elle, les bras entourant ses genoux.

Les yeux de la fillette étaient clos sans être contractés, ses lèvres entrouvertes, son corps gracile, détendu sous le drap. Il se rendit compte qu'elle avait grandi durant ces derniers mois. Il contempla ses longs cils hérités d'Ivria, son front haut et lisse qui lui venait de sa mère à lui. Fugitivement, il eut envie de la délivrer du sommeil et de la solitude, d'embrasser le lobe de ses oreilles ainsi qu'il aimait à le faire quand elle était petite. Ainsi qu'à Ivria.

A présent, il lui semblait qu'elle était redevenue le bébé au regard sérieux qui restait sagement assis sur une natte dans un coin de la pièce et levait vers les adultes une face ironique, comme si tout était clair pour lui, y compris l'indicible, et que ce n'était que par excès de tact et de délicatesse qu'il préférait se taire. Ce bébé qu'il emmenait toujours avec lui lors de ses voyages dans un petit album-photos qu'il conservait dans la poche intérieure de son veston.

Six mois durant, Joël avait espéré que le problème avait disparu, que le drame avait provoqué un changement, qu'Ivria avait raison à son détriment à lui. Il se rappela que de telles éventualités étaient envisagées ici ou là dans les revues médicales spécialisées qu'il avait consultées. L'un des médecins lui avait d'ailleurs confié, hors de la présence d'Ivria et avec maintes réserves, qu'il était possible que la puberté apportât la guérison ou, au moins, une amélioration notable. Et de fait, aucune manifestation n'avait eu lieu depuis la mort d'Ivria.

« Manifestation » ? Il fut instantanément envahi d'amertume. Elle n'était plus là. Assez ! Désormais on n'emploierait plus les mots « problème » ou « manifestation ». Dorénavant on parlerait de « crise ». Il prononça ce mot presque à haute voix. Plus de censure. Fini. La mer n'allait pas s'échapper. A partir d'aujourd'hui on utiliserait les mots justes. Aussitôt, dans une explosion de colère, il se pencha pour chasser d'un violent geste de la main une mouche qui se promenait sur les joues pâles de sa fille.

La chose se produisit la première fois quand Netta avait quatre ans. Un jour qu'elle se tenait debout devant le lavabo de la salle de bains, occupée à laver sa poupée en plastique, elle s'affala brusquement sur le dos. Joël se souvenait de sa frayeur devant les yeux révulsés et grands ouverts où l'on n'apercevait que le blanc strié de sang, des filets de bave au coin de la bouche, de la paralysie qui l'étreignit bien qu'il eût immédiatement compris qu'il lui fallait courir chercher de l'aide. Malgré son entraînement et la maîtrise acquise au cours de ses années de formation et de service, il resta cloué sur place, incapable de détourner les yeux de l'enfant. Il lui semblait que l'ombre d'un sourire apparaissait, disparaissait, puis réapparaissait sur son visage, comme si elle se retenait de rire. Ce fut Ivria et non lui qui recouvra ses esprits en premier et se précipita vers le téléphone. Il ne sortit de sa prostration qu'en entendant la sirène de l'ambulance. Il arracha alors sa fille des bras de sa femme, dévala les escaliers, trébucha, sa tête heurta la rampe et il s'évanouit. Quand il se réveilla dans la salle des urgences, Netta était déjà revenue à elle.

Ivria lui dit doucement : « Tu m'étonneras toujours. » Elle n'ajouta rien de plus.

Le lendemain, il devait se rendre pour cinq jours à Milan. Avant son retour, les médecins avaient formulé leur diagnostic et renvoyé l'enfant à la maison. Ivria, contestant leurs conclusions, refusa obstinément de donner à la fillette les médicaments prescrits. Elle s'accrochait désespérément à ce qu'elle pensait être des divergences d'opinions entre les médecins ou à l'impression que l'un d'entre eux doutait des hypothèses de ses confrères. Elle jeta à la poubelle les médicaments qu'il avait achetés.

— Tu es devenue folle ! s'écria Joël.

Et elle, avec un sourire paisible, répondit :

— Tu peux parler !

En son absence, elle traînait Netta de spécialiste en spécialiste, allait voir des professeurs renommés, des psychologues, des conseillers et finalement, malgré son désaccord, consultait toutes sortes de charlatans qui lui proposaient différents régimes, gymnastiques, douches froides, vitamines, bains de boue, mantras et autres tisanes.

Chaque fois qu'il rentrait de voyage, il rachetait les médicaments et les faisait avaler à l'enfant. A peine avait-il le dos tourné qu'Ivria s'empressait de les faire disparaître. Un jour, prise d'un accès de colère, en larmes, elle lui avait défendu de prononcer les mots « maladie » et « crise ». « Tu la marques d'un stigmate, tu la coupes du monde, tu lui manifestes que la comédie te plaît. Tu la détruis. Il y a un " problème " — Ivria persistait à le nommer ainsi — mais ce n'est pas Netta qui l'a, c'est nous. » Il finit par céder et prit l'habitude d'utiliser lui aussi le mot « problème ». Il ne voyait aucune raison de se quereller avec sa femme pour une question de vocabulaire.

— En réalité, affirma Ivria, le problème n'est pas en elle, ni en nous, mais en toi. Dès que tu t'en vas, le problème disparaît parce qu'il n'y a plus de public, plus de théâtre. Le fait est là !

Était-ce là un fait ? Joël n'aurait su le dire. Pour une obscure raison, il renonça à éclaircir cette question. Craignait-il d'avoir à reconnaître qu'Ivria avait raison ? Ou au contraire qu'elle avait tort ?

Chaque fois qu'Ivria prenait l'initiative d'une dispute, c'était presque toujours en rapport avec une manifestation du « problème ». Mais cela arrivait aussi dans l'intervalle. Quelques mois plus tard, elle commençait à désespérer des sorciers et des charlatans. Ce qui ne l'empêchait pas de persister, avec une sorte de logique aveugle, à le croire coupable, lui seul. Elle exigeait qu'il cessât ses voyages ou qu'il s'en allât pour toujours : « Décide ce qui est le plus important pour toi — te comporter en mari et en père responsable ou nous frapper d'un coup de poignard dans le dos et prendre la fuite. »

Une fois, lors d'une syncope, elle se mit à battre l'enfant pétrifiée au visage, sur le corps, à la tête. Il fut atterré, la supplia, l'implora, exigea qu'elle s'arrête. Finalement, pour la première fois de sa vie, il dut user de la force. Il lui saisit le bras, le bloqua dans son dos et la traîna à la cuisine. Quand elle eut fini de résister, elle se laissa tomber sur un tabouret, avachie comme une poupée de chiffon et là, sans nécessité, il lui assena une gifle retentissante. Ce fut seulement alors qu'il se rendit compte que l'enfant s'était réveillée et que, debout, appuyée au chambranle de la porte de la cuisine, elle les dévisageait tous les deux avec une sorte de détachement scientifique. Respirant péniblement, Ivria la montra du doigt et lança à Joël :

— Tu vois !

Il grinça entre ses dents :

— Dis-moi, tu es normale ?

Et elle :

— Non. Je suis complètement cinglée d'avoir accepté de vivre avec un tueur. Il vaut mieux que tu le saches, Netta : un tueur, c'est ce qu'est ton père !

XIV

L'HIVER suivant, alors qu'il était en voyage, sur un coup de tête, elle prit deux valises et partit, avec Netta, chez sa mère Avigaïl et son frère Nakdimon dans la maison de son enfance à Metulla. A son retour de Bucarest, le dernier jour de *Hanoucca*[1], il trouva l'appartement vide. Sur la table de la cuisine immaculée deux lettres l'attendaient côte à côte, l'une sous la salière, l'autre sous la poivrière jumelle. La première contenait le diagnostic d'un nouvel immigrant russe qui, d'après l'en-tête, était un spécialiste mondial de médecine bioénergétique et consultant en télékinésie. Il affirmait dans un hébreu boiteux que « l'enfant, Niutta Raviv, ne souffrait pas d'épilepsie mais seulement de carence — signé Dr Nicodème Chaliapine ». L'autre message était d'Ivria et stipulait d'une écriture ferme : « Nous sommes à Metulla. Tu peux téléphoner mais ne t'avise surtout pas de venir. »

Il obéit. Peut-être espérait-il qu'une fois confrontée au problème, seule, à Metulla, elle serait obligée de réfléchir ? A moins qu'il ne souhaitât, au contraire, que

1. Fête des lumières qui commémore l'inauguration du Temple. *(N.d.T.)*

rien ne se passât et qu'Ivria, une fois de plus, eût raison.

Au début du printemps, elles revinrent à Jérusalem, chargées de plantes et de cadeaux de Galilée. Ce fut le début des jours heureux. A ses retours de voyage, sa femme et sa fille rivalisaient de prévenances. La petite prit l'habitude de se précipiter sur lui dès qu'il s'asseyait, pour lui ôter ses chaussures et lui mettre ses pantoufles. Ivria, de son côté, manifesta des talents culinaires jusque-là inconnus, pleins de fantaisie, qui l'impressionnèrent. Quant à lui, entre deux voyages, il s'obstinait à poursuivre les travaux ménagers auxquels il s'était accoutumé durant les mois d'hiver où elles s'étaient absentées. Il veillait à ce que le réfrigérateur fût toujours plein et courait les épiceries fines de Jérusalem pour trouver tel saucisson au poivre ou tel fromage de chèvre. A une ou deux reprises, il fit même une entorse à ses principes et en ramena de Paris. Un jour, sans rien dire à Ivria, il remplaça la télévision noir et blanc par une nouvelle en couleurs. Ivria répliqua en changeant les rideaux. Pour leur anniversaire de mariage, elle lui fit cadeau d'une chaîne stéréo en plus de celle du salon. Souvent, le chabbat, ils partaient se promener en voiture.

A Metulla, l'enfant avait grandi. Elle s'était un peu remplumée. Le dessin de sa mâchoire avait quelque chose de la famille Lublin, un trait qui avait sauté Ivria pour réapparaître chez Netta. Ses cheveux avaient poussé. Il lui rapporta de Londres un superbe pull angora et pour Ivria un ensemble en tricot. Il avait un coup d'œil très sûr, un goût raffiné et délicat pour les vêtements féminins. Ivria commenta : « Tu pourrais faire carrière dans la mode ou, peut-être, comme metteur en scène. »

Il ne sut jamais ce qui s'était passé ce fameux hiver à Metulla et il ne chercha pas à le savoir. Sa femme lui paraissait resplendissante, comme un fruit tardif. Avait-elle trouvé un amant ? Ou étaient-ce les produits des vergers Lublin qui avaient régénéré en elle une espèce de sève intérieure ? Elle changea de coiffure, ce qui ajouta à son charme. Pour la première fois de sa vie elle se mit à se maquiller avec discrétion et élégance. Elle s'acheta une robe printanière au profond décolleté sous laquelle il lui arrivait de porter un genre de dessous qui, d'ordinaire, ne lui allait pas. Parfois, lorsqu'ils étaient assis à la table de la cuisine, tard le soir, elle coupait une pêche en quartiers qu'elle portait à sa bouche pour les palper soigneusement avant de les sucer. Joël ne pouvait alors la quitter des yeux. Elle changea de parfum. Ainsi commença l'été indien.

A plusieurs reprises, il la soupçonna de reproduire pour lui ce que lui apprenait un autre homme. Afin d'apaiser ses doutes, il lui offrit quatre jours de vacances dans un hôtel au bord de la mer, près d'Ashkelon. Jusqu'alors, durant ces années, ils avaient fait l'amour sérieusement, dans un silence concentré. Désormais, il leur arrivait d'éclater de rire en s'aimant.

Pourtant, même s'il se raréfiait, le problème de Netta n'avait pas disparu.

Mais les querelles avaient cessé.

Joël n'était pas sûr de croire sa femme lorsqu'elle soutenait que, tout au long de cet hiver à Metulla, il n'y avait pas eu la moindre alerte. Il aurait pu s'en assurer aisément sans que nul ne s'aperçût qu'il avait mené une enquête. Son travail lui avait appris à résoudre, sans laisser de trace, des affaires autrement plus complexes. Toutefois il préféra s'abstenir, décidant de lui faire confiance.

Une nuit de parfaite entente, il lui demanda à voix basse : « Qui t'a appris ça ? Ton amant ? » Ivria s'esclaffa dans le noir et répondit : « Que ferais-tu si c'était vrai ? Irais-tu l'abattre sans laisser d'indice ? » Joël répliqua : « Au contraire, il mériterait que je lui offre une bouteille de cognac et un bouquet de fleurs. Qui est cet heureux veinard ? » Ivria pouffa de nouveau puis affirma : « Avec de telles facultés d'observation, tu iras loin. » Il ne saisit pas immédiatement la pointe, hésita, puis joignit avec circonspection son rire au sien.

Ce fut ainsi que, sans explications ni discussions pénibles, s'instituèrent d'elles-mêmes les nouvelles règles. Une nouvelle considération s'instaura que personne n'enfreignit, fût-ce par inadvertance. Plus de charlatans ou autres rebouteux. Plus de griefs ou d'accusations. A la seule condition de ne jamais faire la moindre allusion au *problème.* S'il survenait — il survenait. Un point, c'est tout. Sans qu'un seul mot ne fût prononcé.

Netta aussi respectait ces conventions bien que personne ne lui en eût parlé. Il semblait qu'ayant senti à quel point le nouvel arrangement reposait sur les concessions et la patience de son père, elle eût voulu lui apporter une compensation. Cet été-là, elle grimpait tout le temps sur ses genoux et s'y blottissait en émettant un ronronnement de satisfaction. Elle taillait pour lui ses crayons sur son bureau, pliait son journal avec soin et le déposait au chevet de son lit en son absence, lui offrait un verre de jus de fruits glacé, même s'il oubliait de le demander. Rangés à la façon d'une revue militaire, les dessins qu'elle exécutait à la maternelle et les modelages qu'elle réalisait à l'atelier de poterie étaient disposés sur sa table de travail en attendant son retour. Où qu'il se tournât dans la maison, y compris dans les toilettes, ainsi que dans son nécessaire de rasage, elle suspendait à son intention des images de cyclamens. Le cyclamen était la fleur préférée de Joël. Si Ivria ne s'y était pas opposée, il aurait probablement nommé sa fille *Cyclamen.* Mais il s'était rendu à ses arguments.

De son côté, Ivria multipliait au lit des surprises qu'il n'aurait jamais imaginées. Pas même au début de leur mariage. Il était stupéfait, parfois, de l'intensité de ses appétits que tempéraient de tendres raffinements, la générosité, l'espèce d'attention musicale avec laquelle elle anticipait ses désirs. « Qu'ai-je fait..., lui demanda-t-il une fois, dans un murmure, ... pour mériter cela ? » « C'est simple, susurra-t-elle, mes amants ne parviennent pas à me satisfaire, il n'y a que toi. »

Il en éprouva un certain orgueil. Il lui offrait des voluptés brûlantes et, au moment où Ivria se mettait à trembler, claquant des dents comme si elle grelottait de froid, il jouissait alors de son plaisir à elle bien plus que du sien propre. Joël avait quelquefois l'impression que ce n'était pas son membre mais tout son être qui la pénétrait et se délectait en elle. Il lui semblait qu'il était totalement, convulsivement, enveloppé en elle, au point que chaque caresse effaçait la différence entre elle et lui, entre caressant et caressé, comme s'ils avaient cessé d'être un homme et une femme en train de faire l'amour pour devenir une seule chair.

XV

À cette époque, l'un de ses collègues, un homme intelligent et vulgaire qu'on surnommait Cockney ou, parfois, l'acrobate, dit un jour à Joël de se méfier car il était visible qu'il vivait une petite aventure extra-conjugale.

— Qu'est-ce que tu racontes ? rétorqua Joël.

— Bon, bon, grommela l'acrobate, partagé entre l'évidence et l'intégrité légendaire de Joël. N'es-tu pas ici l'incarnation du juste ? Grand bien te fasse ! Comme il est écrit : « Je n'ai pas vu de juste abandonné, ni sa semence chercher le sein. »

Il lui arrivait de se réveiller en pleine nuit dans une chambre d'hôtel et, à la lueur blafarde du néon de la salle de bains qu'il veillait à toujours laisser allumé, de désirer sa femme jusqu'à la limite du supportable, lui murmurant dans son cœur : « Viens ! » Une fois, la première de toutes ces années d'errance, transgressant totalement les règles, il ne put s'empêcher de lui téléphoner à quatre heures du matin d'un meublé de Nairobi et elle était là, disponible, répondant dès la première sonnerie. Avant qu'il n'eût prononcé un mot, elle avait demandé : « Joël ! Où es-tu ? » Il lui avait dit des choses qu'il avait oubliées au matin et quatre jours plus tard, à son retour, lorsqu'elle voulut les lui rappeler, il refusa obstinément de l'écouter.

S'il rentrait de voyage pendant la journée, ils installaient l'enfant devant la nouvelle télévision et s'enfermaient dans la chambre à coucher. Quand ils en sortaient, une heure plus tard, Netta se blottissait sur ses genoux et il lui racontait des histoires d'ours dans lesquelles il s'en trouvait toujours un, stupide mais attendrissant, nommé Zambi.

A trois reprises, lors des vacances scolaires, ils confièrent la petite aux Lublin à Metulla, ou à Lisa à Rehavia, et partirent passer une semaine au bord de la mer Rouge, en Grèce et à Paris. Ils n'avaient jamais fait ce genre de choses avant que le problème n'apparût. Mais Joël savait que tout, désormais, tenait à un cheveu. Ainsi, au début de l'automne suivant, au cours élémentaire, Netta s'évanouit sur le sol de la cuisine un matin de chabbat et ne se réveilla que le lendemain après-midi à l'hôpital, après des soins intensifs. Dix jours après, Ivria viola les conventions lorsqu'elle fit remarquer en souriant : « Cette gamine deviendra une grande comédienne. » Joël préféra ne pas répondre.

Par la suite, Ivria lui défendit de toucher Netta, même par inadvertance. Comme il n'avait pas tenu compte de ses injonctions, elle sortit chercher le sac de couchage dans le coffre de la voiture, garée entre les pilotis de la maison, et alla dormir dans la chambre de sa fille. Jusqu'à ce qu'il comprît l'allusion et proposât de faire l'échange : elles pourraient dormir dans le grand lit conjugal et lui déménagerait dans la chambre de Netta. De la sorte, ce serait plus pratique pour tout le monde.

Cet hiver-là, Ivria s'astreignit à un régime sévère. Une ride d'amertume voila un peu sa beauté. Ses cheveux commencèrent à blanchir. Elle décida de reprendre ses études de littérature anglaise pour obtenir une maîtrise. D'écrire un mémoire. Joël se surprit plusieurs fois à rêver de partir pour ne plus revenir. Il s'installerait au bout du monde, sous une fausse identité — à Vancouver au Canada ou à Brisbane en Australie — pour se refaire une nouvelle vie... Il ouvrirait une auto-école, une agence immobilière ou achèterait pour une bouchée de pain une cabane dans la forêt où il se retirerait, subsistant de chasse et de pêche. Il avait fait ce genre de rêves lorsqu'il était enfant et voilà qu'ils réapparaissaient. Parfois, dans ses fantasmes, il introduisait dans sa chaumière perdue au fond des bois une servante esquimaude, silencieuse et soumise comme une chienne. Il imaginait de folles nuits d'amour devant la cheminée du chalet. Bientôt, il se mit à tromper sa femme avec elle.

Chaque fois que Netta reprenait conscience, après ses syncopes, Joël réussissait à devancer Ivria. De l'entraînement spécial qu'il avait reçu, des années auparavant, il avait gardé de prompts réflexes et quelques ruses. Il bondissait comme pour un départ de cent mètres : au coup de pistolet du starter, il prenait l'enfant dans ses bras, s'enfermait avec elle dans la chambre qui était devenue la sienne et fermait la porte à clef. Il lui racontait les histoires de l'ours Zambi, jouait avec elle au lièvre et au chasseur, il lui découpait de drôles de silhouettes en papier, se portait volontaire pour être le papa de ses poupées ou encore il lui construisait des tours de dominos jusqu'à ce que, une heure ou une heure et demie plus tard, Ivria, n'y tenant plus, vînt frapper à la porte. Il lui ouvrait promptement et l'invitait à explorer les châteaux de cubes ou à voyager avec eux à bord du coffre à linge. Quelque chose changeait imperceptiblement dès qu'elle entrait dans la pièce. Le château semblait abandonné et le fleuve, sur lequel leur bateau naviguait, subitement figé.

XVI

QUAND sa fille grandit, Joël l'emmena avec lui pour de longs voyages à travers la mappemonde détaillée qu'il lui avait achetée à Londres et qu'il avait accrochée au-dessus de son ancien lit. Lorsque, par exemple, ils arrivèrent à Amsterdam, il étala un excellent plan de la ville sur la couverture pour la conduire dans les musées, la promener sur les canaux et visiter les autres curiosités. De là, ils partirent pour Bruxelles et Zurich et poussèrent même jusqu'en Amérique latine.

Il en fut ainsi jusqu'à ce qu'un soir, après une légère syncope dans le couloir, le Jour de l'Indépendance, Ivria parvînt à le devancer, se ruant sur la fillette avant même qu'elle n'ouvrît les yeux. Joël craignit qu'elle ne se remît à la frapper. Mais, très calme, le visage grave, elle se contenta de soulever l'enfant dans ses bras pour la conduire vers la baignoire qu'elle remplit d'eau. Elles s'enfermèrent à clef et prirent un bain ensemble pendant près d'une heure. Peut-être Ivria avait-elle lu quelque chose à ce sujet dans une revue médicale ? Durant ces longues années de silence, Ivria et Joël ne cessèrent de recueillir toutes informations touchant au problème de Netta, sans toutefois en parler entre eux. Sans un mot, ils déposaient, à côté de leurs lampes de chevet respectives, des articles découpés dans les rubriques médicales des journaux, des comptes rendus de recherche qu'Ivria photocopiait à la bibliothèque de l'université ou des revues spécialisées que Joël achetait lors de ses voyages. Le tout échangé dans des enveloppes brunes soigneusement cachetées.

Désormais, après chaque crise, Ivria et Netta se réfugiaient dans la baignoire qui faisait office de piscine chauffée. A travers la porte verrouillée, Joël les entendait rire aux éclats et barboter joyeusement. Ce fut ainsi que prirent fin les expéditions à bord du coffre à linge et les survols de la mappemonde. Joël ne voulait pas d'affrontements. Il désirait trouver à la maison le calme et la paix. Il prit l'habitude de lui acheter dans les boutiques de souvenirs des aéroports des poupées folkloriques en costume traditionnel. Pendant un temps, ils aménagèrent les étagères de la collection et il était expressément défendu à Ivria d'en ôter la poussière. Les années passèrent. A partir du cours élémentaire, Netta se mit à lire. Elle dévorait. Les poupées et les tours de dominos cessèrent de l'intéresser. A l'école, elle se distingua en calcul puis en hébreu et plus tard en littérature et en mathématiques. Elle collectionnait des partitions de musique que son père lui rapportait de ses voyages ou que sa mère lui achetait dans des boutiques de Jérusalem. L'été, lors de ses vagabondages au long des wadis, elle ramassait des chardons qu'elle disposait dans des vases de la chambre à coucher au grand lit qu'elle continuait à occuper même quand Ivria l'eut quittée pour s'installer sur le canapé du salon. Netta n'avait pratiquement pas d'amies, soit qu'elle n'en voulût pas, soit à cause des rumeurs qui couraient sur son état bien que le problème ne se fût jamais manifesté en classe, ni dans la rue ni chez des étrangers, seulement à la maison.

Chaque jour, après avoir fait ses devoirs, elle s'allongeait sur son lit et lisait jusqu'au dîner — qu'elle avait pris l'habitude de prendre seule, au gré de sa fantaisie. Elle retournait ensuite à sa chambre et se replongeait dans son livre. Quelque temps, Ivria essaya de la raisonner à propos de l'heure à laquelle elle éteignait la lumière, puis elle y renonça. Il arrivait que Joël, réveillé au milieu de la nuit, tâtonnant vers la cuisine ou les toilettes, remarquât le rai de lumière qui filtrait sous la porte de Netta. Il préférait ne pas s'en approcher, se dirigeait à l'aveuglette vers le salon et s'asseyait quelques instants dans un fauteuil en face du canapé où dormait Ivria.

Lorsque Netta atteignit la puberté, le médecin leur conseilla de l'amener voir une psychologue. Un peu plus tard, celle-ci demanda à voir les parents, conjointement puis séparément. Sur ses recommandations, Ivria et Joël durent cesser de la dorloter après chaque évanouissement. Ainsi furent supprimés le rite du chocolat sans peau et les parties de baignade entre la mère et la fille. Quoique à contrecœur, Netta se mit à aider au ménage. Elle n'accueillait plus Joël ses pantoufles à la main et ne maquillait plus sa mère avant de se rendre avec elle au cinéma. Ces rites furent remplacés par les réunions d'état-major hebdomadaires dans la cuisine. A cette époque, Netta se mit à passer de plus en plus de temps avec sa grand-mère à Rehavia. Au début, elle s'acheta un cahier spécial pour transcrire les souvenirs que lui racontait Lisa et qu'elle enregistrait sur le petit magnétophone que Joël lui avait ramené de New York. Puis elle s'en lassa. Les années s'écoulèrent, paisibles. Entre-temps, Avigaïl vint également habiter à Jérusalem. Depuis qu'elle avait quitté sa ville natale de Safed pour épouser Sha'altiel Lublin, quarante-quatre ans auparavant, elle vivait à Metulla. Elle y avait élevé ses enfants, avait enseigné le calcul à l'école du village sans parler de la servitude du poulailler et du verger. La nuit, elle lisait des récits de voyage du XIXe siècle. Une fois veuve, elle prit sur elle de s'occuper des quatre fils de son aîné, Nakdimon, devenu veuf un an après sa mère.

Maintenant que ses petits-enfants étaient grands, Avigaïl décida de commencer une nouvelle vie. Elle loua une petite chambre à Jérusalem, à proximité de sa fille, et s'inscrivit en licence de judaïsme à l'université, le mois même où Ivria reprenait ses études et commençait son mémoire de maîtrise sur *Le Grenier de la honte*.

Elles se retrouvaient parfois à la cafétéria du bâtiment Kaplan pour un rapide déjeuner. Parfois, Ivria, Avigaïl et Netta assistaient à une soirée littéraire au centre culturel et, lorsqu'elles allaient au théâtre, Lisa se joignait à elles. Il en fut ainsi jusqu'à ce qu'Avigaïl décidât de quitter son petit meublé pour partager le deux-pièces de Lisa à Rehavia, à un quart d'heure de marche environ de la maison de leurs enfants, à Talbiye.

XVII

UNE torpeur hivernale s'installa de nouveau entre Joël et Ivria. Elle trouva un emploi à mi-temps qui consistait à rédiger des brochures touristiques pour le compte du ministère du Tourisme. Elle consacrait ses loisirs à la rédaction de son mémoire sur l'œuvre des sœurs Brontë. Joël obtint encore de l'avancement. Lors d'un entretien en tête à tête, le patron lui avait laissé entendre que cela ne s'arrêterait pas là et qu'il devrait envisager de hautes responsabilités. Un soir, après chabbat, il rencontra dans l'escalier le voisin chauffeur de camion, Itamar Vitkin. Celui-ci lui annonça que, maintenant que ses fils devenus indépendants l'avaient quitté — ainsi que sa femme —, l'appartement était devenu trop grand pour lui. Aussi se proposait-il de vendre une pièce à M. Raviv. Un entrepreneur vint au début de l'été. C'était un juif pieux, accompagné d'un seul ouvrier, un homme d'âge mûr, maigre comme un tuberculeux. On cassa la cloison pour y aménager une porte et l'ancienne communication fut condamnée et enduite de plusieurs couches de peinture. Cependant on pouvait encore distinguer les contours du chambranle sur le mur. L'ouvrier étant tombé malade, il fallut quatre mois pour achever les travaux avant qu'Ivria ne puisse enfin emménager dans son nouveau studio. Le salon se vida. Joël demeura dans la chambre d'enfant et Netta dans la chambre au grand lit. Joël lui installa de nouvelles étagères pour ranger sa bibliothèque et ses collections de partitions. Elle accrocha au mur les photographies de ses poètes préférés : Steinberg, Alterman, Léa Goldberg et Amir Guilboa. Peu à peu les problèmes s'espacèrent. Les crises se firent de plus en plus rares : trois ou quatre fois par an tout au plus, généralement sans gravité. L'un des médecins jugea même qu'il pouvait, avec maintes réserves, leur donner un peu d'espoir : « La situation de votre jeune demoiselle n'est pas sans ambiguïté. C'est une histoire un peu particulière qui, dans une certaine mesure, peut donner lieu à d'autres interprétations. Peut-être, avec l'âge, parviendra-t-elle à en sortir définitivement ? A condition qu'elle le veuille vraiment et vous aussi. De pareils cas existent. » Pour sa part, il connaissait au moins deux précédents. Il s'agissait, bien sûr, de perspectives, pas d'un pronostic. D'ici là, il était très important d'encourager la jeune fille à s'intégrer un peu mieux à la vie sociale. Rester enfermée à la maison n'était bon pour personne. Autrement dit : des promenades, de l'air pur, les garçons, la nature, le kibboutz, le travail, la danse, la natation... des plaisirs sains.

Joël apprit par Netta et Ivria leurs nouvelles relations d'amitié avec le voisin d'un certain âge, le chauffeur de camion frigorifique, qui avait pris l'habitude de venir les voir pour boire du thé dans la cuisine ou les inviter chez lui, en fin de journée, lorsque Joël était absent. De temps à autre, il leur jouait des mélodies à la guitare. Netta affirmait qu'elles étaient initialement écrites pour la balalaïka. Ivria déclara qu'elles lui rappelaient son enfance quand la russophilie était à la mode en Israël, principalement en Haute-Galilée. Il lui arrivait de se rendre seule chez le voisin pour passer un petit moment en début de soirée. Joël fut également invité, une première fois, puis une deuxième et une troisième, mais il ne trouva jamais moyen de se libérer. En effet, cet hiver-là, ses voyages s'enchaînèrent. A Madrid, il réussit à mettre la main sur un indice qui l'alerta et son intuition lui donna à penser qu'au bout de sa quête l'attendait probablement une prise spéciale et de grande valeur. Il devrait néanmoins avoir recours à toutes sortes de ruses exigeant patience et finesse et jouer l'indifférence. De sorte qu'il parut réellement indifférent cet hiver-là et ne trouva rien à redire à l'amitié qui se nouait entre sa femme et le vieux voisin. Il éprouvait lui aussi une certaine attirance pour les mélodies russes. Il crut distinguer les premiers signes de détente chez Ivria : peut-être la façon dont, à présent, elle laissait librement flotter sur ses épaules ses cheveux blonds qui commençaient à s'argenter, ou alors quelque chose dans sa façon de préparer la compote de fruits, ou encore le style de chaussures qu'elle s'était mise à porter dernièrement ?

Ivria lui dit : « Quand Netta ira à Metulla, amène ta maîtresse ici, on fera la fête. » Joël répondit : « Ce qui est sûr, en tout cas, c'est qu'il est grand temps que nous partions en vacances. »

La raison exacte du changement qui se dessinait lui importait peu : était-ce son succès au ministère du Tourisme — elle aussi avait obtenu une promotion —, l'enthousiasme qu'elle portait à son mémoire, son amitié avec le voisin ou bien la joie que lui procurait son nouveau studio dans lequel elle aimait s'enfermer à clef pour travailler ou pour dormir ? De son côté, il échafaudait des projets d'escapade pour l'été. Depuis six ans, ils n'étaient pas partis en voyage ensemble, excepté les deux jours qu'ils avaient passés à Metulla mais, la troisième nuit, il avait reçu un appel téléphonique lui intimant l'ordre de rentrer immédiatement à

Tel-Aviv. Netta pourrait rester chez les grands-mères à Rehavia à moins que les aïeules ne vinssent habiter à Talbiye pendant qu'Ivria et lui seraient absents. Cette fois, ils iraient à Londres. Il avait l'intention de lui faire la surprise de vacances anglaises, incluant une excursion détaillée dans son territoire de prédilection : le Yorkshire. Une carte de la région était accrochée sur le mur de son studio. Joël, mû par la force de l'habitude, avait gravé dans sa mémoire le réseau routier ainsi que certains points de repère particulièrement intéressants.

Il lui arrivait de contempler longuement sa fille. Elle ne lui paraissait ni jolie ni féminine. A croire qu'elle en faisait une coquetterie. Parfois, elle condescendait à mettre les vêtements qu'il lui rapportait d'Europe à l'occasion d'un anniversaire mais elle trouvait le moyen de leur donner un air négligé. Ce n'est pas du laisser-aller, se disait Joël, mais de la négligence. Elle mettait du gris avec du noir ou du noir avec du marron. En général, elle se promenait dans un large saroual que Joël trouvait aussi féminin qu'un pantalon de clown.

Un jour, un jeune homme téléphona. D'une voix hésitante, polie, presque effrayée, il demanda à parler à Netta. Ivria et Joël échangèrent un regard et quittèrent solennellement le salon pour s'enfermer dans la cuisine jusqu'à ce que Netta reposât le combiné. Même alors, ils se gardèrent de la rejoindre au salon, Ivria éprouvant l'envie subite d'inviter Joël à boire une tasse de café dans son studio. Lorsqu'ils en sortirent enfin, il s'avéra que le garçon ne l'avait appelée que pour lui demander le numéro d'une autre camarade de classe.

Joël préférait mettre tout ceci sur le compte d'une puberté tardive.

— Quand sa poitrine se développera, affirma-t-il, le téléphone n'arrêtera plus de sonner.

— C'est la quatrième fois que tu me ressors cette plaisanterie douteuse, répliqua Ivria, uniquement pour éviter de regarder les choses en face et de voir qui est le geôlier de cette petite.

— Ne commence pas, Ivria.

— Parfait. De toute façon, c'est déjà foutu.

Joël ne voyait pas ce qui était « foutu ». Il était intimement persuadé que Netta se trouverait très vite un petit ami et cesserait de coller aux jupes de sa mère lorsqu'elle rendait visite au voisin à la guitare ou à celles de ses grands-mères pour aller au concert et au théâtre. Inexplicablement, il s'imaginait le soupirant sous les traits d'un kibboutznik grand, poilu, avec des bras musclés, des hanches de taureau, des jambes épaisses, vêtu d'un short, les cils brûlés de soleil. Elle le suivrait au kibboutz et il resterait seul avec Ivria à la maison.

Lorsqu'il n'était pas en voyage, il se levait quelquefois vers une heure du matin, contournait le rai de lumière filtrant sous la porte de Netta, frappait discrètement chez sa femme et lui présentait un plateau de sandwiches ainsi qu'un jus de fruit glacé. En effet, Ivria veillait tard la nuit pour travailler à son mémoire. Parfois, il était invité à refermer la porte à clef derrière lui. Elle lui parlait d'un problème technique — le plan de son travail ou la meilleure façon d'introduire les notes. Le jour de notre anniversaire de mariage, le premier mars, tu auras une petite surprise, songeait-il alors. Il avait l'intention de lui offrir une machine à traitement de texte.

Lors de ses derniers voyages, il avait lu les livres des sœurs Brontë sans avoir encore eu l'occasion d'en parler à Ivria. Si l'écriture de Charlotte lui parut banale, il trouva quelque mystère dans *Les Hauts de Hurlevent,* non dans les personnages de Catherine ni de Heathcliff mais dans la personnalité falote d'Edgar Linton. Une nuit il le vit en rêve dans un hôtel de Marseille, peu de temps avant le drame. Sur son haut front pâle, il avait remonté des lunettes pareilles à celles d'Ivria, carrées, sans monture — les lunettes qui lui donnaient l'air d'un médecin de famille raffiné d'une autre génération.

Lorsqu'il devait se lever à trois ou quatre heures du matin pour se rendre à l'aéroport, il avait l'habitude d'entrer en silence dans la chambre de sa fille. Il contournait, sur la pointe des pieds, les vases d'où débordaient des forêts de chardons et l'embrassait sur les yeux sans que ses lèvres la touchent puis, de la main, il lissait l'oreiller près de ses cheveux. Ensuite, il se dirigeait vers le studio, réveillait Ivria et prenait congé. Durant toutes ces années, il la tirait du sommeil au petit matin pour lui dire au revoir avant de partir en voyage. C'était Ivria qui y tenait, même en période de querelle, même s'ils ne se parlaient plus. Peut-être leur haine commune du kibboutznik velu aux bras musclés les liait-elle ? C'était comme le fond du désespoir. Un amour de jeunesse. Quelque temps avant le drame, il parvenait presque à sourire en songeant au policier Lublin qui se plaisait à affirmer que, « au fond, nous avons tous les mêmes secrets ».

XVIII

Quand Netta se réveilla, il la conduisit à la cuisine et lui prépara un expresso bien fort. Quant à lui, bien qu'il fût un peu tôt, il décida de se verser un petit verre de cognac. La pendule murale électrique, au-dessus du réfrigérateur, indiquait cinq heures moins dix. Dehors régnait encore une chaude lumière d'après-midi estival. Avec ses cheveux tondus, son saroual grossier et l'ample chemisier jaune qui recouvrait son corps anguleux, sa fille lui faisait songer à un jeune aristocrate tuberculeux d'un autre siècle, traînant son ennui dans un bal masqué. Ses doigts entouraient la tasse de café comme pour se réchauffer une nuit d'hiver. A la jointure des phalanges, Joël distingua une légère rougeur qui cachait la pâleur de ses ongles plats. Se sentait-elle mieux à présent ? Elle lui lança un regard oblique, de bas en haut, le menton collé sur la poitrine, souriant légèrement comme si sa question la décevait : non, elle ne se sentait pas mieux pour la bonne raison qu'elle ne s'était jamais sentie mal. Qu'avait-elle éprouvé ? Rien de spécial. Se rappelait-elle le moment où elle s'était évanouie ? Seulement le début. Et que s'était-il passé au début ?

— Rien de spécial. Mais regarde de quoi tu as l'air !

Blême, dur. A croire que tu es sur le point de tuer quelqu'un. Qu'est-ce que tu as ? Bois ton cognac, ça ira mieux après. Et arrête de me regarder comme ça — on dirait que tu n'as jamais vu quelqu'un en train de boire du café dans une cuisine. Tu as de nouveau des migraines ? Tu ne te sens pas bien ? Tu veux que je te masse un peu la nuque ?

Il secoua la tête en signe de dénégation, obéit et avala son cognac d'un trait. Ensuite, cherchant ses mots, il suggéra qu'elle ne sortît pas ce soir-là. Ne s'apprêtait-elle pas, du moins le croyait-il, à aller en ville ? A la cinémathèque ? Au Centre culturel Liessin ?

— Tu veux que je reste à la maison ?

— Moi ? Il ne s'agit pas de moi. Je pensais qu'il valait mieux que tu passes la soirée ici.

— Tu as peur de rester seul ?

Il fut sur le point de répliquer : « Tu dis n'importe quoi ! » Mais il se domina, saisit la salière et, bouchant les trous avec le doigt, la renversa pour en examiner le fond. Ensuite il proposa doucement :

— Il y a un documentaire à la télévision sur la vie tropicale en Amazonie. Ou quelque chose d'approchant.

— Bon, c'est quoi ton problème ?

Il parvint une nouvelle fois à se contenir, haussa les épaules et se tut.

— Si ça ne te dit rien de rester seul ce soir, pourquoi ne vas-tu pas chez les voisins, la jolie femme et son frère rigolo ? Ils n'arrêtent pas de t'inviter. Ou bien appelle ton ami Krantz. Il sera là dans les deux minutes. Au petit trot.

— Netta…

— Quoi ?

— Ne sors pas ce soir.

Il eut l'impression que sa fille dissimulait un ricanement derrière sa tasse. Elle la tenait en l'air, de sorte qu'il ne distinguait plus que ses yeux verts brillants, indifférents ou ironiques, ainsi que ses cheveux impitoyablement tondus. Sa tête se contracta entre les épaules comme si elle se préparait à parer la gifle.

— Écoute. Je n'avais pas vraiment l'intention de sortir ce soir, mais maintenant que tu as commencé ton numéro, je me souviens que j'ai un rendez-vous.

— Un rendez-vous ?

— Tu veux un rapport ?

— Arrête ! Dis-moi seulement avec qui.

— Avec ton patron.

— Pourquoi ? Aurait-il l'intention de s'initier à la poésie moderne ?

— Demande-le-lui toi-même. Vous n'aurez qu'à organiser un petit contre-interrogatoire entre vous. Bon d'accord, je vais vous épargner cette peine. Avant-hier il a téléphoné et, quand j'ai voulu t'appeler, il m'a dit que ce n'était pas nécessaire, qu'il voulait seulement me fixer un rendez-vous hors de la maison.

— Un tournoi national de dames ?

— Pourquoi est-ce que tu te mets en boule comme ça ? Qu'est-ce que tu as ? Peut-être que lui aussi a du mal à rester seul le soir à la maison ?

— Écoute, Netta. La question n'est pas là. Ça n'a rien à voir. J'aurais simplement aimé que tu ne sortes pas après... après une journée fatigante.

— Tu peux prononcer le mot de crise. N'aie pas peur, la censure est abolie. Est-ce la raison pour laquelle tu me cherches querelle maintenant ?

— Que veut-il ?

— Le téléphone est là. Appelle-le. Demande-lui.

— Netta !

— Est-ce que je sais ? Peut-être allez-vous désormais engager des recrues à poitrine plate, genre Mata-Hari...

— Que ce soit bien clair : je ne me mêle pas de tes affaires et je ne te cherche pas querelle, mais...

— Mais si tu n'avais pas été aussi lâche, tu m'aurais simplement dit : « Je t'interdis de sortir et, si tu n'obéis pas, tu récolteras une raclée dont tu te souviendras. Point final. » En fait, ce que tu m'interdis, c'est de voir ton patron. Le malheur avec toi c'est que tu es lâche.

— Écoute...

Joël n'acheva pas. Machinalement, il porta le verre de cognac vide à ses lèvres, puis le reposa délicatement sur la table comme s'il craignait de faire le moindre bruit ou d'abîmer la table. La pénombre envahissait peu à peu la cuisine mais personne ne se leva pour allumer la lumière. La brise, qui agitait les branches du prunier près de la fenêtre, traçait des ombres chinoises compliquées sur les murs et le plafond. Netta avança la main, secoua la bouteille de cognac et remplit le verre de Joël. La petite aiguille de la pendule au-dessus du réfrigérateur avait un léger soubresaut à chaque seconde. Joël revit soudain la petite pharmacie de Copenhague où il avait finalement réussi à identifier et à photographier, à l'aide d'une minuscule caméra dissimulée dans un paquet de cigarettes, un très dangereux terroriste irlandais. Un instant, le moteur du réfrigérateur fut pris d'un regain de vigueur et émit un bourdonnement intermittent qui fit tinter la vaisselle posée à côté, puis il se reprit et se tut.

— La mer ne va pas s'échapper, songea Joël à voix haute.

— Pardon ?

— Rien. J'étais en train de me rappeler quelque chose.

— Si tu n'étais pas si lâche, tu m'aurais simplement dit : « S'il te plaît, ne me laisse pas seul ce soir. » Tu aurais ajouté que c'était dur pour toi. Et j'aurais répondu : « D'accord, volontiers, pourquoi pas ? » De quoi as-tu peur ?

— Où dois-tu le retrouver ?

— Dans la forêt, dans la cabane des sept nains.

— Sérieusement.

— Au café Oslo. Au bout d'Ibn Gabirol.

— Je t'y dépose.

— Si tu veux...

— A condition de manger quelque chose avant. Tu n'as rien pris de la journée. Comment rentreras-tu ?

— Dans un carrosse tiré par des chevaux blancs. Pourquoi ?

— Je viendrai te chercher. Dis-moi seulement à quelle heure. Ou appelle-moi de là-bas. Mais sache que je préférerais que tu restes à la maison ce soir. Demain est un autre jour.

— Tu ne me donnes pas la permission de sortir ce soir ?

— Je n'ai pas dit ça.

— Pourtant tu me demandes bel et bien de ne pas te laisser seul dans le noir.

— Je n'ai pas dit ça non plus.

— Alors qu'est-ce que tu veux dire ? Arrête de tourner autour du pot.

— Aucune importance. Va t'habiller pendant que je prépare une omelette. Il faut encore que je prenne de l'essence en route.

— C'est comme ça qu'elle te suppliait de ne pas partir... de ne pas la laisser seule à la maison avec moi ?

— C'est faux. Ça ne s'est pas passé ainsi.

— Sais-tu ce qu'il me veut ? Tu as certainement ta petite idée ? Un soupçon ?

— Non.

— Tu veux le savoir ?

— Pas particulièrement.

— Non ?!

— Non. En fait, si. Que veut-il ?

— Il veut me parler de toi. Il pense que tu es dans une mauvaise passe. Il en a du moins l'impression. C'est ce qu'il m'a dit au téléphone. Apparemment, il cherche un moyen de te faire reprendre le travail. Il dit que nous sommes, toi et moi, sur une île déserte et qu'il faut essayer de réfléchir ensemble à une solution. Pourquoi t'opposes-tu à ce que je le voie ?

— Je ne m'y oppose pas. Habille-toi et allons-y. Pendant ce temps, je prépare une omelette et de la salade. Quelque chose de bon et de vite fait. On part dans un quart d'heure. Va t'habiller.

— As-tu remarqué que ça fait au moins dix fois que tu me répètes d'aller m'habiller ? Est-ce que je te donnerais par hasard l'impression d'être nue ? Assieds-toi. Où cours-tu comme ça ?

— Il ne faut pas que tu arrives en retard à ton rendez-vous.

— Bien sûr que je serai à l'heure. Tu le sais parfaitement. Tu as déjà fait le tour de la question en deux temps trois mouvements. Je ne comprends pas pourquoi tu continues à me jouer la comédie. Tu en es déjà sûr à cent vingt pour cent.

— Sûr de quoi ?

— Que je ne vais pas sortir. On se fait une salade et une omelette ? Il reste encore un peu de viande froide d'hier, celle que tu aimes, et des yaourts aux fruits.

— Netta. Qu'il soit bien clair...

— Tout est clair.

— Pas pour moi. Désolé.

— Tu n'es pas désolé. En aurais-tu assez des documentaires sur la nature ? Tu préférerais te précipiter chez la voisine ? Ou appeler Krantz pour qu'il vienne remuer la queue à tes pieds ? A moins que tu ne préfères te coucher de bonne heure ?

— Non. Mais...

— Tu vois, je rêve de la vie tropicale en Amazonie ou de quelque chose d'approchant. Et ne dis pas que tu es désolé alors que tu as obtenu exactement ce que tu voulais. Et qui plus est, tu l'as obtenu, comme toujours, sans la moindre violence et sans faire acte d'autorité. L'adversaire s'est rendu sans coup férir, il est anéanti, écrasé. Maintenant, bois ce cognac en l'honneur de la victoire du génie juif. Rends-moi seulement un service, je n'ai pas le numéro de téléphone de ton patron, appelle-le, toi.

— Que dois-je lui dire ?

— Que ce sera pour une autre fois. Que demain est un autre jour.

— Netta, dépêche-toi de t'habiller et je te dépose au café Oslo.

— Dis-lui que j'ai eu une crise. Dis-lui que tu es en panne d'essence. Que la maison a brûlé.

— Tu aimerais une omelette avec de la salade ? Et si on se faisait des frites ? Tu as envie d'un yaourt ?

— Si tu veux…

XIX

Six heures et quart du matin. Une clarté gris-bleu. A l'est, les premières lueurs du soleil levant perçaient entre les nuages. La légère brise matinale apportait des effluves d'herbes brûlées. Les feuilles des deux poiriers et des deux pommiers avaient déjà commencé à jaunir, harassées par la fin de l'été. Joël se trouvait derrière la maison, vêtu d'un tricot de corps et d'un short de gymnastique blanc, pieds nus, le journal encore entouré de sa bande de papier à la main. Ce matin-là non plus, il n'avait pas réussi à attraper le livreur. La tête renversée en arrière, il observait un vol d'oiseaux migrateurs en formation en V, en route vers le sud. Des cigognes ? Des grues ? A présent, ils survolaient les toits de tuile des villas, les jardins, les bosquets et les vergers, pour se fondre dans le duvet étincelant des nuages au sud-est. Après les vergers et les champs viendraient des pentes rocailleuses et des villages de pierre, des wadis et des ravins, puis, à l'orient, la désolation silencieuse et les ténèbres des chaînes de montagnes voilées de brume et, au-delà, de nouveau le désert, des alignements de dunes mouvantes, plus loin, enfin, les dernières montagnes. Il avait eu l'intention de se rendre à la cabane à outils afin de donner à manger à la chatte et à ses petits et de trouver la clef à molette pour réparer ou changer le robinet qui fuyait à côté de l'auvent de la voiture. Il attendit quelques instants que le livreur de journaux terminât la ruelle, fît demi-tour et repassât pour lui mettre la main dessus. Mais comment trouvaient-ils leur chemin ? D'où savaient-ils que le moment était venu ? Supposons un point éloigné, au cœur d'une forêt vierge d'Afrique, où il y ait une sorte de centre de transmission, une espèce de tour de contrôle invisible qui émettrait en permanence, jour et nuit, un son invariable. Un ultrason que l'oreille humaine ne puisse entendre, sur une fréquence telle qu'il soit impossible de l'intercepter, fût-ce avec des appareils ultrasensibles et perfectionnés. Ce son serait tendu à la manière d'un rayon diaphane de l'équateur jusqu'aux confins du pôle nord et, en le longeant, les oiseaux seraient guidés vers la chaleur et la lumière. Joël, tel un homme qui vient d'avoir une illumination, dans le jardin que le soleil levant recommençait à dorer, eut subitement l'impression qu'il était capable de percevoir, de sentir dans le bas du dos, le son africain qui dirigeait les oiseaux. S'il avait eu des ailes, il n'aurait pas manqué d'y répondre. Il avait la sensation délicieuse qu'un doigt chaud, un doigt de femme, le frôlait imperceptiblement au-dessus du coccyx. Le temps d'une ou deux respirations, il lui parut indifférent de vivre ou de mourir. Un calme profond l'entourait et l'emplissait tout à la fois, sa peau semblait ne plus faire écran entre son silence intérieur et le silence du monde extérieur, enfin unifiés. Au cours de ses vingt-trois années de service, il avait admirablement perfectionné l'art des conversations banales avec des étrangers, par exemple les discussions sur le taux de change, les avantages de la Swissair, la femme française comparée à l'italienne, tout en étudiant son interlocuteur et en conjecturant comment il parviendrait à fracturer les coffres-forts contenant ses secrets. C'était un peu comme s'il commençait des mots croisés par les définitions les plus faciles pour avoir des points de repère avant d'affronter les plus difficiles. A présent, à six heures et demie du matin, dans le jardin de sa maison, veuf et pratiquement libre de toute attache, il entrevit la fausseté des évidences. Les choses manifestement ordinaires, simples, telles que la fraîcheur matinale, l'odeur d'herbes sèches qu'on brûle, un petit oiseau entre les feuilles du pommier qui se rouillaient au contact de l'automne, le frisson de la brise sur ses épaules nues, l'odeur de la terre mouillée, le goût de la lumière, la maladie de la pelouse, la fatigue de ses yeux, le plaisir fugitif qu'il avait éprouvé au creux des reins, le grenier de la honte, les chatons et leur mère dans l'appentis, la guitare qui la nuit avait des accents de violoncelle, le nouveau tas de galets ronds de l'autre côté de la haie, au coin de la terrasse du frère et de la sœur Vermont, le pulvérisateur jaune qu'il avait emprunté à Krantz et qu'il était temps de lui rendre, les sous-vêtements de sa mère et de sa fille accrochés sur la corde à linge au fond du jardin qui ondulaient au vent du matin, le ciel que les oiseaux migrateurs avaient à présent déserté — tout était secret.

... Ce que tu es parvenu à déchiffrer, tu ne l'as déchiffré que pour un instant. Autant te frayer un chemin au cœur d'une forêt tropicale dont le dense labyrinthe se referme aussitôt sans que subsiste la moindre trace de ton passage. Avant que tu n'aies mis des mots sur une chose pour la définir, la voilà qui se dérobe, enfuie dans le crépuscule imprécis des ombres. Joël se rappela ce que le voisin, Itamar Vitkin, lui avait dit un jour dans l'escalier, arguant que le mot *chébéchiflénou*[1] dans le Psaume CXXXVI pouvait très bien être un mot polonais, de même que le mot *namagou*[2], à la

1. *Chébéchiflénou* : « dans notre abaissement ». *(N.d.T.)*
2. *Namogou* : « [ses habitants] tremblent ». *(N.d.T.)*

fin du deuxième chapitre de Josué, avait indéniablement des consonances russes. Joël s'efforça de reproduire en imagination la voix du voisin lorsqu'il avait prononcé le mot *namogou* avec l'accent russe et *chébéchiflénou* en pseudo-polonais. S'agissait-il d'une plaisanterie ? Peut-être avait-il essayé de me faire comprendre quelque chose, quelque chose qui n'existait pas dans l'espace contenu entre ces deux mots ? Et moi je l'ai laissé passer par indifférence… Joël médita un instant sur le sens du mot « indéniablement » qu'il se surprit à formuler à voix basse.

Pendant ce temps, il avait de nouveau raté le livreur de journaux qui, ayant probablement fait demi-tour au bout de la ruelle, était repassé devant la maison sans qu'il s'en aperçût. Contrairement à ce qu'il croyait, il s'avéra que l'homme ou le jeune homme ne se déplaçait pas en moto mais dans une vieille 2 CV par la vitre de laquelle il lançait les journaux dans les allées. Il n'avait sans doute même pas vu l'affichette que Joël avait collée sur la boîte aux lettres. Et voilà qu'il était à présent trop tard pour lui courir après. Une légère irritation s'empara de lui à la pensée que tout était secret. En fait, *secret* n'était pas le mot adéquat. Ce n'était pas caché tel un livre scellé, mais comme un livre ouvert dans lequel on pourrait lire de bonne foi des choses claires, ordinaires, indéniables — un matin, un jardin, un oiseau, un journal — qui pourraient également se lire autrement, en accolant, par exemple, à chaque septième mot son anagramme ou en insérant chaque quatrième mot toutes les deux lignes ou uniquement après les consonnes *b, g, d, k, f, t,* ou en entourant chaque lettre précédée d'un *g*. N'y avait-il pas là des possibilités infinies, riches d'interprétations différentes ? Un sens alternatif ? Pas forcément une exégèse profonde, saisissante ou obscure mais totalement autre. Sans aucune ressemblance avec l'interprétation littérale. Encore qu'il y en eût peut-être une, en fin de compte. Joël s'en voulait de la légère irritation qu'avaient entraînée ces réflexions car il aimait se croire un homme calme et de sang-froid. Comment connaître le code juste ? La clef de l'ordre intérieur ? En outre, qu'est-ce qui fonde la certitude qu'il existe un code universel et non pas personnel comme une carte de crédit ou unique comme un billet de loterie ? Peut-on être certain que le code ne change pas, disons, tous les sept ans ? Chaque matin ? A la mort de quelqu'un ? Et, plus particulièrement, lorsque les yeux sont fatigués et larmoyants à force d'efforts ou lorsque le ciel est dégagé : les cigognes sont passées et ne sont plus là. A moins qu'il ne s'agisse de grues.

Et même si tu ne le déchiffres pas ? Ne te traite-t-on pas avec une bonté spéciale : ne t'a-t-on pas laissé pressentir, dans les brefs instants qui précèdent le lever du soleil, dans cet attouchement fugace sur ta colonne vertébrale, qu'il existe effectivement un code ? Pour l'heure, tu as appris deux choses que tu ignorais lorsque tu t'efforçais de déchiffrer le papier peint du mur de la chambre d'hôtel à Francfort : qu'il y a un code et que jamais tu ne le déchiffreras. D'ailleurs, pourquoi n'y en aurait-il pas plusieurs ? Adaptés à chacun. Toi qui, à la surprise générale, avais réussi à déchiffrer les raisons véritables qui avaient poussé le magnat du café, l'aveugle de Colombie, à prendre l'initiative de contacter les services secrets israéliens pour leur livrer généreusement la liste complète, adresses inclues, des nazis qui se cachaient d'Acapulco à Valparaiso, te voilà incapable de distinguer une guitare d'un violoncelle. Un court-circuit d'une panne de courant... La maladie de la nostalgie... Un guépard d'un crucifié byzantin... Bangkok de Manille... Où diable se cache cette foutue clef à molette ? Allons changer le robinet pour ouvrir les tourniquets. Dans un moment, le café sera prêt. Voilà. C'est tout. En avant !

XX

Il remit la clef à molette à sa place. Il remplit de lait l'écuelle de la chatte et de ses petits dans la cabane à outils, ouvrit les tourniquets de la pelouse, les contempla un instant puis il tourna les talons et entra dans la cuisine par la porte du jardin. Il se rappela que le journal était resté sur le rebord extérieur de la fenêtre. Il alla le récupérer et mit la cafetière électrique en marche. Pendant que le café coulait, il fit griller quelques tranches de pain, sortit la confiture, le fromage et le miel du réfrigérateur, dressa la table du petit déjeuner et vint se poster près de la fenêtre. Debout, il survola les grands titres du journal sans en comprendre un traître mot. Quand, s'apercevant que c'était l'heure des informations, il brancha le transistor pour écouter le bulletin de sept heures, le flash était déjà terminé et « … le temps était clair à partiellement nuageux avec des températures agréables pour la saison ». Avigaïl entra : « Une fois de plus tu as tout préparé seul comme un grand garçon, apprécia-t-elle, mais combien de fois t'ai-je dit de ne pas sortir le lait du réfrigérateur avant qu'on ne s'en serve ? On est en été, le lait tourne quand on le laisse dehors. » Joël médita ces paroles un moment et n'y trouva pas de faute. Pourtant le mot *tourne* lui paraissait trop fort. « C'est exact », lâcha-t-il.

Au moment où s'achevait l'émission d'Alex Anski, Lisa et Netta se joignirent à eux. Lisa portait une robe marron ornée d'énormes boutons sur le devant et Netta, l'uniforme bleu clair de son école. Elle parut à Joël presque jolie. Le kibboutznik bronzé et moustachu, aux bras musclés, lui revint à l'esprit et ce fut avec une sorte de contentement qu'il remarqua que ses cheveux semblaient toujours aussi gras et collants malgré les fréquents lavages à l'aide d'innombrables shampooings.

— Je n'ai pas endormi de la nuit. Une fois de plus, je ressens des douleurs partout. Impossible de passer une nuit complète, se plaignit Lisa.

— A t'écouter, on croirait que ça fait trente ans que tu n'as pas fermé l'œil. La dernière fois que tu as dormi, c'était avant le procès d'Eichmann. Depuis tu n'as jamais plus trouvé le sommeil, répondit Avigaïl.

— Qu'est-ce que c'est que ces histoires ? interrompit Netta, vous vous endormez toutes les deux comme des souches.

— Dormez, reprit Avigaïl, on dit « dormez » pas « endormez ».

— C'est à mon autre grand-mère que tu devrais faire la remarque.

— Elle dit « endormez » uniquement pour se moquer sur moi, geignit sombrement Lisa d'une petite voix. Je souffre mille morts et cette enfant se moque sur moi.

— Se moque « de » moi, rectifia Avigaïl, on ne dit pas se moquer sur mais se moquer de.

— Ça suffit ! coupa Joël. Qu'est-ce qui se passe ici ? Assez ! Encore un peu et il faudra faire appel à l'O.N.U. pour vous séparer.

— Toi non plus tu ne t'endors pas la nuit, affirma tristement sa mère en secouant la tête à plusieurs reprises comme si elle s'apitoyait sur Joël ou se réconciliait avec elle-même après une difficile lutte intérieure. Tu n'as pas d'amis, pas de travail, tu ne sais pas quoi faire de tes journées, tu finiras par tomber malade ou par devenir pratiquant. Tu ferais mieux d'aller à la piscine.

— Lisa, intervint Avigaïl, comment tu lui parles ! Ce n'est plus un bébé. Il aura bientôt cinquante ans. Cesse de l'asticoter à longueur de journée. Il finira bien par trouver sa voie. Laisse-le vivre.

— Qui a détruit sa vie ?... murmura Lisa. Elle n'acheva pas.

— Pourquoi est-ce que tu te presses de desservir la table et de faire la vaisselle avant même que nous n'ayons fini notre café ? protesta Netta. Tu veux que nous nous dépêchions de finir pour te débarrasser le plancher au plus vite ? Tu manifestes contre l'esclavage de l'homme ou bien tu cherches à nous culpabiliser ?

— Il est déjà huit heures moins le quart, trancha Joël. Tu devrais être partie à l'école depuis au moins dix minutes. Tu vas encore être en retard.

— Parce que si tu fais le ménage, ça va aller plus vite peut-être ?

— Bon. On y va. Je te dépose.

— J'ai des douleurs, reprit Lisa pour elle-même en pleurnichant. Elle répéta ces mots à deux reprises, comme si personne ne l'écoutait. Des douleurs au ventre, au côté, je n'ai pas fermé l'œil de la nuit et tout le monde s'en moque.

— C'est bon ! soupira Joël. Chacune à son tour, s'il vous plaît ! Je m'occupe de toi dans un moment.

Il accompagna Netta à l'école sans faire la moindre allusion à leur discussion dans la cuisine sur le coup de deux heures du matin, avec le fromage français, les olives noires piquantes, le thé à la menthe parfumé et le silence subtil qui avait duré près d'une demi-heure, jusqu'à ce que Joël retournât dans sa chambre — ni l'un ni l'autre n'ayant cherché à le rompre, ne serait-ce qu'une fois.

Au retour, il s'arrêta au centre commercial et acheta pour sa belle-mère le shampooing au citron et la revue littéraire qu'elle lui avait demandés. Une fois à la maison il téléphona au gynécologue de sa mère pour lui prendre un rendez-vous. Ensuite il emporta un drap, un livre, le journal, ses lunettes, son transistor, de la crème solaire, deux tournevis, un verre de cidre glacé et sortit s'allonger sur la balancelle du jardin. Par habitude, il observa du coin de l'œil la jeune beauté asiatique qui faisait le ménage chez les voisins, remarquant qu'elle ne transportait plus ses courses dans de lourds paniers mais dans un caddie. Pourquoi n'y avait-on pas pensé plus tôt ? Pourquoi les choses venaient-elles toujours avec un temps de retard ? Mieux vaut tard que jamais, pensa-t-il, utilisant les mots de sa mère. Il médita cette phrase et n'y trouva rien à redire. Pourtant quelque chose le troublait. Il abandonna tout, se leva et alla chercher sa mère dans sa chambre. La pièce était vide, inondée de soleil, bien rangée, agréable et propre. Il la trouva dans la cuisine, assise épaule contre épaule à côté d'Avigaïl, palabrant interminablement à voix basse en épluchant des légumes pour la soupe du déjeuner. A son entrée elles se turent. Une nouvelle fois, il lui sembla voir deux sœurs bien qu'il sût qu'il n'y avait aucune véritable ressemblance entre elles. Avigaïl leva vers lui son visage de paysanne slave, robuste, clair, aux pommettes hautes presque tatares, aux yeux bleus et enfantins qui dégageaient une impression de générosité et d'incontestable noblesse. Cependant qu'avec son visage terreux, sa vieille robe marron, sa mère avait plutôt l'air d'un oiseau mouillé. Elle avait les lèvres crispées, comme englouties par la bouche, une expression blessée et amère.

— Alors ? Comment te sens-tu à présent ?

Silence.

— Ça va mieux ? Je t'ai pris un rendez-vous en urgence chez Litvin. Note-le : c'est jeudi à deux heures.

Silence.

— Netta est arrivée exactement à la sonnerie. J'ai dû brûler deux feux rouges.

Avigaïl coupa :

— Tu as offensé ta mère et maintenant tu essaies de réparer, mais c'est trop peu et trop tard. Ta mère est quelqu'un de sensible et elle n'est pas en bonne santé. Apparemment une catastrophe ne te suffit pas. Réfléchis bien, Joël, quand il en est encore temps. Fais un effort.

— Quelle question ! Naturellement !

— Tu vois, c'est toujours la même chose avec toi. Cette froideur, cette ironie, cette maîtrise de soi. C'est ainsi que tu l'as achevée et que tu nous enterreras toutes, l'une après l'autre.

— Avigaïl ! s'écria Joël.

— C'est bon, file vite. Je vois que tu es pressé. Tu as déjà la main sur la poignée de la porte. Ne te mets pas en retard à cause de nous. Elle t'aimait. Peut-être ne t'en es-tu pas rendu compte ou a-t-on oublié de te le dire, mais elle t'a toujours aimé. Jusqu'au bout. Elle t'avait même pardonné la tragédie de Netta. Elle t'avait tout pardonné. Mais tu étais occupé. Ce n'est pas de ta faute. Simplement tu n'avais pas le temps. Tu n'as pas fait cas d'elle ni de son amour jusqu'à ce qu'il soit trop tard. Maintenant aussi tu es pressé. Alors va-t'en ! Qu'attends-tu ? File ! Qu'as-tu à faire de cet asile de vieillards... Va-t'en ! Tu reviens pour déjeuner ?

— Peut-être. Je ne sais pas. On verra.

Sa mère brisa soudain le silence, s'adressant non pas à lui mais à Avigaïl d'une voix grave, réfléchie :

— Tu ne vas pas recommencer ! Tu nous l'as assez seriné. Tu passes ton temps à nous mettre mal à l'aise.

Qu'est-ce qu'il y a ? Que lui a-t-il fait ? Qui s'est enfermé dans une tour d'ivoire ? Qui a interdit à l'autre d'y entrer ? Alors laisse Joël tranquille. Après ce qu'il a fait pour vous… Et cesse de semer la zizanie entre nous à croire qu'il n'y a que toi qui es parfaite. Qu'est-ce que tu as ? Nous n'observons pas assez le deuil ? Tu le fais toi ? Qui est-ce qui est allé chez le coiffeur et chez l'esthéticienne avant même que la pierre ne soit posée sur la tombe ? Alors tu peux parler ! Où est-ce que tu vas trouver un homme qui fasse la moitié de ce que Joël fait à la maison ? Il n'arrête jamais. Il s'inquiète. Il ne s'endort pas la nuit.

— Dort, la reprit Avigaïl, on dit « dort » pas « s'endort ». Je vais te chercher deux comprimés de Valium. Ça te fera du bien et ça t'aidera à te calmer.

— Au revoir, dit Joël.

Avigaïl ajouta :

— Attends un instant. Viens ici. Laisse-moi arranger ton col. Si tu vas à un rendez-vous, peigne-toi un peu sinon personne ne daignera t'accorder un regard. Tu reviens pour déjeuner ? A deux heures, quand Netta rentre ? Tu iras la chercher à l'école ?

— On verra.

— Et si tu es retenu chez une jolie femme, passe au moins un coup de téléphone pour nous avertir. Que nous ne fassions pas inutilement le pied de grue. Rappelle-toi au moins l'état de ta mère, physique et moral, et épargne-lui d'autres soucis.

— Laisse-le tranquille, intervint Lisa, qu'il revienne quand ça lui chante !

— Voyez comment elle parle à un enfant de cinquante ans, plaisanta Avigaïl. Son visage exprimait un pardon sincère et généreux.

— Au revoir, répéta Joël en se dirigeant vers la porte.

Avigaïl remarqua :

— C'est dommage. J'avais justement besoin de la voiture ce matin pour amener ton coussin chauffant à réparer. Il soulage bien tes douleurs. Aucune importance, j'irai à pied. A moins que tu ne veuilles m'accompagner ? Ça nous fera une promenade. Et si je téléphonais à M. Krantz pour lui demander de m'y conduire ? Un cœur d'or, ce garçon. Je suis sûre qu'il le fera avec plaisir… Ne te mets pas en retard. Au revoir. Pourquoi restes-tu planté là ?

XXI

Le soir venu, Joël, pieds nus, déambulait de pièce en pièce, le transistor dans une main — il écoutait une interview d'Itshak Rabin — et la perceuse électrique munie de sa rallonge dans l'autre, à la recherche d'un trou à forer ou de quelque chose à réparer, lorsque le téléphone sonna dans le couloir. C'était à nouveau le patron :

— … Quoi de neuf ? Comment va la petite famille ? Avez-vous besoin de quelque chose ?

Joël répondit que ça allait, qu'ils n'avaient besoin de rien merci, ajoutant :

— Netta n'est pas là. Elle est sortie. Elle n'a pas précisé à quelle heure elle rentrerait.

— Qu'est-ce que Netta vient faire ici ? rétorqua le patron en riant. Crois-tu que toi et moi n'avons plus rien à nous dire ?

Et, comme s'il changeait de vitesse en douceur, il se mit à parler d'un nouveau scandale politique qui faisait la une des journaux et avait même failli renverser le gouvernement. Il évita de donner son point de vue personnel mais dressa un tableau très détaillé des différentes positions. Il développa avec chaleur et sympathie les thèses contradictoires, chacune incarnant une catégorie plus profonde de vérité. Enfin, avec une logique implacable, il ramena la situation à une alternative dont l'un des termes était forcément incontournable. Joël commençait à désespérer de comprendre ce qu'on attendait de lui lorsque le patron, sur un autre ton, lui demanda avec une cordialité singulière s'il avait envie de faire un saut au bureau le lendemain matin pour boire un café : il y avait quelques bons amis qui se languissaient de sa présence et qui désiraient bénéficier de ses lumières. Peut-être, qui sait, l'acrobate en profiterait-il pour lui poser une ou deux questions à propos d'une très vieille affaire qui avait été confiée aux mains expertes de Joël mais n'avait pas été, semblait-il, menée à son terme ? En tout cas, ce fardeau pesait sur ses frêles épaules et seule l'aide de Joël pourrait le soulager. En bref, ce serait agréable et on ne s'ennuierait pas. Demain vers dix heures. Tsipi avait apporté un superbe gâteau maison et il s'était battu comme un beau diable pour qu'on ne le liquide pas et qu'on lui en garde deux ou trois morceaux. Le café était offert gracieusement. Viendrait-il ? On bavarderait un peu. Peut-être tournerait-on la page ?

Joël chercha à savoir s'il devait en conclure qu'on le convoquait pour un interrogatoire. Il comprit aussitôt qu'il venait de commettre une bévue. En entendant le mot « interrogatoire », le patron émit une sorte de cri de stupeur douloureuse, à la façon d'une vieille épouse de rabbin devant qui on proférerait une obscénité et qui frémirait d'horreur.

— Aïe, aïe, aïe ! s'écria-t-il au bout du fil, tu n'as pas honte ? On se borne à t'inviter à une réunion de famille ! Soit ! Nous avons été un peu offensés mais nous avons pardonné. Nous ne soufflerons mot à personne de ton lapsus. Un interrogatoire ! J'ai déjà complètement oublié. Même avec des électrochocs, on ne me forcera pas à parler. Ne crains rien. L'incident est clos. Tu ne l'as pas dit. N'en parlons plus. On attendra patiemment que la nostalgie fasse son œuvre. Patience et longueur de temps... Bien entendu nous ne garderons nulle rancune. Les susceptibilités, les vexations... la vie est trop courte, tu sais ! Laisse tomber. Le vent a soufflé, on n'en est plus là. Bon, si tu veux venir prendre le café avec nous demain matin à dix heures — un peu avant, un peu après, ça n'a pas d'importance — tu seras le bienvenu. Tsipi est au courant, elle t'introduira sans poser de questions. Je lui ai dit que tu as libre accès à mon bureau à n'importe quel moment, sans rendez-vous, de jour ou de nuit. Non ? Tu n'as pas envie de venir ? Alors oublie ce coup de téléphone. Embrasse Netta de ma part. Aucune importance. En fait, nous voulions t'avoir avec nous, demain matin justement, pour te transmettre le bonjour de Bangkok. N'en parlons plus. C'est toi qui décides. Bien à toi.

« Quoi ! » s'exclama Joël, mais le patron avait apparemment conclu que la conversation n'avait que trop duré. Il s'excusa de lui avoir fait perdre un temps précieux. Il lui demanda une nouvelle fois de transmettre ses amitiés à Netta et ses salutations aux deux vieilles dames, promit de faire un saut en coup de vent un de ces jours, souhaita à Joël une bonne santé et de bien se reposer, puis il prit congé sur ces mots : « L'essentiel c'est que tu prennes bien soin de toi. »

Joël resta quelques instants immobile dans le couloir, à côté du téléphone, la perceuse électrique sur les genoux. Dans sa tête, il décomposait les paroles du patron en petits éléments pour les recombiner différemment. Déformation professionnelle. « Une alternative dont l'un des termes était forcément incontournable » et aussi « frêles épaules », « nostalgie », le « bonjour de Bangkok », « un enfant de cinquante ans », « aimer jusqu'au bout », « électrochocs », « libre accès », « le vent a soufflé et on n'en est plus là », « un cœur d'or ». Ces combinaisons évoquaient vaguement un petit champ de mines. Quant au conseil : « Prends bien soin de toi », il n'y trouva rien à redire. Il eut fugitivement envie d'effacer à l'aide de la perceuse le minuscule objet noir, à l'entrée du monastère roman en ruine. Il se ravisa aussitôt, comprenant qu'il ne réussirait qu'à l'abîmer quand il ne cherchait qu'à réparer, de son mieux, ce qui avait encore besoin de l'être.

Il reprit son errance à travers les pièces de la maison vide, les inspecta l'une après l'autre, ramassa et plia une couverture au pied du lit de Netta qu'il posa près de l'oreiller. Il feuilleta le livre de Jacob Wassermann sur la table de chevet de sa mère. Il ne le reposa pas tel qu'il était, ouvert et retourné à l'envers, mais il marqua la page d'un signet avant de le ranger soigneusement à côté de sa radio. Il mit de l'ordre dans le fouillis des fioles et des boîtes de médicaments. Ensuite, il aligna méticuleusement les produits de beauté d'Avigaïl Lublin en reniflant un peu chaque flacon, s'évertuant sans succès à se rappeler à quoi correspondaient les odeurs qu'il venait de respirer. Il s'attarda un moment dans sa propre chambre et, derrière ses lunettes de prêtre latin, examina sur la photographie le visage de M. Kramer, le propriétaire, l'un des directeurs d'El Al, en uniforme de tankiste, serrant la main du chef d'état-major, le général d'armée Elazar. Ce dernier, l'air triste et las, plissait les yeux comme s'il voyait approcher sa mort sans paraître outre mesure affecté. M. Kramer, par contre, solennel, émouvant, le port majestueux, rayonnait, arborant le sourire de qui vient de tourner la page avec la certitude que désormais plus rien ne serait pareil. Joël remarqua une chiure de mouche sur la poitrine du propriétaire et s'empressa de la retirer avec la pointe du porte-plume qu'Ivria devait tremper tous les dix mots dans l'encrier. Joël se souvint comment, en rentrant à la maison à la tombée de la nuit à la fin d'une journée d'été quand ils habitaient encore à Jérusalem, il croyait parfois deviner, de l'escalier, les accords de la guitare de leur solitaire voisin s'échappant de son propre appartement. Il s'appliquait alors à entrer comme un voleur sans faire grincer la clef ni la porte, en étouffant ses pas, comme on l'avait entraîné à le faire. Il découvrait sa femme et sa fille — l'une dans un fauteuil et l'autre debout face à la fenêtre ouverte d'où, entre un mur et la cime d'un pin poussiéreux, on apercevait un pan aride des monts de Moab, par-delà la mer Morte — immergées dans la mélodie que le vieil homme déversait sur ses cordes, les yeux clos. Joël lui trouvait parfois une étrange expression, mélange de nostalgie et d'amère lucidité qui, peut-être, se concentrait au coin gauche de sa bouche. Inconsciemment, Joël essaya d'imiter ce rictus. Elles se ressemblaient tellement dans leur communion avec la musique que, le crépuscule s'immisçant déjà entre les meubles et la lumière n'étant pas encore allumée, il arriva qu'une fois, entrant sur la pointe des pieds, Joël se trompa et plaqua sur la nuque de Netta un baiser destiné à Ivria. Sa fille et lui évitaient toujours tout contact.

Joël retourna la photo, examina la date et essaya de calculer mentalement le temps écoulé entre le jour où elle avait été prise et la mort soudaine d'Elazar, le chef d'état-major. Quant à lui, il se compara un instant à l'invalide sans membre, tronc de chair d'où s'élançait une tête qui n'était ni celle d'un homme ni celle d'une femme mais d'une créature plus délicate qu'un enfant, radieuse, aux yeux francs, qui semblait connaître la réponse et exulter de son incroyable simplicité, à portée de la main.

Ensuite, il se rendit dans la salle de bains, prit dans le placard deux nouveaux rouleaux de papier-toilette qu'il plaça, l'un dans le dévideur à côté des w.-c. de la salle de bains et l'autre en réserve dans le deuxième cabinet. Il réunit les serviettes et les jeta dans le panier à linge sale sauf une dont il se servit pour nettoyer les lavabos avant de la joindre aux autres. Puis il sortit des serviettes propres et les suspendit. Lorsqu'il remarquait ici ou là un cheveu de femme, il s'en emparait, l'identifiait avec soin en pleine lumière avant de l'abandonner dans la cuvette et de tirer la chasse. Il découvrit dans l'armoire à pharmacie une petite burette d'huile qui aurait dû se trouver dans l'appentis et alla l'y ranger. En chemin, l'idée lui vint de huiler les charnières de la fenêtre de la salle de bains et, pendant qu'il y était, les gonds de la porte de la cuisine et ceux des penderies. Il déambula longuement dans la maison à la recherche de ce qui avait encore besoin d'être graissé et, quand vint le tour de la perceuse et des suspensions de la balancelle, il s'aperçut que la burette était vide et qu'il n'avait donc plus besoin de la remettre dans l'appentis. Un mouvement entre les meubles, léger, presque imperceptible, l'alerta lorsqu'il passa devant le salon noyé d'ombre. Ce n'était que l'oscillation des feuilles du philodendron géant. Ou du rideau ? Quelque chose derrière la tenture ? Le mouvement s'arrêta net dès qu'il alluma la lumière du salon pour examiner chaque recoin mais il eut l'impression qu'il recommençait subrepticement dans son dos lorsqu'il éteignit avant de sortir. Il se glissa pieds nus dans la cuisine, sans allumer, retenant sa respiration et observa le salon à travers le passe-plat. Il n'y avait rien excepté la pénombre et le silence. Peut-être une faible odeur de fruits trop mûrs. Il se retourna pour ouvrir le réfrigérateur quand soudain, dans son dos, il perçut à nouveau une sorte de bruissement. Il pivota très vite sur lui-même et alluma. Rien. Il éteignit et sortit silencieusement, les sens en éveil. Il contourna la maison et jeta un coup d'œil prudent par la fenêtre. Il crut discerner un frémissement dans un coin de la pièce qui cessa presque aussitôt. Y avait-il un oiseau prisonnier qui voltigeait pour tenter de s'échapper ? La chatte avait-elle pénétré dans la maison ? Ou un lézard ? Une vipère ? Ou bien était-ce un simple courant d'air, agitant les feuilles du philodendron ? Joël, immobile entre les arbustes du jardin, contempla longuement l'intérieur obscur de la maison. La mer n'allait pas s'échapper. Il songea qu'à la place d'une vis enfoncée dans la patte postérieure gauche du félin, on pouvait imaginer une fine proéminence allongée, moulée dans le support en acier inoxydable. Cela expliquerait qu'on ne pût repérer aucune trace de fixation ou de clou sur le fond. L'astuce de l'artiste avait été de concevoir un socle pourvu d'une saillie d'un seul tenant grâce à quoi il avait pu façonner ce bond somptueux, souple et tragique. Cette solution lui sembla logique, subtile et réjouissante. Il y avait pourtant un hic : il n'avait aucun moyen de vérifier s'il avait raison sauf en brisant la patte.

Restait donc ouverte la question de savoir si les souffrances permanentes, dues au bond contrarié et à l'élan refréné, qui ne s'accomplissaient ni ne cessaient jamais ou en fait ne cessaient pas parce qu'ils ne s'accomplissaient pas, si ces souffrances étaient pires ou non que de briser les pattes de l'animal une fois pour toutes. Sur ce point il ne trouva pas de réponse. S'apercevant qu'il avait manqué la presque totalité du journal télévisé, il renonça à poursuivre son embuscade, rentra et alluma la télévision. Avant que l'image n'apparût, il entendit la voix de Jacob Achimeir qui parlait des difficultés croissantes de la pêche, des migrations des poissons, du désarroi des pêcheurs, de l'indifférence du gouvernement. Quand l'image finit par arriver, le reportage était pratiquement terminé. On ne distinguait sur l'écran que la mer verdâtre, grise, vide, presque figée dans la lumière du crépuscule — seules quelques vaguelettes s'évanouissaient dans un coin de l'image, morne toile de fond où s'inscrivirent les prévisions météorologiques du lendemain. Joël écouta les deux dépêches qu'annonça Karmit Gaï en fin de programme, regarda un message publicitaire mais, voyant qu'il était suivi d'un autre, il se leva pour éteindre le poste et placer sur l'électrophone l'*Offrande musicale* de Bach. Il se versa un verre de cognac et, inexplicablement, se représenta concrètement la métaphore qui avait conclu le coup de téléphone du patron : « Un saut en coup de vent. » Son verre à la main, il s'assit sur le tabouret du téléphone et composa le numéro personnel d'Arik Krantz. Il avait l'intention de lui emprunter sa seconde voiture, la petite, pour une demi-journée, afin de laisser la sienne à la disposition d'Avigaïl lorsqu'il se rendrait au bureau le lendemain matin à dix heures. Odélia Krantz lui répondit d'une voix chargée de haine contenue qu'Arié n'était pas à la maison et qu'elle n'avait pas la moindre idée de l'heure à laquelle il rentrerait, s'il rentrait, et que d'ailleurs peu lui importait. Joël comprit qu'ils avaient encore eu une dispute et essaya de se rappeler ce que lui avait confié Krantz lors de leur promenade en mer, le chabbat dernier, au sujet d' « une rousse incendiaire qu'il avait sautée dans un hôtel de la mer Morte sans se douter que sa sœur était la belle-sœur de sa femme », ou quelque chose d'approchant. Depuis il était en « alerte permanente ». Néanmoins, Odélia demanda s'il fallait faire une commission à Arik ou lui laisser un message. Joël hésita, s'excusa et finit par dire :

— Non, rien de spécial... Finalement, oui, voudriez-vous lui transmettre mes amitiés et le prier de me rappeler s'il rentre avant minuit... si ce n'est pas abuser de votre gentillesse, crut-il bon d'ajouter. Je vous remercie.

— Ça ne me dérange vraiment pas. Pourrais-je seulement savoir à qui j'ai l'honneur ?

Joël savait à quel point sa répugnance à décliner son

identité au téléphone était grossière mais il ne put s'empêcher de marquer une légère hésitation avant de s'y résoudre. Il remercia une fois de plus et prit congé.

— Je viens vous voir tout de suite, il faut que je vous parle. Je vous en prie. Nous ne nous connaissons pas mais vous comprendrez. Dix petites minutes, s'il vous plaît, le supplia Odélia Krantz.

Joël ne répondit pas, espérant ne pas avoir à mentir. Prenant conscience de son silence, Odélia Krantz bredouilla :

— Vous êtes occupé. Je comprends. Je suis désolée. Je ne voulais pas forcer votre porte. Une autre fois peut-être...

— Je vous demande pardon. En ce moment, cela m'est un peu difficile, s'excusa-t-il avec chaleur.

— Aucune importance. Ça le serait pour n'importe qui.

Demain est un autre jour, songea-t-il. Il se leva pour ôter le disque de la platine, sortit et se dirigea dans le noir vers la barrière du verger, au bout de la venelle où il s'arrêta pour contempler par-dessus la ligne des toits un scintillement rouge clignotant, sans doute les feux de signalement d'une haute antenne. Brusquement un rayon lumineux bleuâtre, lacté, jaillit entre les signaux et coula lentement dans le ciel, comme dans un rêve. Un satellite ou une météorite en train de tomber ? Il fit demi-tour et s'en alla. « Couché ! » murmura-t-il à l'adresse du chien, *Ironside,* qui aboyait paresseusement de l'autre côté de la haie. Il avait l'intention de rentrer vérifier que la maison était encore vide, qu'il n'avait pas oublié d'arrêter l'électrophone et de se verser un verre de cognac. Quelle ne fut alors sa surprise de se trouver, par erreur, non pas devant chez lui mais devant la villa du frère et de la sœur Vermont. Il comprit que, dans sa distraction, il avait apparemment déjà sonné car, lorsqu'il tourna les talons pour rebrousser chemin, la porte s'ouvrit et l'homme qui ressemblait au Hollandais rose, grand et bien portant d'une publicité pour cigares de luxe, cria à trois reprises : « *Come in ! Come in ! Come in !* » De sorte que Joël n'eut pas le choix et dut obtempérer.

XXII

En entrant, la lumière verdâtre qui régnait dans le salon lui fit cligner les yeux — une lumière d'aquarium qui semblait percer du feuillage d'une jungle ou des profondeurs de la mer. La belle Ann-Mary, le dos tourné, était penchée sur une table basse, occupée à coller des photos dans un gros album. Ses fines omoplates saillant sous la peau, elle parut à Joël touchante et enfantine, pas vraiment séduisante. D'une main délicate elle resserra sur sa poitrine son kimono orange et s'exclama joyeusement en se tournant vers lui : « *Ouah ! Look who's here !* » avant de poursuivre en hébreu :

— Nous commencions à croire que nous vous faisions horreur.

— *I bet you care for a drink !* cria au même instant Vermont de la cuisine. Puis il énuméra les différents rafraîchissements qu'il proposait à son invité.

— Asseyez-vous ici, dit Ann-Mary avec douceur, mettez-vous à l'aise, installez-vous confortablement. Vous paraissez si fatigué !

Joël opta pour un verre de Dubonnet, non qu'il appréciât particulièrement cette boisson mais parce que son nom évoquait des ours[1]. Sans doute à cause des murs de la pièce qu'envahissait une épaisse forêt baignant dans la brume et l'humidité. En effet, d'immenses posters juxtaposés — à moins qu'il ne s'agît de papier peint ou d'une fresque — contribuaient à créer l'illusion d'un taillis dense, touffu. Sous la voûte des arbres serpentait un sentier boueux bordé d'arbustes noirs entre lesquels se dissimulaient des champignons. Le mot « champignons » le fit songer à une truffe bien qu'il ignorât, n'en ayant jamais vu, à quoi ressemblait une truffe. Ce qu'il en savait se bornait à l'homophonie des termes « truffe[2] » et « nostalgie[3] ». Une lueur glauque filtrait dans l'entrelacs des feuillages, éclairant la pièce d'une lumière diffuse. C'était là une astuce destinée à donner de la profondeur à l'espace tout en permettant un éclairage tamisé. Joël estima que l'ensemble, du papier peint aux effets de lumière, témoignait d'un terrible manque de goût. Néanmoins, mû par quelques réminiscences de l'enfance, il ne put s'empêcher d'éprouver une vive émotion en voyant l'humidité sourdre au pied des chênes et des sapins comme si la végétation grouillait d'une multitude de lucioles. Ce ruissellement de clarté bondissant dans un enchevêtrement de végétation luxuriante, entre les buissons et les herbes sombres, lui rappelait les eaux calmes d'un fleuve. Il se dit qu'il devait sûrement y avoir, parmi les ronces, des mûres ou des groseilles dont il n'avait, au demeurant, qu'une connaissance livresque. Cette lumière glauque reposait ses yeux fatigués. Ce fut justement ce soir-là qu'il comprit que l'éclat de l'été chauffé à blanc était pour une bonne part responsable de ses ophtalmies. Outre de nouveaux verres correc-

1. *Doubim* en hébreu. *(N.d.T.)*
2. Truffe : hb. *kéméah. (N.d.T.)*
3. Nostalgie : hb. *kemiah. (N.d.T.)*

teurs, il lui fallait acheter également des lunettes de soleil.

Vermont, couvert de taches de rousseur, remuait beaucoup d'air. Débordant d'une hospitalité agressivement joyeuse, il versa un Dubonnet à Joël et un Campari à sa sœur et à lui-même. Il grommela quelque chose à propos de la beauté cachée de la vie et des bâtards sans jugeote qui en gaspillaient et abîmaient les secrets. Ann-Mary mit un disque de Léonard Cohen en guise de musique d'ambiance. On discuta de la situation actuelle, de l'avenir, de l'hiver qui approchait, des difficultés de l'hébreu, des avantages et des inconvénients du supermarché de Ramat-Lotan comparé à son concurrent du quartier voisin. Puis, en anglais, le frère raconta que, depuis longtemps, sa sœur pensait qu'il faudrait faire un poster de Joël pour présenter au monde le portrait type de l'Israélien sensuel. Il enchaîna en demandant à Joël si, à son avis, Ann-Mary était une femme attirante. Tout le monde le pensait. Lui-même était fasciné par sa sœur et devinait que Joël n'était pas indifférent à ses charmes.

— Qu'est-ce que tu racontes ? intervint Ann-Mary. C'est une partouze ? Tu prépares le terrain pour une orgie ?

Et elle taquina son frère en ajoutant avec l'air de dévoiler un secret :

— En fait Ralph rêve que je me marie. Du moins, une part de lui le désire tandis que l'autre... Mais il est temps de cesser de vous ennuyer.

— Vous ne m'ennuyez pas, répondit Joël, continuez.

Et comme s'il cherchait à faire plaisir à une petite fille, il renchérit :

— Vous êtes vraiment très belle.

Pour quelque raison obscure, ces mots lui semblèrent plus faciles à exprimer en anglais qu'en hébreu. Parfois, devant des amis ou des connaissances, sa femme lui lançait en riant, presque incidemment : « *I love you.* » Mais ce n'était que très rarement, toujours en privé et avec un grand sérieux, qu'elle faisait cette déclaration en hébreu et Joël frissonnait en l'entendant.

Ann-Mary désigna les photos éparpillées sur la table, qu'elle était en train de coller dans un album lorsque Joël était arrivé à l'improviste. C'étaient ses deux filles Agalea et Taliah. Elles avaient respectivement neuf et six ans et chacune un père différent. Elle les avait perdues à Detroit, à sept ans d'intervalle, au cours de deux procès de divorce qui lui avaient d'ailleurs coûté une fortune, jusqu'à « sa dernière chemise de nuit ». Ensuite on avait monté les fillettes contre elle au point qu'il avait fallu les forcer à lui dire au revoir. A Boston, la dernière fois qu'elle les avait vues, l'aînée ne l'avait même pas gratifiée d'un petit signe de la main et la petite lui avait craché à la figure. Ses ex-maris s'étaient ligués contre elle, avaient engagé un avocat commun et organisé son malheur jusque dans les moindres détails. Ils voulaient la pousser au suicide ou lui faire perdre la raison.

— Si Ralph ne m'avait pas littéralement sauvé la vie… mais, excusez-moi, je parle, je parle.

Elle se tut et, le menton sur la poitrine, pleura en silence, comme un oiseau au cou brisé. Ralph Vermont lui entoura les épaules et, à sa gauche, Joël, après une légère hésitation, décida de prendre sa petite main dans la sienne. Il contempla ses doigts sans rien dire jusqu'à ce qu'elle s'apaise, lui qui, depuis des années, n'avait jamais effleuré sa fille.

— Celle-ci, expliqua le frère en anglais, a été prise sur la plage de San Diego : le jeune homme sur la photo, c'est mon fils, Julian Aeneas Robert. Lui aussi je l'ai perdu, il y a dix ans, lors d'un divorce compliqué en Californie. Et c'est ainsi que ma sœur et moi sommes restés seuls et avons abouti ici. Qu'aimeriez-vous nous raconter sur votre vie, monsieur Ravid ? Joël, si vous permettez. Avez-vous également une famille brisée ? Il paraît qu'en ourdou il existe un mot qui, lorsqu'on le lit de droite à gauche, signifie « amour-passion » et « haine mortelle » si on le lit dans l'autre sens. Les mêmes lettres et les mêmes syllabes, tout dépend du sens. Ne vous croyez pas obligé, à Dieu ne plaise, de nous livrer vos secrets en contrepartie des nôtres. Il ne s'agit pas de business mais seulement de parler à cœur ouvert, comme on dit. On prétend qu'en Europe un vieux rabbin enseignait qu'un cœur brisé est le bien le plus précieux. Ne vous sentez pas tenu d'échanger histoire pour histoire. Avez-vous dîné ? Sinon il reste un délicieux pâté de veau qu'Ann-Mary peut vous réchauffer en deux minutes. Ne faites pas de manières. Mangez. Ensuite nous prendrons un café et nous regarderons un bon film au magnétoscope. Nous vous l'avions promis depuis longtemps.

De quoi pouvait-il bien leur parler ? De la guitare de son ancien voisin qui, après sa mort, s'était mise à jouer toute seule la nuit, sur un registre de violoncelle ?

— Merci, j'ai déjà mangé, objecta-t-il. Je ne voulais pas vous déranger. Veuillez m'excuser d'avoir débarqué ainsi sans prévenir.

— *Nonsense !* rugit Ralph Vermont. *No trouble at all !*

Joël se demanda pourquoi le malheur des autres semblait toujours exagéré ou un peu ridicule. Une souffrance trop parfaite pour qu'on la prît au sérieux. Pourtant il était désolé pour Ann-Mary et pour son frère rose et bien en chair. Répondant à contretemps à la question précédente, il se mit à rire et déclara :

— J'avais un parent — il est mort — qui avait coutume de déclarer que nous avons tous les mêmes secrets. Je ne sais pas si c'est vrai mais, à mon avis, cela pose un problème logique. Si on compare des secrets, ils cessent de l'être et n'entrent plus dans cette définition, mais si on ne les compare pas, comment savoir s'ils sont semblables, identiques ou différents ? Aucune importance. Si on changeait de sujet ?

— *It is a Goddam nonsense,* s'écria Ralph Vermont, *with all the respect to your relative or however*[1].

Joël se carra dans son fauteuil et allongea les jambes sur le pouf en perspective d'un repos prolongé. Le corps menu et juvénile de la femme assise en face de lui dans son kimono doré dont elle ramenait inlassablement les pans sur sa poitrine suggérait à Joël des choses dont il voulait se détacher. A chacun de ses mouvements les pointes de ses seins se trémoussaient sous la soie fine comme si elles furetaient à l'intérieur du kimono ou que des chatons se tortillaient et se débattaient pour en sortir. Joël s'imagina les emprisonner de ses larges paumes laides pour les empêcher de se débattre comme s'il s'agissait de poussins tièdes. L'érection subite de son membre le remplit de confusion et de souffrance car, Ann-Mary ne le quittant pas des yeux, il lui était impossible de glisser une main furtive sur la protubérance que comprimait obliquement son jean étroit. Il intercepta l'ombre d'un sourire entre le frère et la sœur quand il essaya de ramener ses genoux devant lui. Il faillit y prendre part mais il ne savait pas s'il avait véritablement vu ou simplement imaginé leur complicité. Joël éprouva fugitivement l'ancienne rancune que Sha'altiel Lublin nourrissait à l'égard du sexe qui vous harcèle, tel un boulet que vous traînez toute votre vie et qui vous empêche de vous concentrer pour écrire les poèmes de Pouchkine ou inventer l'électricité. De ses reins le désir irradia en direction de son dos, de sa nuque, le long des cuisses et

1. « N'importe quoi ! s'écria Ralph Vermont, sauf le respect que je dois à votre parent ou je ne sais qui. » *(N.d.T.)*

des genoux jusqu'à la plante des pieds. L'image des seins de la belle femme assise en face de lui suscita un léger frisson autour de ses mamelons. Il imagina ses doigts enfantins le pinçant légèrement à la nuque et entre les omoplates à la manière d'Ivria lorsqu'elle voulait le séduire. A la pensée des mains d'Ivria, il ouvrit les yeux et vit celles d'Ann-Mary qui découpaient un gâteau au fromage gélatineux. Il remarqua des traces brunes sur le dos de ses mains — des taches de pigmentation dues au vieillissement de la peau, qui iraient en s'accroissant de façon irréversible. Son désir s'évanouit et fit place à de la tendresse, de la pitié, de la tristesse, au souvenir de ses larmes, au visage des fillettes et du petit garçon qu'avaient perdus le frère et la sœur lors de leurs divorces respectifs. Il se leva et les pria de l'excuser.

— A quel propos ?

— L'heure est venue de m'en aller.

— Il n'en est pas question ! éclata Vermont, vous ne bougez pas d'ici. La soirée est à peine commencée. Asseyez-vous et regardons un film au magnétoscope. Que préférez-vous ? Une comédie ? Un policier ? Ou quelque chose de juteux ?

Joël se rappela que c'était Netta qui l'avait, à plusieurs reprises, poussé à rendre visite aux voisins, lui interdisant presque de rester seul à la maison.

— D'accord, pourquoi pas ? acquiesça-t-il à sa grande surprise. Il se rassit, allongea commodément ses jambes sur le pouf en ajoutant : « Je vous laisse choisir. »

A travers le voile que tissait sa fatigue il perçut un bref conciliabule entre le frère et la sœur. Celle-ci étendit les bras, déployant les manches de son kimono à la manière d'un oiseau prenant son vol. Elle sortit pour réapparaître vêtue d'un kimono rouge. Elle tapota affectueusement la main de son frère qui s'affairait, penché sur le magnétoscope. Quand il eut terminé, il se releva lourdement et la chatouilla derrière les oreilles comme on caresse un chat pour le faire ronronner. Il remplit le verre de Dubonnet de Joël, l'éclairage de la pièce décrut et l'écran de la télévision se mit à danser devant ses yeux. Même s'il était possible de libérer le félin des souffrances de sa patte prisonnière, sans la briser ni lui faire mal, la question de savoir comment et où pouvait bondir un animal dépourvu d'yeux restait toujours sans réponse. En fin de compte, la source de la douleur ne résidait pas dans le point de soudure entre le support et la patte mais ailleurs. Exactement comme dans la peinture du crucifié byzantin où les clous étaient façonnés avec délicatesse sans qu'une seule goutte de sang ne perlât des blessures et il était clair, dans l'esprit de l'observateur, qu'il ne s'agissait pas de délivrer le corps de sa croix mais d'affranchir l'adolescent au visage de fille de sa prison de chair, sans le briser ni décupler ses souffrances. Au prix d'un léger effort de concentration, Joël réussit à reconstituer ses pensées :

« ...flirts... », « ...crise... », « ...la mer... », « ...la ville à deux pas... », « ...et ils furent une seule chair... », « ...le vent a soufflé, on n'en est plus là... »

Lorsqu'il émergea de ses réflexions, il remarqua que Ralph Vermont quittait discrètement la pièce. Était-il en train de les épier, secrètement d'accord avec sa sœur, à travers une ouverture pratiquée dans le mur ou par un petit trou dissimulé dans les sapins du décor ? Silencieuse, mutine, langoureuse, Ann-Mary s'étendit à côté de lui sur le canapé, visiblement disposée à des amours auxquelles Joël, compte tenu de sa fatigue ou de sa tristesse, n'était pas enclin à cet instant précis. Il eut grande honte de son apathie et se pencha pour lui caresser les cheveux. Elle prit sa vilaine main entre les siennes et la posa sur son sein. De la pointe du pied, elle tira sur une chaînette de cuivre — la lumière de la forêt baissa encore — et ce geste dénuda ses cuisses. Maintenant il ne doutait plus que son frère les observât activement mais il n'en avait cure. Il se répéta les mots : Itamar ou Eviatar. Quelle importance à présent... ? Sa minceur, sa faim, ses larmes, ses fines omoplates saillant sous la peau délicate, les surprenantes nuances de pudeur se mêlant à un ardent don de soi s'insinuèrent dans son cœur, chassant de son esprit le grenier de la honte, les chardons qui entouraient sa fille et Edgar Linton. Ann-Mary lui murmura à l'oreille : « Tu es si attentionné, si gentil... » et, insensiblement, il oublia son plaisir, se détachant de son propre corps pour s'incarner dans la chair de cette femme qu'il choyait comme on panse une blessure, comme on apaise une âme accablée, comme on soulage les souffrances d'une enfant, attentif et minutieux jusqu'au bout des doigts, jusqu'à ce qu'elle gémît : « Maintenant... » Attendri, il chuchota : « Si tu veux... »

Ensuite, une fois la comédie qu'ils avaient programmée terminée, Ralph Vermont entra et leur servit du café et d'excellents petits chocolats fourrés à la menthe, enveloppés dans du papier vert argenté. Ann-Mary quitta la pièce et revint portant, cette fois, un chemisier et un large pantalon de velours. Joël regarda sa montre. « Mes amis, dit-il, il est minuit, il faut aller dormir. » Sur le pas de la porte, les Vermont insistèrent pour qu'il revînt les voir dès qu'il aurait une soirée de libre. Les dames étaient également les bienvenues.

Fatigué et somnolent, il rentra chez lui en chantonnant une vieille mélodie émouvante de Yaffa Yarkoni, s'interrompit pour lancer au chien : « Ferme-la, *Ironside !* » et se remit à fredonner. Il se souvint du jour où Ivria lui avait demandé pourquoi il semblait soudain si heureux. Il avait répondu qu'il s'était trouvé une maîtresse esquimaude, elle avait éclaté de rire et il avait alors compris à quel point il brûlait de la tromper avec elle.

Cette nuit-là, Joël tomba tout habillé sur son lit et s'endormit presque aussitôt. Il eut à peine le temps de penser qu'il devait rendre à Krantz le pulvérisateur jaune et qu'il serait gentil de fixer un rendez-vous à Odélia pour écouter ses malheurs et ses lamentations parce qu'il était agréable d'être charitable.

XXIII

Vers deux heures et demie du matin, le contact d'une main sur son front réveilla Joël. Pendant quelques secondes, il fit semblant de dormir, immobile, savourant la douceur des doigts qui arrangeaient le coussin sous sa tête et lui caressaient les cheveux. En proie à une brusque panique, il se dressa d'un bond, alluma la lumière et prenant la main de sa mère dans la sienne, il lui demanda ce qui se passait.

— J'ai fait un horrible cauchemar. Avigaïl et Netta te livraient à des Arabes qui venaient te chercher.

— C'est à cause de la dispute que tu as eue avec Avigaïl. C'est absurde. Demain vous ferez la paix et on n'en parlera plus.

— Elles te donnaient dans une cage, comme un chien.

Joël se leva. Avec délicatesse et fermeté, il fit asseoir sa mère dans un fauteuil et la couvrit d'une couverture de laine qu'il prit sur le lit.

— Reste un peu avec moi. Calme-toi. Ensuite tu retourneras te coucher.

— Je ne m'endors jamais. J'ai des douleurs et je suis assaillie de sombres pensées.

— Alors, ne dors pas et repose-toi tranquillement ici. Tu n'as pas à avoir peur. Tu veux un livre ?

Il réintégra son lit et éteignit la lumière, sachant qu'il ne pourrait jamais trouver le sommeil en présence de sa mère, quand bien même il ne percevrait pas sa respiration dans la pièce silencieuse. Il crut l'entendre arpenter la chambre sans bruit, furetant dans l'obscurité dans ses notes et ses livres, fouillant dans son coffre qui n'était pas fermé à clef... Il ralluma en hâte ; elle dormait paisiblement dans le fauteuil. Il tendit la main vers le livre posé sur le chevet et se souvint qu'il avait oublié *Mrs. Dalloway* à l'hôtel de Helsinki ainsi que, lors du transit à Vienne, l'écharpe de laine que lui avait tricotée sa femme. Comme ses lunettes de lecture se trouvaient sur la table du salon, il chaussa les vieilles lunettes carrées sans monture de médecin de famille d'Ivria et consulta la biographie de feu le chef d'état-major, Elazar, qu'il avait trouvée dans la bibliothèque de M. Kramer. Dans l'index, il découvrit le professeur, son supérieur, qui n'apparaissait ni sous son véritable nom ni sous l'un de ses titres, mais sous un pseudonyme. Joël feuilleta l'ouvrage jusqu'à ce qu'il parvînt au passage qui faisait l'éloge du patron — l'un des rares à avoir prévu, à temps, la catastrophe du Kippour en 1973. Pour les contacts d'urgence à l'étranger, le patron était *son frère* mais Joël ne s'était jamais senti de lien fraternel avec cet homme caustique et froid qui s'ingéniait, incontestablement, à lui tendre un piège astucieux, au milieu de la nuit, en se faisant passer pour un vieil ami de la famille. Tel un signal d'alarme intérieur aigu et persistant, son intuition le mit en garde sur l'opportunité de modifier ses projets en ne se rendant finalement pas au bureau à dix heures le lendemain matin. Sur quel point pourraient-ils le manipuler pour le faire trébucher ? Sur la promesse qu'il avait faite à l'ingénieur tunisien et n'avait pas tenue ? Sur la femme de Bangkok ? A cause d'une négligence concernant l'invalide à la peau diaphane ? Persuadé qu'il ne parviendrait plus à dormir, Joël décida de consacrer les heures à venir à préparer une ligne de défense en vue de la rencontre du lendemain. Au moment où il se mettait à réfléchir froidement, méthodiquement comme à son habitude, la pièce s'emplit soudain des ronflements de sa mère assoupie dans le fauteuil. Il éteignit la lumière, remonta les draps sur sa tête et, se bouchant les oreilles, il s'efforça de se concentrer sur son frère, sur Bangkok et Helsinki. Il finit par comprendre qu'à moins de la réveiller, il ne pourrait demeurer dans la chambre. Il se leva et sentit que la température avait fraîchi. Il prit une seconde couverture sur le lit, en recouvrit sa mère et lui caressa le front puis, transportant son matelas sur le dos, il sortit dans le couloir. Là, il s'arrêta, se demandant où il pourrait bien se réfugier pour échapper au félin posé sur l'étagère du salon. Finalement, il se décida pour la chambre de sa fille. Il étala le matelas par terre, s'enveloppa dans l'unique couverture qu'il avait pu sauver et somnola jusqu'au matin. A son réveil il regarda sa montre et comprit immédiatement qu'il était en retard — le journal était déjà là, jeté sur l'allée de béton par la portière de la 2 CV, en dépit de la requête affichée sur la boîte aux lettres. En se levant, il entendit Netta marmonner d'une voix irritée, vindicative : « Tout le monde le fait ! » Joël sortit pieds nus dans le jardin pour aller nourrir la chatte et ses chatons dans l'appentis, inspecter les arbres fruitiers et observer les oiseaux migrateurs. Il rentra un peu avant sept heures et téléphona à Krantz afin de lui demander de lui prêter sa petite Fiat pour la matinée. Il passa d'une chambre à l'autre pour réveiller les femmes. Il retourna à la cuisine au début du bulletin de sept heures et prépara le petit déjeuner en parcourant les grands titres du journal. Absorbé par sa lecture, il ne parvenait pas à se concentrer sur les paroles du présentateur qui, réciproquement, l'empêchaient de saisir le sens des titres qu'il était en train de lire. Au moment où il se versait du café, Avigaïl le rejoignit, fraîche comme une paysanne russe qui aurait passé la nuit sur un tas de foin. Ensuite, sa mère arriva, l'air dur et les lèvres pincées. A sept heures et demie, ce fut le tour de Netta qui commenta :

— Aujourd'hui, je suis vraiment en retard.

— Bois ton café et on s'en va, répondit Joël. J'ai le temps jusqu'à neuf heures et demie. Tiens, voilà Krantz et sa femme qui arrivent en procession. Ils m'amènent la Fiat — comme ça, Avigaïl pourra garder la voiture.

Il commença à desservir la table du petit déjeuner et à laver la vaisselle. Netta haussa les épaules et dit tranquillement : « Si tu veux... »

XXIV

Nous avons bien essayé de lui proposer quelqu'un d'autre, expliqua l'acrobate, en pure perte. Elle ne veut traiter qu'avec toi.

— Tu partiras mercredi à l'aube, décréta le professeur dont l'eau de toilette embaumait comme un parfum de femme, le rendez-vous aura lieu vendredi et dans la nuit de dimanche, tu seras rentré à la maison.

— Une minute, coupa Joël, vous allez un peu trop vite pour moi.

Il se leva et alla se poster devant l'unique fenêtre de l'étroite pièce toute en longueur. Entre deux hauts immeubles il aperçut la mer gris-vert et un paquet de nuages qui se traînaient bas sur l'eau — l'automne commençait. Six mois s'étaient écoulés depuis qu'il avait quitté ce bureau avec la ferme intention de ne plus jamais y remettre les pieds. Il avait alors passé le flambeau à l'acrobate, pris congé et rendu ce qu'il avait conservé dans son coffre au cours des années. Le patron lui avait signifié « dans un ultime appel aux sentiments et à l'intelligence » qu'il pouvait encore reprendre sa démission et que, pour autant qu'on pût déchiffrer l'avenir à partir des données présentes, il pouvait affirmer que, au cas où Joël déciderait de poursuivre sa carrière, il se signalait parmi les trois ou quatre favoris dont le meilleur s'installerait, dans deux ans environ, du côté sud de cette table. Lui-même irait alors prendre définitivement ses quartiers dans une communauté d'instinctothérapie en Galilée, s'abîmant dans la contemplation et la nostalgie. Joël avait répliqué : « Que veux-tu ! Apparemment mon chemin ne passe pas par ton côté sud. »

A présent, immobile près de la fenêtre, il notait l'usure des rideaux ainsi que la mélancolie, la négligence diffuse qui régnaient dans ce réduit monacal, tranchant avec le parfum délicat et les ongles impeccablement manucurés du patron. C'était une pièce trop petite et mal éclairée où trônait un bureau noir encadré par deux classeurs métalliques et devant lequel se trouvait une table à café flanquée de trois fauteuils de rotin. Sur le mur étaient accrochées deux reproductions, une aquarelle de Reuven représentant les environs de Safed et l'autre, les remparts de Jérusalem vus par Litvinosky. A l'extrémité d'une étagère chargée de manuels de droit et d'ouvrages de référence, en cinq langues, sur le troisième Reich, il y avait un tronc bleu du Fonds national juif reproduisant une carte de Palestine qui couvrait approximativement la zone de Dan à Beersheva à l'exclusion du triangle du Sud-Néguev. Semblables à des chiures de mouches, les taches que les Juifs avaient réussi à acquérir aux Arabes en argent comptant jusqu'en quarante-sept s'éparpillaient sur le plan. Le tronc portait le slogan : « Vous donnerez droit de rachat sur la terre. »

Joël se demanda si elle avait réellement existé, l'époque où il avait désiré si fort hériter de ce bureau grisâtre. Peut-être pour y inviter Ivria sous prétexte de la consulter sur le renouvellement des rideaux et du mobilier ? Il l'aurait fait asseoir en face de lui et, comme un enfant crânant devant sa mère qui s'est trompée sur son compte et l'a dédaigné pendant des années, il l'aurait laissée, comme à son habitude, digérer la surprise : c'était désormais lui qui, de ce modeste cabinet, régnait sur les services secrets israéliens qu'on tenait pour les meilleurs du monde. Elle lui aurait probablement demandé, un sourire indulgent dans ses yeux aux longs cils, en quoi consistait son travail et il lui aurait répondu modestement : « Tu vois, en somme, je suis une espèce de gardien de phare. »

L'acrobate ajouta :

— Elle a déclaré à notre agent que, soit nous arrangions une rencontre entre vous, soit elle ne nous dirait pas un mot. Il semble que, lors de votre dernière entrevue, tu as réussi à gagner son cœur. De plus, elle tient à ce que l'entrevue se tienne à Bangkok.

— Cela fait plus de trois ans, commenta Joël.

— Mille ans à tes yeux sont un seul jour, interrompit le patron. Grassouillet, civilisé, ses rares cheveux soigneusement entretenus, les ongles minutieusement polis, il avait une mine d'homme probe qui inspirait confiance. Parfois, dans ses yeux indifférents, un peu troubles, scintillait une lueur de cruauté courtoise, une cruauté de chat dodu.

D'une voix étouffée, absente, Joël poursuivit :

— J'aimerais savoir exactement ce qu'elle vous a dit, les mots précis qu'elle a utilisés.

— Bon. Manifestement, la dame connaît ton prénom, répondit l'acrobate sans rapport apparent avec la question. Aurais-tu par hasard une explication à nous fournir là-dessus ?

— Une explication ? Je ne vois pas ce qui a besoin d'être expliqué. Je suppose que j'ai dû le lui dire.

Le patron, qui jusque-là n'avait pratiquement pas ouvert la bouche, chaussa ses lunettes et prit sur le bureau, comme s'il s'agissait d'un morceau de verre tranchant, un bout de papier rectangulaire — une carte de visite ? — qu'il lut en anglais avec un léger accent français : « Dites-leur que j'ai un beau cadeau que je suis prête à remettre lors d'un entretien particulier avec leur homme, Joël, celui qui a des yeux tragiques. »

— Comment est-ce arrivé ?

— La curiosité est un vilain défaut, ironisa l'acrobate.

— Tu as le droit de savoir, intervint le patron. Pourquoi pas ? Elle nous a fait parvenir cette note par l'intermédiaire d'un agent de *Solel-Boneh* à Singapour. Un garçon intelligent. Plessner, le Tchèque. Tu as sûrement entendu parler de lui. Il a été quelques années au Venezuela.

— Et comment est-elle entrée en contact avec lui ?

— C'est justement là que le bât blesse, répliqua l'acrobate. C'est d'ailleurs pour ça que tu es ici aujourd'hui. Elle s'est présentée à Plessner comme « une amie de Joël ». Qu'est-ce que tu penses de ça ? Hein ?

— J'ai dû le lui dire. Je ne me rappelle pas. Bien entendu, je sais que c'est contraire aux instructions.

— Les instructions, s'exalta l'acrobate, ne sont pas faites pour les princes. Il secoua à plusieurs reprises la tête de droite à gauche, en émettant à intervalles réguliers un « tss... tss... » désapprobateur. Finalement, il nasilla méchamment :

— Je n'arrive pas à le croire.

— Joël, s'interposa le patron, fais-moi une faveur : goûte au gâteau de Tsipi. Ne me le laisse pas sur les bras. Hier, je me suis battu comme une panthère pour qu'on t'en laisse un peu. Elle est amoureuse de toi depuis vingt ans. Si tu n'en manges pas, elle va nous tuer. Et tu n'as même pas touché à ton café...

— D'accord, j'ai compris. Quel est le dernier point ?

— Un instant si tu permets, coupa l'acrobate, avant le business j'ai encore une petite question, A part ton nom, qu'est-ce qui t'a... comment dire... échappé, là-bas, à Bangkok ?

— Eh ! Ostachinsky ! protesta calmement Joël, n'exagère pas.

— J'exagère ? ! Mon joli, cette pin-up sait que tu es d'origine roumaine, que tu aimes les oiseaux et que ta fille s'appelle Netta. Un conseil : tu as intérêt à inspirer un bon coup et à bien réfléchir avant de nous expliquer clairement et intelligemment qui exagère ici et pourquoi et aussi ce que cette dame sait encore à ton sujet et au nôtre.

— Mes enfants ! intervint le patron, un peu de tenue, s'il vous plaît.

Il leva les yeux sur Joël qui ne dit rien — il songeait aux parties de dames entre cet homme et Netta. En pensant à Netta, il se demanda quelle signification pouvait avoir cette habitude de lire des partitions quand on ne sait pas jouer d'un instrument et qu'on n'a aucune intention d'apprendre. Il revit le poster, accroché dans la chambre de sa fille à Jérusalem dont il avait hérité, celui qui représentait un adorable chaton blotti contre un chien-loup dont la gueule exprimait le sens des responsabilités d'un banquier d'âge mûr. Ne relevant aucune anomalie dans la forme du chaton endormi, Joël haussa les épaules. Le patron l'appela gentiment :

— Joël...

Il se concentra et tourna vers lui ses yeux fatigués.

— Alors, de quoi m'accuse-t-on ?

— Joël Rabinowitz demande de quoi on l'accuse, déclara l'acrobate, faussement solennel.

— Ostachinsky ! trancha le patron. C'est fini oui ? Si tu veux rester avec nous, tu la mets en sourdine s'il te plaît. Se tournant vers Joël, il poursuivit : Ne sommes-nous pas, comment dire, des frères en quelque sorte, très intelligents qui plus est ? En général. La réponse est catégoriquement négative : personne ne t'accuse. Nous ne faisons pas une enquête. Nous ne sommes pas là pour couper les cheveux en quatre ni pour fouiner. Pouah ! Nous sommes tout au plus étonnés et désolés qu'une chose pareille soit arrivée, à toi précisément, et nous sommes convaincus qu'à l'avenir etc. Bref, nous te demandons une immense faveur et dans le cas où, à Dieu ne plaise, tu refuserais, tu ne pourrais certainement pas rejeter l'idée de nous faire au moins une infime et unique concession.

Joël prit l'assiette de gâteau, l'examina attentivement, distingua des montagnes, des vallées et des cirques, hésita, et soudain repensa au jardin du temple de Bangkok, trois ans auparavant, au sac de paille traçant une frontière symbolique sur le banc de pierre entre son corps et le sien, aux animaux fabuleux couverts d'une mosaïque de porcelaine colorée pourvus de cornes d'or torsadées, aux fresques gigantesques relatant, sur plusieurs mètres, des épisodes de la vie de Bouddha en couleurs naïves contrastant avec les formes paisibles et mélancoliques, aux monstres gravés dans la pierre qui semblaient se métamorphoser dans la brûlante lumière équatoriale, aux lions à corps de dragons, aux dragons à tête de tigres, aux tigres à queue de serpents, aux espèces de méduses volantes, à ces croisements sauvages de chimères et de divinités, aux dieux à quatre faces tournées vers les points cardinaux avec leurs bras innombrables, aux colonnes reposant chacune sur six éléphants, aux tours s'élançant vers le ciel tels des doigts avides, aux singes et à l'or, à l'ivoire et aux perroquets. Brusquement il sut que, cette fois, il lui était défendu de se tromper. Il ne s'était déjà que trop trompé et d'autres avaient payé à sa place. L'homme grassouillet et subtil aux yeux troubles qui se faisait parfois appeler son frère ainsi que l'autre personnage qui se trouvait dans la pièce, lequel, à l'époque, avait fait échouer le massacre de l'Orchestre philharmonique par un commando terroriste, étaient ses ennemis mortels. Il ne devait pas se laisser duper par leurs paroles doucereuses ni tomber dans leurs pièges. A cause d'eux il avait perdu Ivria, à cause d'eux il avait sacrifié Netta et à présent c'était son tour. Cette cellule monacale ainsi que l'immeuble miteux, entouré d'un haut mur de pierre, dissimulé derrière des cyprès touffus et emprisonné entre des bâtiments neufs beaucoup plus hauts que lui — et aussi le vieux tronc à aumônes du Fonds national avec sa carte des *dounam*[1] éparpillés, l'immense mappemonde éditée par Larousse-Gallimard, l'unique téléphone démodé des années cinquante, noir et carré, probablement en Bakélite, dont les chiffres avaient jauni et s'étaient usés dans leurs trous, et encore le couloir qu'on avait enfin recouvert de plastique bon marché, imitation lambris, puis qu'on avait capitonné d'une épaisseur d'isolant acoustique, ou encore le climatiseur à bas prix, bruyant, du bureau de Tsipi, sans parler des inlassables assurances d'affection, tout cela se liguait contre lui et tendait à l'induire en erreur par la ruse, par des paroles lénifiantes ou des menaces diffuses. S'il n'y prenait garde, il ne lui resterait rien ou rien ne resterait de lui, et d'ici là, on ne le laisserait pas en paix. Peut-être en serait-il ainsi de toute façon, même s'il se tenait sur ses gardes avec la dernière vigilance ? Le vent a soufflé..., murmura Joël en aparté.

— Pardon ?

Rien, je réfléchissais.

En face de lui dans l'autre fauteuil de rotin, silencieux lui aussi, se trouvait le garçon vieillissant à la panse boudinée qu'on surnommait l'acrobate bien que son physique n'évoquât nullement le cirque ni les Jeux olympiques, mais tenait plutôt du pionnier de jadis, ancien du Mapaï, bâtisseur de routes, devenu au fil des

1. Mesure de surface équivalant à 10 ares. *(N.d.T.)*

années directeur d'un magasin coopératif ou chef de département chez *Tnouva*[1].

Le patron jugea bon de laisser durer le silence jusqu'au moment qui lui parut, selon une fine intuition, propice. Il se pencha alors en avant et demanda à voix basse, presque sans rompre la paix de l'instant :

— Qu'as-tu à nous dire, Joël ?

— Si la grande question est que je reprenne le travail, la réponse est non. Définitivement.

L'acrobate se remit à remuer lentement la tête de droite à gauche, comme s'il n'en croyait pas ses oreilles, tout en laissant échapper à intervalles réguliers des « tss... tss... » désapprobateurs.

— Bon. N'en parlons plus, répondit le professeur. Nous n'y reviendrons pas, à une condition : que tu ailles au rendez-vous avec cette bonne femme. S'il s'avère qu'elle a à te donner ne serait-ce que le quart de ce qu'elle t'a consenti la dernière fois, je veux bien que tu ailles la rejoindre pour d'émouvantes retrouvailles galantes, fût-ce dans un carrosse doré tiré par quatre chevaux blancs.

— Des buffles, rectifia Joël.

— Pardon ?

— Des buffles. A Bangkok on ne voit guère de chevaux, blancs ou pas. Il n'y a que des attelages tirés par des zébus ou par un animal qui lui ressemble et qu'on appelle banteng.

— Pour ma part, je n'ai aucune objection de principe, si tu le juges nécessaire, à ce que tu lui révèles le nom de jeune fille de la mère de ta grand-mère par alliance, du côté du cousin de ton beau-frère.

— Silence Ostachinsky ! Ne te mêle pas de ça !

— Minute ! intervint Joël en se passant distraitement un doigt entre le cou et le col de sa chemise, jusqu'à

1. Coopérative agricole. *(N.d.T.)*

présent tu ne m'as « attelé » à rien du tout. J'ai besoin de réfléchir.

— Mon cher Joël, commença le patron sur un ton sentencieux, tu te trompes complètement si tu te figures que tu as toute latitude de choisir. Bien que nous ayons pour règle générale le libre arbitre, en dépit de certaines réserves, tel n'est absolument pas le cas dans l'affaire qui nous occupe. L'enthousiasme que tu as apparemment suscité la dernière fois chez cette pin-up — divorcée de qui tu sais —, les friandises qu'elle t'a offertes, à toi et à nous, ont permis à pas mal de gens d'être en vie aujourd'hui et même de mener la grande vie, sans soupçonner le moins du monde que, privés de ce que tu as rapporté, ils seraient morts et enterrés. La question n'est donc pas d'hésiter entre une croisière d'amoureux et des vacances aux Bermudes. Il s'agit d'une mission aller et retour de cent ou cent cinq heures, au maximum.

— Un instant, soupira Joël avec lassitude. Il ferma les yeux. En soixante-douze, Ivria l'avait vainement attendu durant six heures et demie à l'aéroport de Lod, un matin d'hiver, alors qu'ils s'étaient donné rendez-vous au terminal des lignes intérieures pour prendre ensemble le vol de Charm-el-Cheikh et qu'il n'avait trouvé aucun moyen sûr de lui faire savoir qu'il serait en retard. Au dernier moment, à Madrid, il avait réussi à mettre la main sur un indice qui, deux jours plus tard, s'avéra nul — une ombre fugitive, de la poudre aux yeux. Après six heures et demie passées dans l'expectative, elle s'était levée pour rentrer à la maison délivrer Lisa de la corvée de la garde de Netta, qui avait alors un an et demi. Joël était arrivé le lendemain à quatre heures du matin et elle l'attendait, assise à la table de la cuisine, dans ses vêtements blancs, devant un verre de thé plein depuis longtemps refroidi. Lorsqu'il était entré, sans quitter des yeux la toile cirée, elle s'était contentée de dire : « Ne te fatigue pas à m'expliquer, tu dois être épuisé et très déçu et, même sans explication, je comprends. » Des années plus tard, au moment où la jeune Asiatique avait pris congé de lui dans le jardin du temple de Bangkok, la même impression bizarre s'était emparée de lui : on l'attendait, mais on ne l'attendrait pas éternellement et plus tard, c'était trop tard. En outre, dans cette ville pauvre et parée, il n'y avait aucun moyen au monde de deviner où s'était rendue la femme que la foule venait d'avaler, alors qu'elle avait exprimé la condition expresse de rompre le contact pour toujours. Il avait accepté et donné sa parole. Comment pourrait-il à présent se mettre à sa poursuite même s'il avait su où la chercher ?

— Quand voulez-vous ma réponse ?

— Maintenant, Joël, répondit le professeur avec une certaine tristesse qu'il ne lui connaissait pas, tout de suite. Tu n'as pas à te tourmenter — nous t'épargnons les affres de l'incertitude — tu n'as pas le choix.

— Je dois réfléchir, s'obstina-t-il.

— Je t'en prie, concéda aussitôt le patron, si tu veux, réfléchis. Pourquoi pas ? Réfléchis le temps de finir le gâteau de Tsipi. Ensuite vous vous rendrez, l'acrobate et toi, à la direction des opérations pour étudier les détails. J'ai oublié de t'informer qu'il sera ton chef de mission.

Joël massa ses yeux douloureux. Il paraissait perplexe comme si on lui parlait soudain en ourdou où, d'après Vermont, le sens des mots change selon qu'on les lit de droite à gauche ou de gauche à droite. A contrecœur, il avala une cuillerée de gâteau. La douceur et l'onctuosité l'emplirent brusquement de colère et, intérieurement, sans bouger de son siège, il se mit à se contorsionner et à gesticuler comme un poisson qui a mordu à l'appât et sent l'hameçon s'enfoncer dans sa chair. Il vit, de manière presque tangible, les pluies tièdes de la mousson engluant Bangkok dans une vapeur chaude, l'avidité de la végétation tropicale gonflée de sève vénéneuse, le buffle se vautrant dans la boue du chemin, l'éléphant attelé à une charrette chargée de tiges de bambou, les perroquets sur la cime des arbres, les petits singes à longue queue sautillant et grimaçant, les bidonvilles avec leurs huttes en terre et les eaux usées stagnant dans les ruelles, les épaisses plantes grimpantes, les vols de chauves-souris avant même que ne s'éteigne la dernière lueur du jour, le crocodile dressant sa tête hors du canal, la touffeur de l'air transpercé du bourdonnement de millions d'insectes, les figuiers géants, les érables, les magnolias et les rhododendrons, les mangroves émergeant des brumes matinales, les bosquets d'arbres en forme de mélias, les sous-bois grouillant d'une vie avide, les plantations de bananes, de riz et de canne à sucre crevant la vase peu profonde dans les champs inondés de purin et la vapeur fétide et moite qui envahissait tout.

Là-bas l'attendaient ses doigts frais. S'il se laissait convaincre et s'il partait, il risquait de ne pas revenir. Par contre, s'il n'obéissait pas, il serait en retard. Lentement, avec d'infinies précautions, il reposa l'assiette de gâteau sur l'accoudoir du fauteuil de rotin. Puis il se leva en déclarant :

— J'ai réfléchi, la réponse est non.

— Tout à fait exceptionnellement — le patron prononça ces mots avec une politesse appuyée et il sembla à Joël que le léger accent français s'accusait légèrement, imperceptiblement —, tout à fait exceptionnellement et malgré moi — il secoua le menton de haut en bas — dès lors que ce qui est tordu ne peut être redressé, j'attendrai... — il jeta un coup d'œil à sa montre — encore vingt-quatre heures une réponse cohérente. A propos, as-tu par hasard une idée de ce qui te pose problème ?

— Personnellement..., commença Joël en arrachant mentalement d'un coup sec l'hameçon accroché à sa chair, mais il se ravisa.

— Ne te laisse pas abattre. Nous t'aiderons. Maintenant rentre directement à la maison et demain matin, à onze heures — il consulta sa montre —, à onze heures dix, je t'appellerai. Puis j'enverrai quelqu'un te chercher pour une séance de travail à la direction des opérations. Mercredi à l'aube tu partiras. L'acrobate est ton chef de mission, je suis sûr que vous vous entendrez à merveille tous les deux. Comme toujours. Ostachinsky, tu présenteras tes excuses en bonne et due forme ? Par la même occasion, termine le gâteau que Joël n'a pas fini. Au revoir. Sois prudent sur la route. N'oublie pas de transmettre à Netta la nostalgie d'un cœur fatigué.

XXV

Le patron n'attendit pas le lendemain matin. Le soir même, sa Renault apparut dans la venelle de Ramat-Lotan. Il fit par deux fois le tour de sa voiture pour vérifier la fermeture des portières avant de s'engager dans l'allée du jardin. Joël, torse nu, ruisselant de sueur, poussait la tondeuse à gazon assourdissante. A travers le vacarme, il adressa un signe de la main au visiteur en criant :

— Une minute, j'arrive !

D'un geste, l'homme lui intima l'ordre d'éteindre la machine et Joël, par la force de vingt-trois ans d'habitude, obéit aussitôt. Brusquement ce fut le silence.

— Je suis venu résoudre pour toi le problème d'ordre personnel auquel tu as fait allusion. Si c'est Netta qui t'inquiète...

— Pardon ! coupa Joël. Grâce à son expérience, il comprit immédiatement qu'en cet instant précis se nouait la crise, la décision. Inutile de perdre notre temps, c'est définitif, je ne pars pas. Je te l'ai déjà dit. En ce qui concerne les affaires privées dans lesquelles tu as l'intention de t'immiscer, ce n'est pas par hasard qu'elles sont justement privées. Un point c'est tout. Par contre, si tu es venu jouer aux dames, ne te gêne pas. Entre. Il me semble que Netta vient de sortir de la douche. En ce moment elle doit être dans le salon. Désolé, mais je suis occupé.

Sans plus attendre, il tira le cordon du lanceur et le vrombissement discordant de la tondeuse couvrit la réponse du patron. Ce dernier tourna les talons, entra dans la maison pour en ressortir un quart d'heure plus tard. Joël s'était réfugié au bout de la pelouse, sur le côté de la maison, sous les fenêtres de Lisa et Avigaïl. Là il s'acharna sur le même petit carré, obstinément, une deuxième, puis une troisième et une quatrième fois jusqu'à ce que la Renault disparût. Alors seulement il stoppa le moteur et remit l'engin à sa place dans l'appentis. Il en rapporta le râteau et commença à rassembler l'herbe en petits tas rigoureusement symétriques. Il ne prit même pas la peine de s'interrompre lorsque Netta se dirigea vers lui, pieds nus, les yeux étincelants, une tunique sac flottant par-dessus son large saroual, et lui demanda sans préambule si son refus était lié en quelque façon à elle.

— Qu'est-ce que tu racontes? répondit Joël. Il médita un instant et ajouta : En fait, peut-être un peu. Mais il est clair qu'il ne faut pas l'entendre au sens strict, en d'autres termes cela ne signifie pas qu'il y a un problème à te laisser seule. Il n'y a rien de tel. Et puis ici tu n'es pas seule, n'est-ce pas ?

— Alors où est le problème, répliqua Netta sans point d'interrogation et avec une nuance de mépris. Ne s'agit-il pas d'une mission capitale pour la défense de la patrie ou quelque chose comme ça ?

— Eh bien ! j'ai déjà donné, répondit-il en souriant à sa fille, chose qui lui arrivait très rarement. Elle manifesta en retour une sérénité qui lui sembla à la fois nouvelle et familière, de même que le léger tremblement aux coins des lèvres qui était habituel chez sa mère lorsqu'elle était jeune et qu'elle cherchait à dissimuler un sentiment.

— Écoute, c'est très simple : je me suis débarrassé de cette obsession, de cette folie qui me hantait. Dis-moi, Ivria, te souviens-tu de ce que disait Vitkin quand il venait chez nous, le soir, pour jouer de la guitare ? Tu te rappelles ses paroles : « Je suis venu chercher un signe de vie » ? J'en suis là. A mon tour, maintenant, je cherche un « signe de vie ». Mais il n'y a pas le feu. Demain est un autre jour. J'ai envie de rester ici à ne rien faire quelques mois encore, quelques années, ou toujours... Jusqu'à ce que je parvienne à saisir ce qui se passe, ce qu'il y a, ou que je me résigne, au contraire, après l'avoir personnellement expérimenté, à ne rien comprendre. Quoi qu'il en soit, nous verrons bien.

— Tu es vraiment bizarre, déclara-t-elle l'air sérieux et concentré, avec une sorte d'emphase contenue, mais il est possible qu'à propos de cette affaire tu aies raison. N'importe comment, tu souffriras. Si tu veux reste, ne fais pas ce voyage. J'aime bien te voir à la maison ou dans le jardin et te rencontrer de temps en temps à la cuisine au milieu de la nuit. Quelquefois c'est assez agréable. Arrête de me regarder comme ça ! Non, ne rentre pas encore. Pour une fois, c'est moi qui préparerai le dîner pour tout le monde. Autant dire pour toi et moi car les grands-mères sont parties. Elles sont à une soirée à l'hôtel Sharon organisée par le « Comité d'accueil des nouveaux immigrants » et elles rentreront assez tard.

XXVI

Les choses familières, évidentes, simples, telles que la fraîcheur du matin, l'odeur des mauvaises herbes qu'on fait brûler dans le verger, le pépiement des moineaux avant le lever du soleil dans les branches du pommier qui semblait se rouiller au fur et à mesure que l'automne approchait, le frisson de l'air frais sur ses épaules nues, le parfum de la terre humide, le goût de la lumière à l'aube qui apaisait ses yeux douloureux, le souvenir de la violence de leur désir, la nuit, dans les plantations en lisière du *mochav* de Metulla et le grenier de la honte, la guitare de feu Eviatar ou Itamar Vitkin qui persistait à faire entendre des accords de violoncelle dans l'obscurité — selon toute vraisemblance ils étaient morts accidentellement dans les bras l'un de l'autre, si tant est qu'il s'agît bien là d'un accident —, le souvenir de l'instant où il avait brandi son revolver dans l'aéroport bondé d'Athènes, les forêts de sapins baignant dans la lumière glauque chez Ann-Mary et Ralph, Bangkok misérable, enveloppée d'une vapeur tropicale dense et brûlante, la cour de Krantz qui rêvait de se rendre indispensable pour nouer des liens d'amitié, tout ce à quoi il pensait ou dont il se souvenait lui paraissait, par intermittence, codé. Les choses, ainsi que l'affirmait le professeur, recelaient un signe manifestant que ce qui était tordu ne pouvait être redressé. « Cette espèce d'idiote », se plaisait à dire Sha'altiel Lublin en parlant de notre mère Ève, « Qu'est-ce qui lui est passé par la tête ? Elle aurait dû manger la pomme de l'autre arbre. Bien sûr, le piquant de l'histoire, c'est que pour avoir l'idée de manger du second arbre, il fallait qu'elle goûte d'abord au premier. De sorte qu'on s'est fait baiser. » Joël forma dans son esprit l'image du mot hébreu « indéniablement ». Il essaya également de se représenter concrètement l'expression « en coup de vent ». Il avait le sentiment qu'ainsi, il accomplissait d'une certaine façon son devoir, sachant pertinemment qu'il ne parviendrait pas à trouver la réponse à une question que, en réalité, il ne savait même pas formuler. Ni comprendre. Aussi n'avait-il rien pu déchiffrer jusque-là et, apparemment, ne déchiffrerait-il jamais rien. Ce qui ne l'empêchait pas d'éprouver un certain plaisir à préparer le jardin en vue de l'hiver. Chez le pépiniériste Bardugo, au carrefour de Ramat-Lotan, il acheta des plants, des semences, du poison contre les courtilières ainsi que quelques sacs de fumier. Il reporta la taille des rosiers à janvier-février, mais tout était déjà planifié. En attendant, il retourna les plates-bandes avec une fourche qu'il découvrit dans l'appentis à côté de la chatte et de ses petits. Il épandit le fumier et huma avec une certaine jouissance l'odeur puissante et âcre. Il planta un massif de chrysanthèmes de différentes couleurs ainsi que des œillets, des glaïeuls et des gueules-de-loup. Il tailla les arbres fruitiers, pulvérisa du désherbant sur les bordures de la pelouse pour tracer des alignements au cordeau puis il rendit le pulvérisateur à Arik Krantz qui fut heureux de venir le chercher et d'en profiter pour prendre une tasse de café avec Joël. Il décida aussi d'égaliser la haie de son côté ainsi que du côté des Vermont qui s'étaient remis à se chamailler en riant sur leur pelouse, soufflant et haletant comme deux chiots. A présent les jours raccourcissaient sensiblement, le soir tombait plus tôt ; la nuit, le froid se faisait plus vif et une sorte d'étrange vapeur orangée enveloppait le halo des lumières de Tel-Aviv qu'on apercevait au-dessus des toits du quartier. Il n'était guère tenté de se rendre à la ville qui se trouvait, d'après Krantz, « à portée de la main ». Il avait même complètement supprimé ses expéditions nocturnes. Par contre, il planta des pois de senteur dans la terre peu épaisse, le long de la façade. Les relations entre Avigaïl et Lisa avaient retrouvé le calme et la paix habituels. Outre leur travail bénévole trois matinées par semaine à l'Institut des sourds-muets à l'autre bout de Ramat-Lotan, elles commencèrent à se rendre ensemble, les lundis et jeudis soir, au club de yoga du quartier. Quant à Netta, tout en restant fidèle à la cinémathèque, elle s'inscrivit à un cycle de conférences sur l'histoire de l'expressionnisme organisé par le Musée municipal de Tel-Aviv. Seul son engouement pour les chardons avait apparemment totalement disparu bien qu'il y eût au fond de la ruelle une bande de terrain vague, entre l'asphalte et les barbelés du verger, où les chardons de fin d'été jaunissaient et grisaillaient, certains, dans leur agonie, évoquant une sorte de sauvage floraison de mort. Joël se demanda s'il y avait un lien entre la fin de cette passion et la surprise qu'elle lui avait faite un vendredi après-midi. La rue était silencieuse et vide — dans la lumière plombée, on n'entendait aucun bruit excepté un air de flûte charmant et délicat derrière les fenêtres closes de l'une des maisons. Les nuages bas paraissaient effleurer la cime des arbres quand, en direction de la mer, retentit un coup de tonnerre sourd, étouffé par la couverture cotonneuse du ciel. Joël avait déposé sur le béton de l'allée les petits sacs de plastique noir qui contenaient les plants de pois de senteur et il commençait à les repiquer un par un dans les trous qu'il avait préparés à cet effet, progressant du bout du jardin vers la maison, quand il s'aperçut que sa fille en faisait autant dans l'autre sens. Ce soir-là, vers minuit, après que le corpulent Ralph, débordant de joie, l'eut raccompagné alors qu'il sortait du lit d'Ann-Mary, il trouva sa fille qui l'attendait dans le couloir, un petit plateau avec une tasse de tisane dans les mains. Comment avait-elle su à quel moment il rentrerait et comment avait-elle deviné qu'il aurait soif ? Et justement d'une tisane ? Joël ne le comprit pas mais ne songea pas à lui poser la question. Il s'assit avec elle dans la cuisine et lui parla de son baccalauréat et de l'aggravation de la polémique sur l'avenir des territoires. Lorsqu'elle se leva pour aller se coucher, il l'escorta jusqu'à la porte de sa chambre et, à voix basse pour ne pas réveiller les grands-mères, il se plaignit de n'avoir rien d'intéressant à lire. Netta lui remit un recueil de poèmes d'Amir Guilboa intitulé *Bleus et Rouges*. Joël, qui n'avait pas l'habitude de lire de la poésie, le feuilleta dans son lit jusqu'à près de deux heures du matin. Il s'arrêta notamment à la page trois cent soixante sur un texte qui toucha son cœur bien qu'il ne le comprît pas entièrement. A la fin de cette nuit-là, les pluies d'automne se mirent à tomber et il en fut ainsi pratiquement sans interruption durant le chabbat.

XXVII

PARFOIS la nuit, cet automne-là, il arrivait que l'odeur de la mer froide s'infiltrant à travers les fenêtres fermées, le crépitement de la pluie sur le toit de l'appentis derrière la maison, le murmure du vent dans l'obscurité, éveillent soudain en lui une sorte de joie tranquille et forte qu'il n'aurait jamais cru être encore capable d'éprouver. Il avait presque honte de cette étrange allégresse ; il lui semblait laid de ressentir la vie comme une victoire quand la mort d'Ivria révélait son échec. Il savait que les actes des hommes, tous les actes de tous les hommes, qu'ils soient motivés par la passion et l'ambition ou qu'ils ne visent qu'à tromper, mendier, accumuler, qu'ils soient faits de dérobades, de faux-fuyants, de méchanceté, de duplicité ou de générosité n'étaient en réalité que compétition et imposture, destinés à impressionner, à attirer l'attention, à inscrire dans la mémoire de la famille, de la société, de la nation ou de l'humanité, des mesquineries ou de pseudo-bontés calculées ou improvisées. Pourtant, presque tous vous conduisaient précisément là où vous n'aviez aucunement l'intention d'aboutir. Cette déviation de trajectoire générale et permanente qui détourne les différentes entreprises humaines, Joël tenta mentalement de la nommer « la farce universelle » ou « l'humour noir de l'univers ». Puis il réfléchit : la définition lui parut sentencieuse. Les mots « univers », « vie », « monde » étaient pompeux et ridicules. Aussi se contenta-t-il de méditer ce que lui avait raconté Arik Krantz au sujet de Jimmy Gal, le chef de bataillon d'artillerie auquel il manquait une oreille et dont il avait certainement entendu parler, celui qui avait l'habitude de dire qu'entre deux points il n'y a qu'une ligne droite et qu'elle est toujours pleine d'ânes.

Le souvenir du commandant mutilé le fit songer de façon de plus en plus pressante à la conscription que Netta avait reçue, l'enjoignant de se présenter d'ici quelques semaines au bureau de recrutement. Elle terminerait ses études et ses examens pendant l'été. Que ressortirait-il des tests du bureau de recrutement ? Souhaitait-il que Netta fût enrôlée ou au contraire le craignait-il ? Qu'est-ce qu'Ivria eût exigé de lui à ce propos ? Quand il lui arrivait de songer au kibboutznik robuste aux bras épais et à la poitrine velue, il murmurait en anglais, presque à haute voix : « *Take it easy !* »

— Cette enfant, si vous voulez mon avis, est en meilleure santé que nous, déclara Avigaïl.

— Qu'est-ce qu'ils en savent, les docteurs, que Dieu leur prête vie ? Est-ce que quelqu'un qui vit de la maladie des autres peut soudain avoir intérêt à ce que tout le monde se porte bien ? renchérit Lisa.

— Je n'ai absolument pas l'intention de me faire réformer, protesta Netta.

— Écoute, Joël, conclut Arik Krantz, tu n'as qu'à me donner le feu vert et je t'arrange ça en cinq minutes.

Dehors, entre deux averses, on apercevait de temps en temps des oiseaux mouillés et frigorifiés, immobiles au bout d'une branche humide, pareils à quelque extraordinaire fruit hivernal que les arbres grisonnants eussent fait pousser dans leur sommeil, malgré la chute des feuilles.

XXVIII

A deux reprises, le professeur tenta d'amener Joël à revenir sur sa décision et à accepter la mission secrète à Bangkok. Un jour, il lui téléphona à six heures moins le quart du matin, contrariant une nouvelle fois l'embuscade tendue au livreur de journaux. Sans perdre sa salive en vaines excuses au sujet de l'heure matinale, il entreprit de débattre avec Joël du remplacement du Premier ministre conformément aux règles de l'alternance. A son habitude, en peu de mots clairs et précis, il en esquissa les avantages, stigmatisant les inconvénients en quelques phrases percutantes avant de tracer avec simplicité et concision trois scénarios possibles à court terme ; enfin il présenta avec maestria les conséquences prévisibles de chacun des éventuels changements en se gardant, bien entendu, de prophétiser — ne serait-ce qu'allusivement — laquelle des hypothèses évoquées était la plus susceptible de se produire dans la réalité. Lorsque le professeur prononça les mots : « l'affolement du système », Joël, qui, comme toujours avec le patron, jouait le rôle de l'interlocuteur passif, essaya de s'imaginer concrètement l'affolement du système à la façon d'une machine électronique qui se déréglerait et s'emballerait en émettant des sifflements et des gémissements, clignotant de mille éclairs de toutes les couleurs, des étincelles accompagnées de fumée et d'une odeur de caoutchouc brûlé fusant soudain de ses connexions, de sorte qu'il perdit le fil du discours. Le patron lui parlait sur un ton insistant, didactique, en détachant ses mots avec un soupçon d'accent français :

— ... et si Bangkok loupe et que quelqu'un en subisse les conséquences un jour, alors qu'on aurait pu l'éviter, c'est toi Joël qui devras vivre avec ça.

— Écoute, tu ne l'as peut-être pas remarqué, mais même sans Bangkok je vis déjà avec ça. J'endure exactement ce que tu viens de décrire. Maintenant excuse-moi, je dois raccrocher et essayer d'attraper le livreur de journaux. Si tu veux, je te rappellerai au bureau.

— Réfléchis, Joël.

Sur ces mots, il reposa le combiné mettant fin à la conversation.

Le lendemain, l'homme invita Netta à le retrouver à huit heures du soir au café Oslo, au bout d'Ibn-Gabirol. Joël l'y conduisit en voiture et la déposa de l'autre côté de la rue.

— Fais attention. Ne traverse pas ici, va jusqu'au passage clouté.

Ensuite il rentra à la maison pour accompagner sa mère à la consultation urgente chez le docteur Litvin et, environ une heure et demie plus tard, il revint prendre Netta, non pas au café Oslo mais, comme à l'aller, de l'autre côté de la rue. N'ayant pas trouvé de place pour se garer — à vrai dire, il n'avait pas réellement cherché —, il l'attendit dans la voiture. Il songea au récit de sa mère ; leur voyage à pied, avec la poussette d'enfant, de Bucarest à Varna, l'immense cale obscure du bateau, les couchettes superposées, grouillantes d'hommes et de femmes crachant, vomissant les uns sur les autres, la terrible dispute qui avait éclaté entre sa mère et son père, chauve, violent, mal rasé, altercation qui fut suivie d'égratignures, de cris, de coups de pied au ventre et de morsures. Il se rappela que le meurtrier hirsute n'était pas son père mais apparemment un individu plus ou moins inconnu. Son père, sur la photo prise en Roumanie, était brun et maigre, vêtu d'un costume marron à rayures, l'air perplexe ou offensé. Peut-être simplement apeuré. C'était un chrétien, catholique, qui était sorti de la vie de sa mère et de la sienne quand Joël avait un an.

— Vas-y si tu veux, déclara Netta sur le chemin du retour après deux ou trois feux rouges. Pourquoi pas ? Et si tu étais vraiment obligé de partir…

Un long silence s'installa. Entre deux mouvements d'humeur, au milieu de la rocade, de l'enchevêtrement des feux de signalisation, du flot des lumières, des carrefours et des phares aveuglants, sa conduite était précise et calme.

— Écoute, dit-il, tel que cela se présente maintenant… Il s'arrêta, cherchant ses mots. Elle ne le bouscula pas mais ne l'aida pas non plus. Ils se turent de nouveau. Netta trouva une certaine similitude entre sa façon de conduire et sa façon de se raser le matin — les gestes froids et mesurés avec lesquels il passait le rasoir sur ses joues et travaillait avec précision la fossette du menton. Quand elle était petite, elle aimait s'asseoir à côté de lui sur la tablette de marbre du lavabo de la salle de bains pour le regarder faire, même quand Ivria les chapitrait tous les deux.

— Tu disais…, reprit-elle sans point d'interrogation.

— Autant que je puisse en juger, je ne suis plus très bon dans ce genre de choses. C'est un peu comme un pianiste qui commence à avoir des rhumatismes dans les doigts. Mieux vaut arrêter à temps.

— *Bullshit !* commenta Netta.

— Attends. Laisse-moi t'expliquer. Ces… voyages,

ces choses-là marchent, si l'on peut dire, à condition d'être concentré à cent pour cent. Pas à quatre-vingt-dix-neuf pour cent. Prends, par exemple, le jongleur d'assiettes au Luna Park... Eh bien moi, je dois être encore plus concentré !

— Reste ou pars... comme tu veux. Dommage que tu ne puisses pas te voir sur le balcon de la cuisine lorsque la bonbonne de gaz est vide, quand tu fermes le robinet et que tu ouvres celui de la bouteille qui est pleine ; plus concentré que toi, tu meurs.

— Netta, tu ne comprends pas — il avala sa salive, accéléra et passa en quatrième pour éviter le flot de la circulation —, c'est eux ou nous... Aucune importance. Changeons de sujet.

— Si tu veux...

Ils arrivaient à l'embranchement de Ramat-Lotan, la pépinière Bardugo était fermée ou peut-être, malgré l'heure tardive, encore ouverte — la boutique était à moitié éclairée. Par la force de l'habitude, Joël nota mentalement que la porte était close mais que deux voitures étaient garées devant, veilleuses allumées. Ils n'échangèrent plus un mot jusqu'à leur arrivée à la maison. En entrant, Netta ajouta :

— En tout cas, je ne supporte pas la façon dont ton ami s'inonde de parfum. On dirait une vieille cocotte.

— Dommage, on a raté le journal.

XXIX

PRESQUE insensiblement, l'automne semblait se fondre dans l'hiver, bien que Joël se tînt aux aguets pour saisir le moindre signe, même le plus insignifiant. Les vents marins firent tomber les dernières feuilles brunies des arbres fruitiers. La nuit, les lumières de Tel-Aviv vacillaient parmi les nuages bas de l'hiver d'un éclat qu'on aurait pu croire radioactif. L'appentis se vida — Joël apercevait parfois la chatte et ses petits à proximité des poubelles. Il ne leur apportait plus les restes de poulet. A la tombée du jour, la rue se transformait en un désert battu par les vents humides. Partout les meubles de jardin avaient été pliés et enlevés ou recouverts de housses de plastique, les chaises posées à l'envers sur les tables. La nuit, une pluie régulière et indifférente martelait les volets et tambourinait impatiemment sur l'auvent d'amiante du balcon de la cuisine. Des fissures apparurent en deux endroits de la maison. Plutôt que de chercher à les colmater de l'intérieur, Joël préféra, à l'aide d'une échelle, grimper sur le toit et changer six tuiles. Les traces d'humidité disparurent. Il profita de l'occasion pour modifier légèrement l'orientation de l'antenne de télévision et la réception s'en trouva nettement améliorée.

Début novembre, sa mère, grâce aux relations du docteur Litvin, fut hospitalisée à Tel-Hachomer pour une série d'examens. Il fut décidé de lui faire subir sans délai une opération chirurgicale pour ôter quelque chose d'insignifiant mais de superflu. Le patron du service expliqua à Joël qu'il n'y avait pas de danger immédiat même si, bien entendu, à son âge, on pouvait s'attendre à tout. En fait ici, quel que fût l'âge, on ne produisait pas de certificat de garantie. Joël préféra enregistrer ces informations dans un coin de sa mémoire sans chercher plus loin. Pendant les deux jours qui suivirent l'opération, il envia presque sa mère dans son lit blanc entouré de bonbonnières, de livres, de magazines et de vases de fleurs dans la chambre de première catégorie où il n'y avait qu'un autre lit qui resta inoccupé.

Avigaïl ne quitta pratiquement pas le chevet de Lisa les deux premiers jours, sauf lorsque Netta venait prendre la relève après l'école. Joël mit la voiture à la disposition d'Avigaïl qui lui laissait toutes sortes d'instructions et de recommandations dès qu'elle rentrait prendre une douche, changer de vêtements et dormir deux ou trois heures avant de repartir libérer Netta. Elle restait auprès de Lisa jusqu'à quatre heures du matin. Alors elle faisait de nouveau un saut à la maison pour se reposer trois heures et être de retour à l'hôpital à sept heures et demie.

La majeure partie de la journée, la chambre était pleine de monde — ses amies du « Comité pour les enfants autistes » et de l' « Association d'accueil des nouveaux immigrants ». Le voisin roumain, celui qui habitait en face et qui avait un postérieur généreux évoquant un avocat trop mûr sur le point de pourrir, vint aussi lui rendre visite avec un bouquet de fleurs, il se pencha, lui baisa la main très solennellement et ils se mirent à bavarder dans leur langue.

Depuis l'opération, le visage de sa mère rayonnait tel celui d'une de ces saintes paysannes figurant sur les fresques de certaines églises. La tête calée sur un amoncellement de coussins blancs, étendue sur le dos, enveloppée d'un drap immaculé, elle paraissait miséricordieuse, compatissante, diffusant sa charité sur tous. Inlassablement elle s'intéressait à ses visiteurs, dans les moindres détails, les questionnant sur leur santé, leurs enfants, leurs proches, leurs voisins, distribuant à chacun des paroles de réconfort, de bons conseils, se conduisant envers ses hôtes à la manière d'une femme douée de pouvoir qui accorderait ses remèdes, ses amulettes et ses bénédictions aux pèlerins venus la consulter. A plusieurs reprises, Joël s'installa en face d'elle sur le lit vide, à côté de sa fille ou de sa belle-mère ou entre elles deux. Lorsqu'il lui demandait comment elle allait, si elle avait encore mal ou si elle avait besoin de quelque chose, elle répondait avec un regard radieux, comme illuminé de l'intérieur :

— Pourquoi ne fais-tu rien ? Tu attrapes des mouches à longueur de journée. Tu ferais mieux d'entrer dans un quelconque business. M. Krantz aimerait tellement que tu travailles avec lui ! Je te donnerai de l'argent. Achète quelque chose. Vends. Rencontre des femmes. Encore un peu et tu deviendras fou ou religieux.

— Ça va s'arranger, éluda Joël. L'essentiel c'est que tu te rétablisses vite.

— Ça n'ira pas mieux, reprit Lisa. Regarde ta figure. Tu fais pitié.

Ces mots lui inspirèrent une certaine crainte et il se força à retourner consulter les médecins. Son expérience professionnelle l'aida à obtenir d'eux, sans difficulté, ce qu'il voulait apprendre, excepté ce qui le préoccupait par-dessus tout, c'est-à-dire combien de temps, dans ce genre d'histoires, duraient les blancs entre deux chapitres. Tant le patron que ses assistants s'obstinèrent à lui répondre qu'on ne pouvait rien prévoir. Il tenta de déchiffrer leurs pensées en usant de telle ou telle méthode, finissant presque par admettre qu'ils ne se liguaient pas pour lui dissimuler la vérité mais qu'une fois de plus, il n'y avait vraiment aucun moyen de savoir.

XXX

QUANT à l'invalide exsangue qu'il avait vu, probablement deux fois, dans une rue de Helsinki, le 16 février, le jour de la mort d'Ivria, soit qu'il fût né ainsi, soit qu'il les eût perdus dans un accident, il lui manquait les bras jusqu'à l'épaule et les jambes jusqu'à l'aine.

A 8 h 15 du matin, après avoir conduit Netta au lycée et Lisa à l'Institut de physiothérapie et être rentré à la maison pour remettre la voiture à Avigaïl, Joël s'enferma dans le studio de M. Kramer qui faisait office de chambre à coucher. Il détailla sans relâche, à la loupe, avec la précision d'un rayon laser, l'affaire de l'invalide. Il examina avec soin la carte de Helsinki, le trajet qu'il avait effectué depuis l'hôtel jusqu'à la gare pour se rendre à son rendez-vous avec l'ingénieur tunisien, sans déceler la moindre anomalie. L'impression de connaître l'infirme était bien réelle. Et il était également vrai que si pareil événement survenait lors d'une opération, il était de votre devoir de tout arrêter afin de démêler au préalable l'énigme des visages connus entr'aperçus, même s'ils ne vous étaient que confusément familiers. Aujourd'hui, en considérant les événements rétrospectivement et minutieusement, Joël s'accordait à penser que, de façon presque formelle, il avait, ce jour-là, rencontré l'invalide de Helsinki non pas deux fois mais une seule. Son imagination l'abusait. Il revint à la charge et décomposa les souvenirs de cette journée dans les moindres détails. Il reconstitua les segments de temps sur une grande feuille de papier quadrillé qu'il divisa, à l'aide d'une règle, en tranches d'un quart d'heure. Il se concentra sur cette tâche jusqu'à trois heures et demie de l'après-midi. Il assimila le plan de la ville et travailla avec acharnement et sang-froid, penché sur le bureau, luttant pour arracher ses souvenirs à l'oubli, bribe à bribe, afin de rétablir l'enchaînement des faits et des lieux, revivant presque les odeurs de la ville. Toutes les deux heures il se versait une tasse de café. Au milieu de l'après-midi, la fatigue de ses yeux commença à se faire sentir et il se servit alternativement des lunettes d'intellectuel catholique et de celles de médecin de famille. Finalement une hypothèse se dégagea à laquelle il était en mesure de souscrire : à quatre heures cinq, d'après la pendule murale fixée au-dessus du guichet de l'agence de la Nordic Investment Bank, il avait changé quatre-vingts dollars avant de se diriger vers le boulevard de l'Esplanade. Par conséquent, le laps de temps se réduisait entre quatre heures et quart et cinq heures et demie. Le lieu, apparemment, se situait à l'angle de Merikatu et de Kapteeninkatu, au pied d'un grand immeuble de style russe peint en marron orangé. Il se remémora, avec une quasi-certitude, un kiosque à journaux à côté de ce même bâtiment. C'était là que lui était apparu ce malheureux dans son fauteuil roulant qui lui parut familier probablement parce qu'il lui rappelait un portrait qu'il avait remarqué un jour dans un musée, peut-être à Madrid : tableau qui l'avait alors frappé à cause de son étrange ressemblance avec un visage qui ne lui était pas étranger.

Le visage de qui ? Ainsi, il était parfaitement possible

de basculer dans le cercle magique. Mieux valait se concentrer, retourner à Helsinki le 16 février, en espérant qu'il pourrait logiquement conclure qu'il s'agissait bien du reflet d'un reflet. Ni plus ni moins. Par exemple, la lune se reflète sur la surface de l'eau, la surface de l'eau à son tour renvoie le reflet de la lune vers la vitre d'une fenêtre obscure dans la cabane au bout du village. Il peut arriver, de la sorte, que la vitre, alors que la lune brille au sud et que la fenêtre donne au nord, reflète soudain quelque chose qui, apparemment, n'aurait pas dû s'y refléter. Toutefois, ne réfléchit-elle pas non point la lune des nuages mais seulement celle de l'eau ?

Joël se demanda si cette hypothèse était également apte à l'aider dans ses investigations actuelles concernant, entre autres, le rayon africain dirigeant les migrations des oiseaux. Une longue observation, méthodique, obstinée, du reflet d'un reflet, était-elle susceptible de vous livrer une allusion, un lambeau grâce auquel on puisse surprendre ce qui ne vous était pas destiné ? A moins qu'au contraire, de reflet en reflet, les contours aillent en s'estompant, de même que sur la copie d'une copie, les couleurs se fanent, les formes se dissipent, se brouillent et s'effacent.

Pour le moment, du moins en ce qui concernait l'invalide, il était satisfait. Il nota que la plupart des formes du mal n'avaient pas de sens pour qui n'a ni bras ni jambe. De fait, le mutilé de Helsinki avait les traits d'une jeune fille, ou, plus exactement, ceux d'une créature plus délicate, plus délicate même qu'un enfant, rayonnant et perspicace, comme s'il connaissait la réponse et exultait secrètement de la simplicité de la solution — simplicité incroyable qui se trouvait soudain presque à portée de la main.

XXXI

NÉANMOINS une question restait en suspens : s'agissait-il d'un fauteuil roulant motorisé ou, plus vraisemblablement, y avait-il quelqu'un qui le poussait par-derrière ? Dans ce cas, quel était le visage de l'autre, de celui qui poussait ? S'il existait.

Joël savait qu'il devait s'arrêter. Cette ligne-là, on ne pouvait la franchir.

Le soir venu, alors que tout le monde était assis devant la télévision, il observa sa fille — ses cheveux coupés cruellement à ras, le dessin de sa mâchoire volontaire, indéniablement héritée de la famille Lublin qui avait sauté Ivria pour réapparaître chez Netta, l'allure négligée de ses vêtements — elle avait l'air d'une jeune recrue maigre qu'on aurait fourrée dans des pantalons grossiers trop grands pour sa taille, serrant les lèvres pour se maîtriser. Dans ses yeux fulgurait parfois une étincelle verte, aigue, devançant de deux ou trois secondes la formule : « Si tu veux... » Ce soir-là, comme d'habitude, elle avait choisi de s'asseoir, le dos raide, sans toucher le dossier, sur l'une des chaises noires de la salle à manger, le plus loin possible de son père allongé sur le canapé et de ses grands-mères installées dans les deux fauteuils. Si l'intrigue se compliquait, elle lâchait une phrase du genre : « C'est le caissier, l'assassin » ou « de toute façon, elle ne peut pas l'avoir oublié » ou « à la fin, il reviendra vers elle à quatre pattes ». Parfois, elle commentait : « Quel idiot ! Comment pourrait-elle savoir qu'il n'est pas encore au courant ? »

Si l'une des aïeules — la plupart du temps c'était Avigaïl — la priait de faire du thé ou d'aller chercher quelque chose dans le frigo, Netta s'exécutait sans mot dire. Mais si on lui faisait des réflexions à propos de sa manière de s'habiller, de se couper les cheveux, de sa manie de marcher pieds nus ou de ses ongles — c'était en général Lisa qui formulait ces remarques — Netta la faisait taire d'une réplique acerbe et replongeait dans le silence, assise, rigide, sur la chaise au dossier dur. Un jour, Joël tenta de soutenir sa mère à propos de l'isolement de Netta et de son apparence si peu féminine. Elle lui cloua le bec aussitôt.

— La féminité, ce n'est pas exactement ton domaine, pas vrai ? répliqua Netta.

En fait, quel était son domaine ? Avigaïl insistait pour qu'il s'inscrivît à l'université tant pour son plaisir que pour élargir son horizon. Sa mère tenait à ce qu'il se tournât vers les affaires. A plusieurs reprises, elle avait fait des allusions à la somme rondelette qu'elle gardait en réserve pour un investissement raisonnable. Il y avait aussi l'insistance tenace d'un ancien collègue qui lui avait promis monts et merveilles pour peu qu'il acceptât de s'associer à la création d'une agence d'enquêtes privées. Krantz avait également essayé de le convaincre de participer à certaines aventures nocturnes dans un hôpital. Joël ne s'était pas donné la peine de chercher à savoir de quoi il retournait exactement. Netta lui prêtait de temps en temps un recueil de poésie qu'il parcourait la nuit dans son lit en écoutant la pluie battre les vitres. Il s'arrêtait parfois pour relire quelques vers ou un seul. Dans l'anthologie de Y. Sharon intitulée *Une saison en ville,* il fut frappé par les cinq derniers vers de la page quarante-six qu'il relut à quatre reprises avant de se ranger au point de vue de l'auteur, encore qu'il ne fût pas sûr d'avoir pénétré l'intention profonde du poète.

Joël possédait un carnet bleu dans lequel il avait noté au fil des années des informations concernant l'épilepsie qui, de l'avis général, était la maladie dont souffrait Netta depuis l'âge de quatre ans, quoique sous une forme bénigne. Toutefois, certains médecins ne partageaient pas tout à fait ce diagnostic. Ivria souscrivait à l'avis de ces derniers avec une ardeur et une émotivité qui, par moments, frisaient la haine. Joël redoutait cette véhémence qui le fascinait et que, indirectement, il attisait. Il n'avait jamais montré ce carnet à Ivria. Il le conservait dans le coffre scellé dans le sol de la chambre aux poupées de Jérusalem. Lorsqu'il démissionna pour prendre une retraite anticipée, que le coffre se vida et fut déménagé à Ramat-Lotan, Joël ne vit plus la nécessité de le fixer, oubliant souvent même de le fermer. S'il le faisait, c'était à cause du carnet et des trois ou quatre dessins de cyclamens que Netta avait exécutés au jardin d'enfants ou en maternelle — c'était sa fleur préférée. Sans Ivria, peut-être eût-il appelé sa fille *Cyclamen,* mais entre Ivria et lui régnait un *modus vivendi* reposant sur la compréhension et les concessions, aussi ne s'était-il pas buté sur cette question. Tous deux espéraient que leur enfant irait mieux lorsque le moment viendrait pour elle de devenir une femme, mais ils reculaient à la pensée du jeune homme aux bras épais qui, un jour, la leur ravirait. Ils se rendaient compte que Netta les séparait et que, lorsqu'elle s'en irait, ils resteraient face à face. Joël avait honte d'éprouver une joie secrète à la pensée que la mort d'Ivria signifiait sa défaite et que Netta et lui avaient finalement gagné. Le mot *épilepsie* signifie attaque ou perte de connaissance. Cette maladie se nomme aussi *mal comitial, haut mal, mal divin, mal caduc.* Il peut s'agir d'une affection, soit idiopathique, soit organique et, dans certains cas, elle est pour partie idiopathique et pour partie organique — il est alors question d'une perturbation des fonctions cérébrales et non d'une maladie mentale. Les symptômes se manifestent à intervalles réguliers par des pertes de connaissance, accompagnées de convulsions. Quelquefois des signes précurseurs annoncent la crise. Ces prodromes tels que vertiges, bourdonnements dans les oreilles, troubles de la vue, anxiété ou, au contraire, exaltation, sont connus sous le nom de *aura.* La chute elle-même se caractérise par la tétanisation des muscles, des difficultés respiratoires, une cyanose faciale et éventuellement par des morsures de la langue ou l'apparition d'écume sanguinolente. Cette phase dite tonique disparaît vite pour faire place la plupart du temps à la phase clonique qui dure quelques minutes et comporte des convulsions importantes et involontaires de différents muscles. Progressivement, ces convulsions cessent à leur tour. Le patient peut se réveiller aussitôt ou s'enfoncer dans un coma profond et prolongé. Dans tous les cas, il ne se souviendra de rien à son réveil. Certains tombent plusieurs fois par jour, d'autres une seule fois en trois ou cinq ans, certains font des crises diurnes, d'autres la nuit, durant leur sommeil.

A côté du *grand mal,* que Joël traduisit littéralement en hébreu, il est des personnes souffrant du *petit mal* qui se manifeste par des absences momentanées de conscience. La moitié des enfants épileptiques ne sont atteints que du *petit mal.* Il peut arriver qu'outre les crises caractérisées, grandes ou petites, ou se surajoutant à elles, se produisent, selon des fréquences variables, quoique toujours soudaines, des perturbations psychiques de différents types : troubles du caractère, peurs, altérations des perceptions sensitives, insomnies, hallucinations, accès de colère effrénés et même des états seconds lors desquels des malades peuvent perpétrer des actes dangereux ou criminels qu'ils ont oubliés à leur réveil. Avec le temps, la maladie peut, dans ses formes les plus sévères, entraîner des modifications permanentes du caractère ou même des déficiences mentales. Cependant, entre deux crises, le patient se comporte en règle générale de façon tout à fait naturelle. De plus, il est de notoriété publique que les insomnies chroniques peuvent aggraver la maladie et, réciproquement, que l'aggravation de la maladie peut occasionner des insomnies chroniques.

De nos jours, on peut pratiquer des examens cliniques à l'aide de l'électro-encéphalographie psychomotrice qui consiste à mesurer et à enregistrer les ondes électriques émises par le cerveau. On observe ainsi que le foyer épileptogène se situe dans le lobe temporal. Ce genre d'examen a pu révéler des cas d'épilepsie latente, cachée, des désordres électriques du cerveau sans manifestation extérieure chez des membres de la famille du patient qui, sans souffrir ni soupçonner quoi que ce soit, sont pourtant susceptibles de transmettre les gènes de la maladie à leurs enfants. En effet, cette dernière est presque toujours héréditaire, quoique se propageant dans la plupart des cas de génération en génération sous une forme latente et invisible et ne se déclarant que très rarement chez les descendants.

Depuis toujours, on savait qu'il existait de nombreux simulacres. Anton de Hann découvrit à Vienne, en 1760, qu'un banal examen des pupilles suffisait en général à démasquer les simulateurs de tout poil. En effet, lors d'une crise réelle, les pupilles ne réagissent pas et ne se rétrécissent donc pas sous un stimulus lumineux.

On préconise, entre autres traitements, une hygiène

de vie physique et mentale ainsi que la prise régulière de tranquillisants tels que divers composés à base de bromure et de barbituriques.

On attribue aux Anciens, Hippocrate et même Démocrite, l'affirmation selon laquelle « le coït est une sorte de crise d'épilepsie ». Aristote, au contraire, dans son traité *Du sommeil et de l'éveil,* affirme que l'épilepsie s'apparente au sommeil et que, dans un certain sens, c'est le sommeil qui est épilepsie. Dans son carnet, Joël nota ici un point d'interrogation entre parenthèses parce qu'il lui semblait que le coït et le sommeil figuraient deux extrêmes. Un sage juif du Moyen Age appliqua à la maladie le verset de Jérémie XVII, 9 : « Perfide est le cœur, plus que tout il est incurable : qui peut le connaître ? »

Joël avait également inscrit ce qui suit : « De l'Antiquité à nos jours, l'épilepsie traîne derrière elle une sorte de halo magique. Au cours des siècles, beaucoup lui ont associé l'inspiration, le démon, la prophétie, la possession diabolique ou, à l'opposé, une proximité particulière avec le sacré, d'où diverses appellations telles que : *morbus divus, morbus sacer, morbus lunaticus astralis* ou *morbus daemoniacus* — en d'autres termes, mal divin, mal sacré, mal lunatique astral ou mal diabolique. »

Joël qui, malgré la colère d'Ivria, s'était résigné à l'idée que Netta souffrait de la forme bénigne de la maladie refusa de se laisser impressionner par ces dénominations. Aucun signe lunatique astral ne s'était manifesté chez sa fille quand, à l'âge de quatre ans, la chose s'était produite pour la première fois. Ce jour-là, ce ne fut pas lui mais Ivria qui s'était précipitée pour appeler une ambulance. Pour sa part, bien qu'on l'eût parfaitement entraîné à réagir sans perdre un instant, il avait hésité — il lui avait cru noter un tressaillement sur les lèvres de sa fille, comme si, par jeu, elle se retenait d'éclater de rire. Ayant recouvré son sang-froid, il l'avait prise dans ses bras, s'était précipité dans l'escalier où il avait trébuché, sa tête heurtant la rampe, pour se réveiller aux urgences. Entre-temps le diagnostic avait été posé avec une quasi-certitude et Ivria s'était contentée de remarquer tranquillement : « Tu es vraiment incroyable. »

Depuis la fin du mois d'août, aucun symptôme n'était réapparu. A présent c'était la question de sa conscription qui préoccupait Joël. Après avoir envisagé différentes hypothèses, y compris l'influence du patron, il décida d'attendre sans rien faire jusqu'aux examens médicaux qu'elle subirait au bureau de recrutement.

Lors de ces nuits pluvieuses et venteuses, il se rendait quelquefois dans la cuisine à deux ou trois heures du matin, en pyjama, les traits tirés par la fatigue et y trouvait sa fille, plongée dans sa lecture, assise bien droite à la table sans que son dos touche le dossier de la chaise, un verre de thé vide posé devant elle, ses horribles lunettes de plastique sur le nez, indifférente aux papillons de nuit qui tournoyaient au plafond autour de la lampe.

— Bonjour, *young lady*, m'est-il permis de demander à mademoiselle ce qu'elle est en train de lire ?

Netta, imperturbable, prenait le temps de terminer son paragraphe ou sa page, après quoi, sans lever les yeux, elle lui répondait : « Un livre. »

— Je nous prépare un verre de thé ? Un sandwich ?

Et elle répliquait invariablement :

— Si tu veux...

Ils restaient là à manger et à boire en silence. Parfois ils posaient leurs livres et discutaient à voix basse, intime, de la liberté de la presse, de la nomination d'un nouveau conseiller ou de la catastrophe de Tchernobyl. De temps en temps, ils dressaient une liste d'achats en vue de renouveler entièrement les médicaments de l'armoire à pharmacie de la salle de bains. On entendait soudain le heurt du journal lancé dans l'allée et Joël se précipitait en vain pour attraper le livreur qui avait déjà disparu.

XXXII

A l'approche de la fête de *Hanoucca*, Lisa se mit à préparer les beignets et les crêpes traditionnels, acheta un nouveau chandelier ainsi qu'un paquet de bougies multicolores. Puis elle demanda à Joël de vérifier dans le rituel quelles étaient les prières qu'on devait prononcer lors de l'allumage. Quand Joël manifesta sa stupéfaction, sa mère, chancelant presque sous le coup de l'émotion, répliqua que, pendant des années, Ivria la pauvre avait désiré que l'on respectât les fêtes mais que lui n'était jamais à la maison et que, lorsque c'était le cas, il ne lui permettait pas de s'exprimer.

Sidéré, Joël nia, mais sa mère lui coupa la parole, remarquant cette fois avec indulgence et une pointe de tristesse : « Tu te rappelles toujours ce qui t'arrange. »

A sa grande surprise, Netta prit le parti de Lisa :

— Quelle importance si ça peut faire des heureux. Pour ma part, on peut allumer ici les bougies de *Hanoucca* ou les feux de joie de *Lag Ba'omer*[1] — ce qu'on voudra…

Joël était sur le point de hausser les épaules et de

1. 33e jour de l'*Omer* (entre la fête de Pâque et celle de la Pentecôte). *(N.d.T.)*

capituler lorsque Avigaïl s'engagea dans la bataille avec des troupes fraîches. Entourant les épaules de Lisa, elle déclara de sa voix chaleureuse, empreinte d'une didactique patience :

— Excuse-moi, Lisa, mais tu m'étonnes un peu. Ivria n'a jamais cru en Dieu et elle ne respectait pas la tradition. Elle n'a jamais supporté non plus les cérémonies religieuses. Nous ne comprenons pas de quoi tu parles.

A son tour, Lisa, employant à l'envi l'expression « Ivria la pauvre », relança la querelle avec animosité :

— Vous devriez avoir honte, tous autant que vous êtes. Il n'y a même pas un an qu'elle est partie, la pauvre, et je vois qu'on veut la tuer une deuxième fois.

— Lisa ! Ça suffit ! Arrête ! C'en est assez pour aujourd'hui. Va t'allonger un peu.

— D'accord. Je me tais. Ce n'est pas la peine. Elle n'est plus et ici c'est moi la plus faible. C'est bon. Amen. Je m'incline comme elle l'a toujours fait. Pourtant ne crois pas, Joël, que nous avons oublié que ce n'est pas toi qui as récité le *kaddisch* pour elle. C'est son frère qui l'a fait à ta place. J'ai cru mourir de honte ce jour-là.

Avec délicatesse, Avigaïl exprima la crainte que, depuis l'opération et bien sûr à cause d'elle, la mémoire de Lisa se fût affaiblie. Ces choses-là arrivaient et la littérature médicale était pleine de cas semblables. Le docteur Litvin, son médecin, les avait prévenus que de tels troubles étaient envisageables. D'un côté elle oubliait où elle venait de poser le chiffon à poussière et où se trouvait la planche à repasser et de l'autre, elle se rappelait des événements qui n'avaient jamais eu lieu — cette nouvelle religiosité était apparemment un autre symptôme préoccupant.

— Je ne suis pas observante, corrigea Lisa. Au contraire, ça me donne la nausée. Mais Ivria la pauvre a toujours voulu maintenir un peu de tradition à la maison et vous lui avez ri au nez et maintenant encore vous lui crachez à la figure. Il n'y a pas un an qu'elle est morte et on danse déjà sur sa tombe.

— Je ne me rappelle pas qu'elle était pratiquante, intervint Netta. Dans les nuages, peut-être, mais pas pratiquante. Il se peut que la mémoire me joue des tours à moi aussi.

— Bon ! Pourquoi pas ? reprit Lisa. D'accord. Qu'on envoie chercher le docteur le plus compétent qui soit, qu'il nous examine l'un après l'autre et qu'il dise une bonne fois qui est fou et qui est normal, qui est sénile et qui, dans cette maison, veut tuer le souvenir de la pauvre Ivria.

— Ça suffit ! s'exclama Joël. En voilà assez. Encore un peu et il faudra faire appel à une compagnie de C.R.S.

— Puisque c'est comme ça, j'abandonne, observa Avigaïl avec douceur. Inutile de se quereller. Il y aura des bougies et du pain azyme, tout ce qu'elle désire. Dans son état, nous devons lui faire des concessions.

La discussion prit fin et le silence s'installa jusqu'au soir. A la nuit tombée, il sembla que Lisa eût oublié sa première idée. Elle revêtit sa robe de soirée de velours noir et disposa sur la table les beignets qu'elle avait préparés. Le chandelier qu'on n'avait pas allumé fut déposé sans commentaire sur l'étagère au dessus de la cheminée, non loin de la statuette du félin torturé.

Trois jours plus tard, sans consulter quiconque, Lisa installa sur l'étagère une photo d'Ivria moyen format dans un cadre de bois noir.

— Afin que nous nous la rappelions un peu, qu'il y ait un souvenir d'elle dans la maison.

Pendant dix jours, le portrait resta à la même place, dans le salon, sans que personne fît la moindre observation. A travers ses lunettes de médecin de campagne d'antan, l'Ivria de la photo contemplait fixement les ruines de ses abbayes romanes sur le mur d'en face. Son visage paraissait encore plus maigre qu'il ne l'avait été en réalité, sa peau diaphane et pâle, ses yeux clairs, frangés de longs cils. Joël déchiffra ou crut déchiffrer dans son expression un mélange étonnant de tristesse et de machiavélisme. Ses cheveux qui flottaient sur ses épaules étaient largement parsemés de cheveux blancs. Malgré sa beauté fanée, son magnétisme était tel que Joël dut détourner le regard. Il s'abstint même de pénétrer dans le salon, renonçant à plusieurs reprises au journal télévisé. Il éprouvait une passion grandissante pour la biographie du chef d'état-major Elazar qu'il avait trouvée sur les rayonnages de M. Kramer. Les détails de l'enquête l'intriguaient. Il s'enfermait des heures dans le bureau, penché sur la table de travail de M. Kramer, disposant divers détails en tableaux tracés sur du papier millimétré. Il se servait de la fine pointe du porte-plume d'Ivria, et la nécessité de le tremper dans l'encrier, pratiquement tous les dix mots, lui procurait un certain plaisir. Il lui semblait par moments discerner quelques contradictions dans les conclusions de la commission d'enquête qui avait décidé de la culpabilité du chef d'état-major encore qu'il sût très bien, ne disposant que d'informations de seconde main, qu'il ne pouvait rien affirmer mais seulement formuler des hypothèses. Il s'efforçait néanmoins de décomposer les données du livre en petits éléments pour les recomposer en les combinant dans un ordre différent. Bardé de galons et de décorations, en uniforme impeccable, M. Kramer se tenait en face de lui, la mine enjouée, serrant la main du général Elazar qui, sur la photo, fatigué et tendu, paraissait fixer quelque chose par-dessus l'épaule de Kramer. Parfois Joël croyait entendre, du côté du salon, les accords étouffés du violoncelle ou un air de *ragtime*. Ce n'étaient pas ses oreilles qui percevaient la musique mais les pores de sa peau — ce qui, inexplicablement, le poussait vers la forêt de la salle de séjour de ses voisins Ann-Mary et Ralph, pratiquement un soir sur deux.

Dix jours passèrent. Personne ne réagissant, Lisa disposa à côté de la photo d'Ivria celle de Sha'altiel Lublin, avec son épaisse moustache de phoque et son uniforme d'officier de police britannique ; celle-là même qui se trouvait sur le bureau d'Ivria dans le studio de Jérusalem. Avigaïl frappa à la porte de Joël. Elle entra et le trouva collé à la table de M. Kramer — ses lunettes d'intellectuel catholique lui donnant l'air d'un ascète érudit — occupé à recopier les passages significatifs de la biographie du chef d'état-major sur son papier millimétré.

— Excuse-moi de faire irruption ainsi mais il faut que nous parlions un peu de ta mère.

— Je t'écoute, répondit Joël en posant le porte-plume sur la feuille et en se renversant sur sa chaise.

— On ne peut plus faire semblant de trouver ça normal.

— Continue.

— Tu ne remarques donc rien ? Tu ne vois pas que, de jour en jour, elle devient plus confuse ? Hier elle a commencé à balayer l'allée, ensuite elle est sortie nettoyer le trottoir et si je ne l'avais pas arrêtée à vingt mètres de la maison, elle aurait continué jusqu'à la place Malké' Israël.

— Les portraits du salon te dérangent beaucoup ?

— Il ne s'agit pas de cela mais du reste. Les choses que tu t'obstines à ne pas voir ou que tu t'acharnes à trouver normales. Souviens-toi que tu as déjà fait cette erreur une fois et que nous l'avons payée très cher.

— Continue.

— As-tu noté le comportement de Netta ces derniers temps ?

— Pourquoi ?

— Je savais que tu n'aurais pas fait attention. Pour quelles raisons t'intéresserais-tu à autre chose qu'à ta petite personne ? Je regrette de te dire que ça ne m'étonne pas.

— Avigaïl ! De quoi s'agit-il ? S'il te plaît.

— Depuis que Lisa est comme ça, Netta n'entre pratiquement plus au salon. Elle n'y met plus les pieds. Je t'assure qu'elle recommence à filer un mauvais coton. Ce n'est pas ta mère que j'accuse — elle ne se rend pas compte de ce qu'elle fait —, c'est toi qui es soi-disant une personne responsable. Du moins, c'est ce que les gens croient. Elle seule ne le pensait pas.

— Soit ! On examinera la question. On désignera une commission d'enquête. Mais ça irait mieux si Lisa et toi faisiez la paix, c'est très simple.

— Avec toi c'est toujours très simple, répliqua Avigaïl sur son ton de directrice d'école.

— Tu vois, Avigaïl, coupa Joël, j'essaie de travailler un peu.

— Excuse-moi ! dit-elle sèchement. Moi et mes petits soucis ridicules…

Elle sortit en fermant délicatement la porte. Souvent, après une querelle pénible, tard dans la nuit, Ivria lui murmurait : « Je comprends, tu sais. » Que voulait-elle dire ? Que comprenait-elle ? Bien que, à présent, cette question fût précisément plus importante que jamais, urgente, Joël savait qu'il n'avait aucun moyen d'y répondre. La plupart du temps, elle déambulait dans la maison en chemisier et en jean blancs, sans aucun bijou hormis son alliance qu'elle portait inexplicablement à l'auriculaire droit. Été comme hiver, elle avait toujours les doigts secs et glacés. Joël éprouvait l'infinie nostalgie de les sentir sur son dos nu, rêvant de les emprisonner dans ses mains épaisses pour tenter de les réchauffer un peu, comme on ranime un poussin frigorifié.

S'agissait-il vraiment d'un accident ? Il aurait voulu sauter dans sa voiture pour foncer à Jérusalem à la maison de Talbiye vérifier les installations électriques intérieures et extérieures, déchiffrer chaque minute, chaque seconde, chaque geste de ce matin-là. Mais il imaginait l'immeuble frémissant aux accords mélancoliques de la guitare de cet Itamar ou Eviatar, et savait que sa douleur serait insupportable. Au lieu de se rendre à Jérusalem il se dirigea vers la forêt aux truffes et aux champignons de Ralph et d'Ann-Mary. Après le dîner, après le Dubonnet et la cassette de country music, Ralph l'escorta jusqu'au lit de sa sœur. Peu importait à Joël qu'il restât ou pas. Ce soir-là, il lui fit l'amour non pour le plaisir mais pour la chaleur et la tendresse, un peu à la manière d'un père qui effacerait d'une caresse les larmes de sa fille.

A son retour, à minuit passé, la maison était paisible et obscure. Un instant, le silence l'oppressa comme le présage d'un malheur. Toutes les portes étaient closes sauf celle du salon. Il y entra, alluma la lumière et découvrit que les photos et le chandelier n'étaient plus là. Il craignit que la statuette n'eût également disparu. Mais non. On l'avait seulement légèrement déplacée et elle se trouvait maintenant au bout de l'étagère. Joël la remit précautionneusement au milieu. Il savait qu'il devait découvrir laquelle des trois femmes avait retiré les photos. Et il savait aussi que cette enquête n'aurait pas lieu. Le lendemain, au petit déjeuner, pas un mot ne fut prononcé au sujet de la disparition des photos, pas plus que les jours suivants. Lisa et Avigaïl se réconcilièrent et elles se remirent à aller au club de gymnastique du quartier et aux séances de l'atelier de macramé. De temps en temps, avec un bel ensemble, elles piquaient Joël au vif à propos de sa distraction ou de son oisiveté. Le soir, Netta se rendait à la cinémathèque ou au musée de Tel-Aviv. Il lui arrivait de faire du lèche-vitrines pour tuer le temps entre deux séances. Quant à Joël, il essaya d'abandonner sa petite enquête sur la condamnation du chef d'état-major Elazar encore qu'il fût, à présent, rongé par le soupçon de quelque anomalie dans la procédure et d'une grande injustice. Il était conscient que, sans accès aux principaux témoignages et aux sources secrètes, il ne pourrait découvrir comment s'était produite l'erreur. Les pluies d'hiver étaient arrivées et, un matin, alors qu'il remontait l'allée pour ramasser le journal, il trouva les chats sur le balcon de la cuisine, jouant avec le cadavre raidi d'un petit oiseau visiblement mort de froid.

XXXIII

Un jour de la mi-décembre, à trois heures de l'après-midi, Nakdimon Lublin fit irruption enveloppé dans sa parka, son épaisse figure rougie par le vent glacé. Il apportait en cadeau un bidon d'huile d'olive pressée par ses soins dans un moulin improvisé à l'extrémité nord du *mochav* de Metulla. Ignorant que Netta avait perdu son intérêt pour les chardons, il en avait également amené quatre ou cinq, dans un étui noir usé et cassé qui avait jadis contenu un violon.

Il passa dans le couloir, jeta un coup d'œil circonspect à chaque pièce, repéra le salon où il pénétra résolument, comme s'il écrasait des mottes de terre sous ses lourdes semelles. Il déposa sans hésiter l'étui à chardons et le bidon enveloppé de toile de jute au milieu de la table à café, laissa tomber sa parka par terre à côté du fauteuil où il s'étala en étendant les jambes. A son habitude il appela les femmes « fillettes » et Joël « Captain ». Il s'informa du montant du loyer mensuel que ce dernier payait pour cette bonbonnière. Et puisqu'on en était à parler business… il tira de sa poche revolver une grosse liasse de billets froissés de cinquante shekels attachés par un élastique qu'il posa avec ennui sur la table — la part semestrielle d'Avigaïl et de Joël aux bénéfices du verger et de l'auberge de Metulla, hérités de Sha'altiel Lublin. Sur le premier billet de la pile, il avait inscrit le compte en chiffres gras, comme avec un crayon de charpentier.

— Yallah, nasilla-t-il, réveillez-vous, fillettes. L'homme est mort de faim.

Les trois femmes furent instantanément saisies de folie ; on aurait cru des fourmis dont on aurait obstrué le nid. Elles s'agitèrent de la cuisine au salon, se bousculant presque dans leur hâte. Sur la table basse de laquelle Nakdimon avait consenti à ôter ses pieds, apparurent comme par magie une nappe, des assiettes, des soucoupes, des verres, des bouteilles, des serviettes, des condiments, des pitas chaudes, des amuse-gueule et des couverts, bien qu'on eût terminé le déjeuner depuis moins d'une heure. Joël nota avec stupéfaction l'ascendant que ce nain rougeaud, grossier et violent, avait sur ces femmes d'ordinaire si peu dociles. Il dut même contenir une certaine irritation : « Imbécile ! Tu n'es pourtant pas jaloux ! » se sermonna-t-il.

— Donnez-moi ce qu'il y a, ordonna l'hôte de sa voix traînante et nasillarde. Ne me compliquez pas la vie : quand Mohamed meurt de faim, il dévorerait sans hésitation la queue d'un scorpion. Assieds-toi ici, Captain, laisse les fillettes faire le service. Toi et moi on a un tas de choses à se dire.

Joël obéit et s'assit sur le canapé face à son beau-frère. « Alors voilà... » commença Nakdimon. Se ravisant, il ajouta : « Attends une minute » et se tut pour se concentrer sur le poulet rôti, les pommes de terre en robe de chambre et les légumes verts sautés, le tout arrosé de bière. Entre deux canettes, il s'envoya deux verres de soda à l'orange — la pita lui servant à la fois de cuillère, de fourchette et d'accompagnement —, lâchant de temps en temps quelques rots de satisfaction et des petits soupirs de plaisir, de sa voix de contrebasse.

Joël le regardait manger avec une curiosité soutenue comme s'il cherchait chez son hôte quelque détail caché qui lui permettrait de confirmer ou d'infirmer un très vieux soupçon. Il y avait dans la mâchoire de ce Lublin-là, dans son cou, ses épaules ou dans ses mains calleuses de paysan, quelque chose qui faisait à Joël l'effet d'une mélodie insaisissable évoquant à son tour un air plus ancien enfoui dans les ténèbres. Il n'y avait aucune ressemblance entre ce nabot sanguin et sa défunte sœur à la peau fine et pâle, aux traits délicats, aux gestes lents et réservés. Joël en éprouva une brusque exaspération et s'en voulut aussitôt, d'autant qu'il était entraîné à conserver son sang-froid en toutes circonstances. Il attendit que Nakdimon terminât son repas. Entre-temps, les femmes s'étaient assises autour de la table de la salle à manger, comme dans une tribune, à quelque distance des deux hommes installés de part et d'autre de la table à café. Pratiquement aucune parole ne fut prononcée jusqu'à ce que l'invité, le dernier os rongé, eût nettoyé son assiette avec la pita et s'apprêtât à liquider la compote de pommes. Joël lui faisait face, ses mains laides reposant sur ses genoux raides. Il ressemblait à un commando d'élite à la retraite, le visage énergique et bronzé, une boucle argentée, blanchissant de plus en plus, dressée comme une corne au-dessus du front, les rides autour des yeux lui donnant l'air légèrement ironique et dessinant un sourire auquel les lèvres ne participaient pas. Au cours des années il s'était habitué à rester immobile et était capable de tenir ainsi un temps considérable dans une espèce de repos tragique, les paumes tendues posées à plat sur les genoux rigides, le dos droit sans raideur et les épaules relâchées, souples, sans qu'aucun muscle de son visage ne bouge. Enfin, Lublin s'essuya la bouche d'un revers de manche qu'il frotta avec la serviette en papier avant de se curer consciencieusement le nez à l'aide de cette même serviette, qu'il roula ensuite en boule pour la lancer dans le verre de soda à moitié vide où elle sombra lentement. Il se carra dans son fauteuil, lâcha un pet bref assez proche d'un claquement de porte et répéta pratiquement les paroles qu'il avait prononcées au début de son repas : « Bon, écoute. Alors voilà... »

Il s'avéra qu'à l'insu l'une de l'autre, Avigaïl et Lisa avaient écrit à Metulla au début du mois en vue d'ériger une pierre tombale sur la tombe d'Ivria à Jérusalem pour l'anniversaire de sa mort, le seize février. Nakdimon Lublin n'était pas homme à faire les choses en cachette. D'ailleurs, s'il ne tenait qu'à lui, il aurait préféré laisser Joël s'en occuper personnellement, encore qu'il fût prêt à participer pour moitié. Ou totalement. Peu lui importait, pas plus qu'à sa sœur, à présent qu'elle était partie. Si tel avait été le cas, elle serait peut-être encore là. A quoi bon se mettre à sa place désormais ? A dire vrai, pour elle, même de son vivant, l'horizon était barré de tous côtés. Comme il avait des affaires à régler à Tel-Aviv — liquider sa part dans une association de transport routier, trouver des matelas pour l'auberge, obtenir une licence d'exploitation pour une petite carrière —, il avait décidé de faire un saut ici pour déjeuner et trancher cette question.

— Alors qu'en penses-tu, Captain ?

— Une pierre tombale ? Parfait ! Pourquoi pas ?

— Tu t'en occupes ou tu veux que je le fasse ?

— Comme tu préfères.

— Écoute, j'ai dans ma cour une pierre solide de Kafr-Ag'ar, noire, veinée de quartz, à peu près de cette taille.

— Très bien, apporte-la.

— On n'inscrit rien dessus ?

— Il faut se décider rapidement, intervint Avigaïl. D'ici la fin de la semaine. Sinon ce sera trop tard pour l'anniversaire.

— C'est défendu, s'écria Lisa dans son coin, la voix sèche et amère.

— Qu'est-ce qui est défendu ?

— C'est défendu de dire du mal d'elle après sa mort.

— Qui en dit du mal ?

— La vérité, répliqua Lisa vivement indignée, à la manière d'une enfant qui a décidé de casser les pieds aux adultes, la vérité c'est qu'à proprement parler elle n'aimait personne. Ce n'est pas joli de dire ça mais c'est encore plus laid de mentir. C'est ainsi. Peut-être n'a-t-elle jamais vraiment eu d'affection que pour son père. Et personne n'a pensé un peu à elle ; elle aurait probablement préféré reposer dans une tombe à Metulla près de lui et non à Jérusalem au milieu de gens ordinaires. Mais vous ne pensez qu'à vous.

— Fillettes, nasilla Nakdimon imperturbable, si vous nous laissiez discuter en paix deux minutes ? Ensuite, vous pourrez caqueter tout votre saoul.

— D'accord, répondit Joël à contretemps à l'une des questions précédentes. Netta, puisque c'est toi la spécialiste, écris ce qui convient et je le ferai graver sur la pierre que Lublin apportera. Affaire classée. Demain est un autre jour...

— Ne touchez pas à ça ! lança Nakdimon à l'adresse des femmes qui commençaient à débarrasser la table — joignant le geste à la parole, il posa la main sur un petit pot de miel recouvert d'un couvercle de papier goudronné en forme de chapeau — c'est plein de venin de serpent. L'hiver, quand ils dorment, je les attrape dans les hangars, entre les sacs, je trais une vipère par-ci, une vipère par-là, et je viens vendre ici. A propos, Captain, peux-tu m'expliquer pour quelle raison vous vous êtes entassés ici, tous ensemble ?

Joël hésita, jeta un coup d'œil à sa montre, il remarqua l'angle que formaient les deux aiguilles et suivit des yeux un instant les secousses de la trotteuse sans saisir l'heure pour autant. Puis il objecta que la question n'était pas claire.

— Toute la smala dans le même trou ! Qu'est-ce que ça signifie ? Les uns sur les autres comme des bougnouls. Les grands-mères, les enfants, les chèvres, les poules et *tutti quanti*... A quoi ça rime ?

— Qui veut du Nescafé et qui veut un café turc ? coupa Lisa d'un ton discordant. Levez la main, s'il vous plaît !

— Qu'est-ce que c'est que cette boule que tu as sur la joue, Nakdi ? demanda Lisa. Jusqu'à présent ce n'était qu'un grain de beauté mais on dirait qu'il grossit. Il faut que tu ailles consulter un médecin. Cette semaine justement ils ont parlé à la radio de ces excroissances qu'il ne faut en aucun cas négliger. Va voir Pouchatvsky pour qu'il t'examine.

— Il y a belle lurette qu'il est mort.

— Bon, Lublin, trancha Joël. Apporte ta pierre noire et nous nous occuperons d'y faire graver simplement le nom et les dates. Cela suffira. En outre, je ne veux pas de rituel pour l'anniversaire. Au moins, les chantres et les mendiants me seront épargnés.

— Quelle honte ! croassa Lisa.

— Et si tu restais pour la nuit, Nakdi ? suggéra Avigaïl. Tu peux dormir ici. Regarde dehors l'orage qui se prépare. Nous avons eu une petite polémique ces temps derniers. Notre chère Lisa a décidé qu'Ivria était devenue, à notre insu, un peu observante et que nous l'avions persécutée, pire que l'Inquisition. Nakdi, as-tu jamais remarqué chez elle quelque chose qui ressemble à de la piété ?

Joël qui n'avait pas entendu la question, croyant qu'on lui parlait, répondit doucement :

— Elle aimait le silence. Voilà ce qu'elle aimait vraiment.

Netta apparut, vêtue de son saroual et d'une chemise à carreaux aussi vaste qu'une tente. Brandissant un album intitulé *La Poésie de la pierre. Épitaphes du temps des premiers immigrants,* elle s'écria :

— Écoutez ce que je viens de trouver, c'est magnifique :

Ci-gît, couché dans la peine
Un jeune homme blessé à mort par les tourments du cœur.
Jérémie, fils de Rabbi Aaron Zeev,
Décédé à la néoménie de Iyar, à l'âge de vingt-huit ans alors que tel un petit enfant il n'avait jamais goûté du péché.
Ne possédant que la moitié de son désir, sa raison l'a abandonné
Car il n'est pas bon pour l'homme d'être seul.

Avigaïl se jeta sur sa petite-fille, les yeux étincelants de rage :

— Ce n'est pas drôle, Netta. Tes plaisanteries donnent la nausée. Cynisme, mépris et dédain. Tu prends la vie pour un sketch, la mort pour un gag et la souffrance pour une anecdote. Regarde bien, Joël, et médite. Fais pour une fois ton examen de conscience et demande-toi si ça ne lui vient pas de toi. Cette indifférence, cette froide ironie, ces sempiternels haussements d'épaules, cette mine d'ange... de la mort. Autant de traits que Netta tient directement de toi ! Tu as déjà causé une catastrophe avec ce détachement glacé et, à Dieu ne plaise, ce genre de comportement engendrera un nouveau drame. Mieux vaut que je me taise pour ne pas, le ciel nous en préserve, prononcer des paroles de mauvais augure.

— Pourquoi t'en prends-tu à lui ? s'étonna tristement Lisa sur un ton d'une douceur élégiaque. Que lui veux-tu, Avigaïl ? N'as-tu pas d'yeux pour voir ? Ne te rends-tu donc pas compte qu'il souffre pour nous tous ?

Répondant, comme d'habitude, à contretemps à une question posée un peu plus tôt, Joël expliqua :

— Voilà, Lublin. Ainsi que tu peux le constater par toi-même, nous vivons ici, ensemble, pour nous soutenir mutuellement à longueur de journée. Pourquoi ne viendrais-tu pas toi aussi ? Tu pourrais faire venir tes fils de Metulla.

— *Ma'lech !* lança Lublin d'un ton nasillard et hostile. Puis, repoussant la table devant lui, il s'emmitoufla dans sa parka et assena une bourrade sur l'épaule de Joël. Au contraire, Captain ! Il vaudrait mieux que tu laisses les fillettes faire joujou entre elles et que tu montes chez nous. Le matin on t'emmènerait travailler dans les champs ou peut-être aux ruches pour te nettoyer un peu la cervelle avant que vous ne vous rendiez complètement marteaux les uns les autres. Comment est-il possible que ça ne se soit pas encore cassé la figure ? s'enquit-il lorsque son regard tomba sur le félin qui semblait bondir comme s'il était sur le point de se libérer de son socle, au bout de l'étagère.

— Ah ! C'est bien ce que je me demande.

Nakdimon Lublin soupesa la bête dans sa main, la renversa, gratta un peu avec l'ongle, la tournant et la retournant. Il approcha les yeux aveugles de son nez et renifla. Ce faisant, l'expression paysanne de ses traits s'accusa, crispée, suspicieuse, niaise. Joël ne put s'empêcher de penser : on dirait un âne dans un champ de salades. Pourvu qu'il ne la casse pas.

— Conneries ! Écoute, Captain. Il y a quelque chose qui ne tourne pas rond ici.

Avec une étonnante délicatesse qui contrastait avec ses propos, il remit la statuette à sa place d'un geste empreint d'un profond respect puis caressa le dos bombé et tendu, doucement, lentement, du bout des doigts. Après quoi il prit congé :

— Au revoir, fillettes, ne vous chamaillez pas. Et glissant le flacon de venin de vipère dans la poche intérieure de sa parka, il ajouta : Raccompagne-moi, Captain.

Joël le suivit jusqu'à sa grosse et spacieuse Chevrolet. En chemin, le nain déclara sur un ton qui surprit Joël :

— Chez toi aussi, Captain, il y a quelque chose qui ne tourne pas rond. Ne le prends pas mal. Ça m'est égal de te donner l'argent de Metulla. Il n'y a pas de problème. Même si dans le testament il est stipulé que le conjoint ne recevrait plus rien au cas où il se remarierait, tu pourrais refaire ta vie demain si ça te chante que tu continuerais à percevoir ta part. Sans discussion. Je voulais te dire autre chose : il y a un Arabe à Kfar-Ag'ar, un très bon copain à moi, à moitié dingue, voleur — on dit là-bas que la nuit il couche avec ses filles —, en tout cas, lorsque sa mère était sur le point de mourir, il est allé à Haïfa et lui a acheté un Frigidaire, une machine à laver et un magnétoscope qu'il a installés dans sa chambre comme elle l'avait toujours désiré. L'essentiel c'était qu'elle meure O.K. On appelle ça la pitié, Captain. Tu es très intelligent, futé même, et aussi très respectable. Il n'y a rien à dire. Droit comme une planche. Un type bien, quoi. Mais il te manque trois choses importantes. Primo : tu n'as pas de désir. Deuxio : pas de joie. Tertio : pas de pitié. Si tu veux savoir, Captain, ces trois choses-là sont liées. Supposons qu'il manque le numéro deux, il manquera aussi le numéro un et le numéro trois. Ou vice versa. Ta situation, c'est l'horreur. Maintenant il vaut mieux que tu rentres. Regarde-moi cette pluie qui nous tombe dessus. Au revoir. Quand je te vois, ça me donne presque envie de pleurer.

XXXIV

Et vinrent quelques jours de soleil qui inondèrent la fin de la semaine d'un azur hivernal. Entre les jardins nus et les pelouses fanées par le gel jouait une lumière de miel tiède, caressant les tas de feuilles mortes où elle allumait ici et là des taches cuivrées. Sur les toits de tuile de la rue, les chauffe-eau solaires étincelaient de reflets brûlants. Les voitures en stationnement, les gouttières, les flaques d'eau, les tessons de verre au bord du trottoir, les boîtes aux lettres et les vitres des fenêtres s'éclairaient de lueurs d'incendie. Une étincelle dansante batifola sur les plantes et le gazon, rebondit du mur sur la haie, embrasa la boîte aux lettres, traversa la chaussée à la vitesse de l'éclair et enflamma une bulle aveuglante sur le portail d'en face. Soudain Joël pressentit que ce scintillement déchaîné le concernait. Il se figeait et cessait sa danse quand lui-même s'immobilisait. Il finit par déchiffrer le lien entre le rayon et la lumière qui se brisait contre sa montre-bracelet.

L'air s'emplissait d'un bourdonnement d'insectes et d'un goût de sel qu'un vent marin apportait du fin fond du quartier. Un voisin sortit sarcler les plates-bandes boueuses, et aménager quelques espaces afin d'y planter les bulbes des fleurs d'hiver. Les femmes aéraient les literies. Probablement pour se faire un peu d'argent de poche, un adolescent lavait la voiture de ses parents. En levant les yeux Joël découvrit, perché à l'extrémité d'une branche nue, un oiseau rescapé du gel, qui, rendu fou par la soudaine luminosité, piaillait à tue-tête, inlassablement, sans variation ni interruption, en extase, les trois mêmes notes. La mélodie s'engloutit dans le flot incandescent, lent comme une coulée de miel. Joël essaya vainement de l'atteindre avec le reflet de sa montre. Au loin, à l'orient, par-delà les cimes du verger, les montagnes étaient enveloppées d'une fine brume dans laquelle elles se fondaient et bleuissaient comme si, se soustrayant à la pesanteur, elles devenaient l'ombre d'elles-mêmes — de légères taches pastel sur fond de splendeur.

Avigaïl et Lisa se trouvant au festival d'hiver du Carmel, Joël décida de faire une grande lessive. Débordant d'énergie, efficace, organisé, il passa d'une pièce à l'autre, ôtant les housses des couettes ainsi que les taies des oreillers et des coussins. Il ramassa méthodiquement les couvre-lits et les serviettes sans oublier les torchons de la cuisine. Il vida le panier à linge sale de la salle de bains, puis retourna dans chaque chambre, ratissant les penderies et les dossiers des chaises, ramassant les chemisiers et les sous-vêtements, les chemises de nuit, les combinaisons, les jupes, les robes de chambre, les soutiens-gorge et les bas. Quand il eut terminé, il se déshabilla entièrement dans la salle de bains et, nu, il se servit de ses vêtements pour grossir la montagne de linge sale qu'il entreprit de trier. Il consacra près de vingt minutes, toujours dans le plus simple appareil, à faire l'inventaire, minutieusement et rigoureusement, allant même jusqu'à étudier avec ses lunettes d'intellectuel les recommandations de lavage imprimées sur les étiquettes, construisant soigneusement les piles de linge à bouillir, les piles à basse température, à l'eau froide et à la main, repérant ce qui pouvait supporter l'essorage, ce qui pouvait aller au séchoir et ce qu'il faudrait suspendre sur l'étendoir qu'il avait installé avec l'aide de Krantz et de son fils Doubi, au bout du jardin, derrière la maison. Ce ne fut qu'à la fin des étapes de tri et de planification qu'il prit le temps de s'habiller avant de revenir charger la machine à laver, programme après programme, du chaud au froid et du blanc aux textiles délicats. La moitié de la matinée s'écoula mais ce fut à peine s'il s'en aperçut, résolu et déterminé qu'il était à en avoir fini avant que Netta ne revînt de la représentation en matinée au Tsavta. Il s'imagina le jeune Jérémie du recueil d'épitaphes, celui dont la raison avait chaviré parce que son désir n'avait pas été exaucé, ou quelque chose d'approchant, cloué dans un fauteuil roulant. S'il n'avait pas goûté au péché, c'était parce que, sans bras ni jambes, il n'y avait ni péché ni crime. Quant à la Commission Agranat et à l'éventuelle injustice à l'encontre du général Elazar, Joël s'en tint à ce que le professeur répétait sans cesse à ses subordonnés : « Peut-être la vérité absolue existe-t-elle, peut-être pas, c'est l'affaire des philosophes, par contre, n'importe quel idiot ou n'importe quel salaud sait très bien ce qu'est un mensonge. »

Que faire à présent que le linge était sec et plié au carré sur les étagères des armoires, excepté celui qui était en train de sécher sur l'étendoir du jardin ? Il repasserait ce qui avait besoin de l'être. Et ensuite ? Il avait déjà effectué un sérieux rangement dans l'appentis, le chabbat dernier. Deux semaines auparavant, fenêtre après fenêtre, il avait enduit les volets d'un produit antirouille. Quant à la perceuse électrique, il était conscient qu'il lui fallait s'en désintoxiquer une bonne fois pour toutes. La cuisine étincelait de propreté et pas une seule petite cuillère ne traînait sur l'égouttoir : chacune bien à sa place dans le tiroir. Et s'il transvasait les boîtes de sucre en poudre entamées ou allait faire un saut chez Bardugo, à l'entrée de Ramat-Lotan, pour acheter quelques bulbes de fleurs d'hiver ? Tu vas te rendre malade, songea-t-il en reprenant les paroles de sa mère, si tu ne te mets pas à faire quelque chose. Il analysa un instant les termes de la proposition sans y trouver rien qui clochât. Il se souvint que Lisa avait plusieurs fois fait allusion à une coquette somme qu'elle conservait pour l'aider à entrer dans le monde des affaires. Il repensa à cet ancien collègue qui, à maintes reprises, lui avait promis monts et merveilles si seulement il acceptait de s'associer avec lui pour monter une officine de détective privé. Et l'insistance du patron. Sans parler de Ralph Vermont qui, un jour, lui avait parlé de placements discrets — des investissements ayant trait à un énorme consortium canadien — grâce auxquels il assurait de doubler le capital de Joël en huit ou dix mois. Quant à Arik Krantz, ce dernier le pressait instamment de partager sa nouvelle aventure : deux fois par semaine, en blouse blanche, il assurait des gardes de nuit dans un hôpital en qualité de garçon de salle bénévole à cause des charmes d'une infirmière, Greta, qui le rendait complètement fou. Krantz s'était promis de ne pas désarmer tant qu'il ne l'aurait pas baisée en long en large et en travers. A l'en croire, il avait déjà repéré deux autres volontaires, Christina et Iris, entre lesquelles Joël n'aurait que l'embarras du choix, à moins qu'il ne préférât prendre les deux.

Transportant avec lui le matériel nécessaire pour planter le camp : ses lunettes de lecture et de soleil, une bouteille de soda, un verre de cognac, le livre sur le chef d'état-major, un tube de crème solaire, une casquette et un transistor, Joël se rendit au jardin pour bronzer sur la balancelle jusqu'à ce que Netta revînt de la matinée du chabbat, au théâtre Tsavta. Ils prendraient alors un déjeuner tardif. Pourquoi n'accepterait-il pas l'invitation de son beau-frère après tout ? Il pourrait se rendre à Metulla, y demeurer quelques jours, peut-être une semaine ou deux. Ou même quelques mois... Du matin au soir, il travaillerait à moitié nu dans les champs, au rucher, dans le verger entre les arbres duquel il avait couché pour la première fois avec Ivria lorsqu'elle était sortie fermer, ou ouvrir, les vannes d'irrigation au milieu desquelles il s'était retrouvé pour remplir sa gourde au cours d'une marche topographique faisant partie de ses classes d'officier. Il l'aperçut alors qu'elle ne se trouvait qu'à cinq ou six pas de lui et resta pétrifié, retenant presque sa respiration. Elle ne se serait pas rendu compte de sa présence si elle n'avait trébuché sur lui, accroupi sur le sol. Il lui parut évident qu'elle allait se mettre à hurler mais elle n'en fit rien et murmura : « Ne me tue pas. » Stupéfaits, ils n'échangèrent pas dix mots avant de s'enlacer avec violence, maladroitement, à tâtons, tout habillés. Ils roulèrent dans la poussière et se fouillèrent en haletant à la manière de deux chiots aveugles, se blessant et finissant presque aussitôt avant de s'enfuir chacun de son côté. Ce fut là également qu'il coucha avec elle la deuxième fois, quelques mois plus tard, lorsque, comme ensorcelé, il revint à Metulla pour la guetter deux soirs de suite auprès des vannes. La troisième nuit, ils se jetèrent à nouveau frénétiquement l'un sur l'autre comme s'ils étaient morts de soif. Ensuite, il lui demanda sa main et elle lui répondit : « Tu es fou ! » Ils prirent l'habitude de se retrouver la nuit et ce ne fut qu'après plusieurs rendez-vous qu'ils se virent enfin au grand jour, jurant qu'ils n'étaient pas déçus par ce qu'ils découvraient.

Avec le temps, peut-être apprendrait-il de Nakdimon deux ou trois choses. Il pourrait, par exemple, passer maître dans l'art de la traite des serpents venimeux. Il mènerait une enquête afin de déchiffrer une bonne fois la valeur réelle de l'héritage du vieux. Il éclaircirait rétrospectivement ce qui s'était réellement passé à Metulla lors de cet hiver où Ivria et Netta s'y étaient réfugiées à cause de lui, et qu'Ivria avait soutenu avec la dernière vigueur que le problème de Netta avait disparu grâce à l'interdiction qu'elle lui avait faite de venir les voir. Entre deux investigations, il fortifierait son corps avec délectation au soleil grâce aux travaux des champs, parmi les oiseaux et le vent, ainsi qu'il en avait l'habitude dans sa jeunesse lors de sa période de formation au kibboutz avant son mariage avec Ivria et avant de servir au tribunal militaire puis de suivre l'instruction des services spéciaux.

Ces réflexions sur l'étendue des biens de Metulla et les journées d'effort physique l'abandonnèrent sans susciter en lui le moindre enthousiasme. A Ramat-Lotan, il n'avait pas de grosses dépenses. Les sommes que lui virait Nakdimon tous les six mois, la pension des aïeules, sa retraite et l'excédent que lui procuraient les loyers des deux appartements de Jérusalem par rapport à ce qu'il payait ici lui laissaient loisir et tranquillité d'esprit pour se consacrer aux oiseaux ou à la pelouse. Pourtant il était encore loin d'inventer l'électricité et de composer les poèmes de Pouchkine. A Metulla aussi, il s'adonnerait à la perceuse électrique ou à quelque chose du même genre. Il faillit brusquement éclater de rire au souvenir de Nakdimon Lublin prononçant au cimetière *kir'outaiah* et *malkhoutaiah* ou encore *bizman' kerab* au lieu de *bizman' karib*. L'association ou la communauté qu'avaient constituée, à Boston, les ex-femmes de Ralph et les ex maris de sa sœur avec leurs enfants lui parut logique et presque touchante. En effet, il était intimement d'accord avec le dernier vers de l'épitaphe que Netta avait trouvée dans son album.

Tout compte fait il ne s'agissait pas de honte, ni de grenier, ni de mal lunatique astral, ni d'un tableau de crucifixion byzantine réfutant le sens commun. Il était question de quelque chose qui ressemblait à la polémique qui opposait Shamir et Pérès sur le danger inhérent au renoncement, et susceptible d'entraîner d'autres renoncements face à la nécessité du réalisme et du compromis. Voilà que ce chat, devenu un grand garçon — on dirait vraiment que c'est un des chatons nés dans l'appentis au cours de l'été —, le voilà qui fixe l'oiseau dans l'arbre.

Joël se plongea dans le supplément du journal du chabbat qu'il étudia un moment avant de s'assoupir. Vers trois ou quatre heures de l'après-midi, Netta revint et se dirigea droit vers la cuisine où elle mangea quelque chose, debout, à même le réfrigérateur. Puis elle prit une douche et lui murmura au milieu de son sommeil : « Je ressors. Merci d'avoir lavé les draps et changé les serviettes, tu n'aurais pas dû. Pourquoi est-ce qu'on paye une femme de ménage ? » Joël grommela quelque chose, entendit ses pas s'éloigner et se leva pour placer la balancelle blanche au centre de la pelouse car le soleil avait tourné. Il se rallongea et se rendormit. Krantz et sa femme s'approchèrent sur la pointe des pieds, s'assirent à la table blanche du jardin et attendirent en feuilletant le journal et le livre de Joël. Ses années d'expérience et ses missions l'avaient accoutumé aux réveils de chat — une sorte de bond intérieur l'arrachant au sommeil pour le jeter dans une situation d'attention aiguë sans brouillard ni période de transition imprécise. En ouvrant les yeux il avait déjà mis les pieds par terre, s'était assis sur la balancelle et, d'un coup d'œil, avait conclu que Krantz et Odélia s'étaient encore querellés et qu'ils venaient le voir pour lui demander de les raccommoder. Une fois de plus c'était Krantz qui avait violé le pacte contracté grâce à la médiation de Joël.

— Avouez que vous n'avez pas déjeuné aujourd'hui, commença Odélia. Si vous me permettez d'envahir un instant la cuisine, j'irai chercher les couverts. Nous vous avons apporté du foie de volaille revenu avec des petits oignons et un tas d'autres bonnes choses.

— Tu vois, interrompit Arik, elle est en train de te soudoyer pour te mettre de son côté.

— Il est toujours comme ça, répliqua Odélia. Il n'y a rien à faire.

Joël ajusta ses lunettes teintées car le soleil déclinant aveuglait ses yeux rougis et fatigués. Tout en dévorant les foies de volaille frits et le riz à la vapeur, il demanda des nouvelles des garçons séparés, pour autant qu'il s'en souvînt, d'un an et demi à peine.

— Ils se liguent contre moi, répondit Krantz. Non seulement ils sont de gauche mais en plus ils prennent le parti de leur mère alors que, ces derniers mois, j'ai déboursé mille trois cents dollars pour offrir un ordinateur à Doubi et onze cents pour la mobylette de Gilly. En guise de reconnaissance, ils m'accablent de reproches.

Naviguant avec doigté pour atteindre le point sensible, Joël accoucha de la bouche d'Arik les sempiternelles récriminations :

— ... Elle néglige la maison, elle se laisse aller, si elle s'est donné la peine de cuisiner aujourd'hui, c'est en ton honneur, pas pour moi. En plus elle dépense des sommes folles mais au lit, elle lésine. Et puis il y a ses sarcasmes — les premiers mots qui lui viennent à l'esprit le matin comme avant de se coucher la nuit, c'est pour se moquer de mon ventre ou d'autre chose. Mille fois je lui ai dit : Odélia, divorçons, au moins pour une période d'essai, et la voilà aussitôt qui me menace de mettre le feu à la maison ou de se suicider ou de faire une déclaration à la presse. Ce n'est pas que j'aie peur d'elle, au contraire, c'est elle qui a intérêt à avoir peur de moi.

Odélia, son tour venu, l'œil sec, déclara qu'elle n'avait rien à ajouter. Ne voyait-on pas à l'évidence qu'il n'était qu'une bête ? Elle n'avait qu'une requête à laquelle elle ne renoncerait jamais : qu'il aille engrosser ses vaches ailleurs que dans sa propre maison, sur le tapis du salon. Que M. Ravid, que Joël, veuille bien juger par lui-même si elle s'entêtait à tort.

Joël les écouta l'air concentré, avec un profond sérieux, à croire qu'on lui jouait un madrigal dans lequel il aurait à déceler une fausse note. Il n'interféra ni ne fit la moindre remarque, pas même lorsque Krantz s'exclama : « Bon, si c'est comme ça, je prends mes cliques et mes claques, une valise et demie, et je fous le camp pour ne plus revenir. Tu peux tout garder, je m'en fous », ni quand Odélia avoua : « C'est vrai que j'ai un flacon de vitriol mais lui, il a caché un pistolet dans sa voiture. »

Finalement, quand le soleil se fut couché, que l'air subitement devint plus vif et que l'oiseau rescapé, ou un autre, se mit à gazouiller tendrement, Joël déclara :

— Bien ! J'ai entendu. Maintenant rentrons car il commence à faire froid.

Et le couple Krantz l'aida à ramener à l'intérieur les couverts, les verres, les lunettes, les journaux, le livre, la crème à bronzer, la casquette et le transistor. Dans la cuisine, toujours déchaussé et nu jusqu'à la ceinture, debout, il décréta :

— Écoute, Arik. Puisque tu as donné mille dollars à Doubi et mille dollars à Gilly, je suggère que tu en donnes deux mille à Odélia. Fais-le demain matin, dès l'ouverture de la banque. Si tu ne les as pas, emprunte-les ou fais un découvert, ou alors je te les prêterai.

— Pour quoi faire ?

— Pour que je parte trois semaines en voyage organisé en Europe, acheva Odélia. Tu seras débarrassé de moi pendant trois semaines.

Arik Krantz se mit à rire, soupira, marmonna quelque chose, rougit un peu puis finit par dire :

— O.K., ça marche.

Ensuite ils burent du café et les Krantz prirent congé après avoir enveloppé dans un sac en plastique les ustensiles dont ils s'étaient servis pour apporter le déjeuner de Joël, l'invitant avec la dernière énergie à venir avec son « harem » dîner chez eux, maintenant qu'Odélia lui avait montré quel cordon bleu elle était. Et encore il n'avait rien vu. Elle pouvait faire dix fois mieux quand elle le voulait.

— Arrête d'exagérer Arié, on rentre, coupa Odélia. Et ils s'en allèrent reconnaissants et presque réconciliés.

Le soir, quand Netta revint, ils s'assirent pour boire une tisane dans la cuisine, et Joël demanda à sa fille ce qu'elle pensait de la maxime que le grand-père policier avait l'habitude de répéter, selon laquelle les secrets de tout un chacun étaient exactement les mêmes. Netta chercha à savoir ce qui lui prenait de poser cette question et Joël lui raconta brièvement l'arbitrage qu'Odélia et Arik Krantz lui imposaient de temps en temps. Au lieu de répondre, Netta insinua sur un ton dans lequel Joël crut déceler une pointe de tendresse :

— Reconnais que tu ne trouves pas désagréable de jouer à Dieu le Père. Regarde-moi ces coups de soleil. Tu veux que je te passe de la pommade ? Sinon ça va peler.

— Si tu veux...

Réflexion faite, il ajouta :

— Finalement, ce n'est pas la peine. Je t'ai laissé un peu du foie frit aux oignons qu'ils ont apporté, il y a aussi du riz et des légumes. Mange, et ensuite on regardera le journal.

XXXV

Aux informations, ils virent un reportage détaillé sur la grève qui venait d'éclater dans les hôpitaux. Des vieillards et des malades chroniques étaient couchés dans des couvertures imprégnées d'urine et la caméra soulignait les signes de désolation et de saleté. Une vieille femme gémissait continuellement d'une voix monotone et ténue, assez semblable aux plaintes d'un chiot blessé. Un homme âgé, faible et gonflé à éclater sous la pression des liquides qui s'accumulaient en lui, était allongé, immobile et prostré, les yeux vides. Il y avait aussi un vieux squelettique, répugnant, au visage et au crâne couverts de poils broussailleux, qui ne cessait de ricaner et de glousser, arrogant, comme s'il jouissait de la situation avec délectation, exhibant devant le journaliste un ours en peluche dont le ventre déchiré laissait échapper des entrailles flasques de coton crasseux. Joël lança :

— Tu n'as pas l'impression que ce pays est en train de se désintégrer ?

— Tu peux parler ! répliqua-t-elle en lui servant un verre de cognac. Et elle se remit à plier des serviettes en papier, l'une après l'autre, en triangles minutieux qu'elle disposait dans leur support en bois d'olivier.

— Dis-moi, reprit-il après avoir avalé deux gorgées

de son verre, si cela dépendait de toi, tu préférerais être réformée ou aller à l'armée ?

— Mais ça dépend de moi justement ! On peut leur débiter mon histoire ou au contraire ne rien dire. Ils ne verront rien aux examens.

— Et qu'as-tu décidé ? Comment réagirais-tu si c'est moi qui le leur révélais ? Attends un peu avant de répliquer : « Si tu veux... » Le moment est venu de savoir quelle est exactement ta position. Il est possible d'arranger ça en deux coups de téléphone dans un sens comme dans l'autre. Alors autant exprimer ce que tu désires même si je ne m'engage pas forcément à faire exactement ce que tu souhaites.

— Tu te rappelles ce que tu m'as confié quand le patron faisait pression sur toi pour que tu acceptes un voyage de quelques jours pour sauver la patrie ?

— Je crois, oui. J'ai dû t'expliquer que je n'avais plus la même faculté de concentration ou quelque chose d'approchant. Mais je ne vois pas le rapport.

— Dis-moi, Joël, où est ton problème ? Pourquoi tournes-tu autour du pot ? Qu'est-ce que ça change pour toi que je m'enrôle ou pas ?

— Une minute ! Excuse-moi. Le temps d'écouter la météo.

La présentatrice annonça que cette nuit l'accalmie prendrait fin, et qu'à l'aube une nouvelle dépression atteindrait la plaine côtière. Les pluies et les bourrasques recommenceraient. A l'intérieur du pays et sur les montagnes, il y aurait des risques de gel. Les deux dernières nouvelles : un homme d'affaires israélien avait perdu la vie dans un accident à Taïwan — la famille avait été informée — et à Barcelone, un jeune moine s'était immolé par le feu pour protester contre l'escalade de la violence dans le monde. Fin du journal.

— Écoute, reprit Netta. Avec ou sans l'armée, je peux quitter la maison cet été. Même avant d'ailleurs.

— Pourquoi ? Tu trouves que c'est la place qui manque ici ?

— Tant que je serai là, tu n'oseras jamais faire venir la voisine. Sans parler de son frère.

— Pourquoi pas ?

— Est-ce que je sais ? Les murs sont fins. Même la cloison qui nous sépare de chez eux est comme du papier à cigarette. Les dernières épreuves du bac auront lieu le 20 juin. Ensuite, si tu veux, je louerai une chambre en ville. Si c'est urgent, ça peut se faire avant.

— Il n'en est pas question, coupa Joël avec une note de cruauté douce et froide dont il usait parfois dans son travail pour annihiler chez son interlocuteur toute velléité de mauvaise intention. Il n'en est pas question. Point final. En même temps, il s'efforçait de contenir la fureur qui étreignait son cœur avec une intensité qu'il n'avait pas connue depuis la disparition d'Ivria.

— Pourquoi ?

— Il n'y aura pas de chambre en ville. Oublie ça et n'en parlons plus.

— Tu ne me donneras pas l'argent ?

— Un peu de bon sens. Primo : à cause de ton état. Secundo : nous sommes à deux pas de Ramat-Aviv, pourquoi faire tout ce trajet depuis le centre ville lorsque tu iras à l'université ?

— Je sais comment payer cette chambre. Tu n'auras rien à me donner.

— Par exemple ?

— Ton patron est très gentil. Il me propose un travail dans votre bureau.

— Il vaut mieux que tu ne comptes pas là-dessus.

— En dehors de ça, Nakdimon administre une grosse somme jusqu'à ma majorité et m'a dit que ça lui était égal de m'en verser une partie dès maintenant.

— A ta place je ne tablerai pas là-dessus non plus. Et

d'abord qui est-ce qui t'a permis de parler d'argent avec Lublin ?

— Pourquoi me fais-tu ces yeux-là ? Regarde-toi ! Tu as l'air d'un assassin. Je cherche simplement à débarrasser le plancher pour que tu puisses commencer à vivre.

— Écoute, Netta — Joël essaya de donner à sa voix une nuance d'intimité dont elle était dépourvue jusqu'alors —, en ce qui concerne la voisine, Ann-Mary, disons que...

— Rien du tout. Je n'ai jamais vu quelque chose de plus débile que de baiser dehors pour ensuite courir se justifier à la maison. Regarde ton copain Krantz.

— D'accord. Tout compte fait...

— Tout compte fait, tu n'as qu'à me faire savoir quand tu auras besoin de la chambre nuptiale. Point final. Qui a acheté ces serviettes en papier ? C'est sûrement Lisa ! Tu as vu ce kitsch ! Pourquoi ne pas t'allonger un moment ? Ôte tes chaussures. Dans quelques minutes il y a une nouvelle série anglaise à la télévision. Ça commence aujourd'hui. Une émission sur la formation de l'univers. Si on voyait ce que ça donne ? A Jérusalem, quand elle s'était mise à vivre dans son studio, j'étais sûre que c'était à cause de moi. A l'époque, j'étais petite et je ne pouvais pas m'en aller. Début juillet, Adva, une fille de ma classe, va habiter dans un deux-pièces qu'elle a hérité de sa grand-mère, rue Charles-Netter, sur un toit. Pour cent vingt dollars par mois, elle accepte de me louer une chambre d'où on voit la mer. Mais si tu as envie que je disparaisse avant, il n'y a pas de problème. Tu n'as qu'un mot à dire et je me barre. Voilà, j'ai allumé la télévision. Ce n'est pas la peine de te lever. C'est dans deux minutes. Tiens, je prendrais bien un sandwich au fromage avec une tomate et des olives noires. Tu en veux aussi ? Un ou deux ? Tu veux du lait chaud avec ?

Une infusion ? Tu as pris un sacré coup de soleil aujourd'hui, il faut boire beaucoup.

Après le journal de minuit, Netta prit une bouteille de jus d'orange et un verre, et se retira dans sa chambre. Joël se munit d'une grosse lampe-torche pour aller voir ce qui se passait dans l'appentis. Il lui semblait confusément que la chatte et ses petits y étaient revenus. En chemin, il conclut qu'il était plus logique de supposer qu'une nouvelle portée était arrivée. Dehors, l'air était très froid et sec. A travers les persiennes, Joël aperçut Netta qui retirait ses vêtements et ne parvint pas à chasser de son esprit l'image de son corps anguleux qui paraissait perpétuellement contracté, tendu, négligé et mal aimé, encore qu'il y eût là une sorte de contradiction. Aucun homme, aucun adolescent affamé ne lèverait vraisemblablement les yeux sur ce corps ratatiné. Et probablement jamais. Bien que Joël prît en considération le fait que, dans un mois ou dans un an, surviendrait le sursaut de féminité dont un médecin avait parlé un jour à Ivria. Ensuite tout changerait ; un torse large et velu apparaîtrait, des bras musclés régneraient sur elle et sur cette chambre rue Charles-Netter. A cet instant précis, Joël prit la ferme résolution d'aller l'examiner de près avant de prendre une décision.

L'air froid de la nuit était si sec et cristallin qu'il paraissait possible de l'effriter entre les doigts pour produire un faible bruit cassant et délicat, auquel Joël aspirait si fort que soudain, d'une certaine façon, il se mit à l'entendre. A l'exception des cafards qui s'enfuirent à la lumière de la torche, il ne découvrit aucun signe de vie dans l'appentis. Hors le sentiment trouble que plus rien ne se passait en état de veille. Qu'il déambulait, pensait, dormait, mangeait, faisait l'amour avec Ann-Mary, regardait la télévision, jardinait ou fixait de nouvelles étagères dans la chambre de sa belle-mère, en dormant. Que s'il voulait conserver une chance de déchiffrer quelque chose ou, au moins, de formuler une question cohérente, il lui fallait se réveiller à tout prix. Même au prix d'un drame. D'une blessure. D'une maladie. De complications. Quelque chose qui le ferait passer à l'état d'éveil, qui déchirerait d'un coup de poignard l'enveloppe molle et grasse qui l'enfermait à la manière d'une matrice. Une peur panique le submergea et ce fut presque en courant qu'il se précipita dehors pour retrouver l'obscurité. La torche était restée allumée sur l'une des étagères, et il ne put se résoudre à retourner la chercher.

Il arpenta le jardin pendant près d'un quart d'heure, contournant la maison, tâtant les arbres fruitiers, foulant les plates-bandes, éprouvant les gonds du portail dans l'espoir vain d'entendre un grincement qui lui fournirait l'occasion de les graisser. Finalement une décision s'imposa : le lendemain ou le surlendemain ou à la fin de la semaine, il ferait un saut à la pépinière Bardugo et achèterait des tubercules de glaïeuls et de dahlias, de nouvelles semences de pois de senteur, de gueules-de-loup et de chrysanthèmes afin que tout refleurisse au printemps prochain. Peut-être construirait-il pour la voiture une jolie pergola en bois, protégée par un enduit, où il pourrait planter de la vigne grimpante pour remplacer l'horrible auvent de tôle avec ses piliers de fer qui ne cessaient de rouiller quels que fussent ses efforts pour les recouvrir d'une couche de protection. Peut-être irait-il à Kalkilya ou à Kafr-Kassem pour acheter une demi-douzaine d'énormes jarres d'argile qu'il remplirait d'un mélange de terre rouge et de compost où il planterait différentes espèces de géraniums qui déborderaient dans une profusion de couleurs éclatantes. Le mot *éclatant* lui procura le genre de plaisir étouffé qu'éprouve un homme qui, abattu après une longue et épuisante polémique, voit soudain sa victoire éclater de façon incontestable encore qu'imprévue. Quand la lumière finit par s'éteindre derrière les volets clos de la chambre de Netta, il prit sa voiture et se rendit au bord de la mer. Il resta assis au volant, à l'extrême bord de la falaise, pour attendre la dépression météorologique qui, venant du large, progresserait dans l'obscurité avant d'atteindre dans la nuit la plaine côtière.

XXXVI

Il resta là jusqu'à deux heures du matin, les portières verrouillées de l'intérieur, les fenêtres hermétiquement fermées, les lumières éteintes, le capot dressé au-dessus du gouffre. Ses yeux ayant fini par s'habituer à l'obscurité, il fixait, hypnotisé, la fourrure de la mer qui se voûtait et sombrait sans fin au gré d'une haleine de géant, large et tourmentée. Il semblait que, par moments, le colosse s'agitait dans un sommeil peuplé de cauchemars. On percevait parfois un souffle, un halètement irrité, fiévreux puis, de nouveau, montait le grondement du ressac mordant le rivage avant de s'enfuir dans la nuit en emportant son butin vers le fond. Ici ou là des rides d'écume étincelaient sur la fourrure noire. Quelquefois un rayon blême, laiteux, surgissait entre les étoiles, peut-être le frémissement d'un phare éloigné. Au fil des heures, Joël avait de plus en plus de mal à distinguer le mugissement des vagues des pulsations du sang dans son crâne. Comme est ténue la membrane qui sépare l'intérieur de l'extérieur ! Lors d'une grande tension, il éprouvait dans sa tête une étrange sensation liquide. Comme ce jour de déluge à Athènes où il avait dû brandir un pistolet pour intimider un imbécile qui avait essayé de le menacer d'un couteau dans un coin de l'aéroport ou encore, à Copenhague, lorsqu'il avait réussi à photographier à l'aide d'une minuscule caméra dissimulée dans un paquet de cigarettes un célèbre terroriste irlandais au comptoir d'une pharmacie. Le soir même, pendant son sommeil à l'hôtel des Vikings, il avait entendu plusieurs coups de feu très proches et s'était jeté sous son lit. Lorsque le silence était revenu, il avait préféré ne pas bouger, guettant les premières lueurs de l'aube à travers les interstices du volet. Alors seulement il était sorti sur le balcon qu'il avait examiné centimètre par centimètre pour découvrir enfin deux trous minuscules dans le plâtre de la façade, peut-être des impacts de balles. Les règles exigeaient qu'il éclaircît la situation mais, son affaire étant terminée à Copenhague, il avait renoncé à réfléchir davantage et il avait fait sa valise avant de quitter promptement l'hôtel et la ville. Mû par une impulsion qu'il ne comprenait toujours pas aujourd'hui, il avait soigneusement rebouché avec du dentifrice les trous du mur sans savoir si c'était bien là des traces de projectiles ni même s'ils avaient un quelconque rapport avec les coups de feu qu'il avait cru entendre pendant la nuit et, si tel était le cas, en quoi cela le concernait. Après quoi, il fut pratiquement impossible de remarquer quoi que ce fût. Qu'y a-t-il ici ? se demanda-t-il en regardant la mer. Il ne vit rien. Qu'est-ce qui m'a fait courir pendant vingt-trois ans de square en square, d'hôtel en hôtel, d'aéroport en aéroport, dans le beuglement des trains de nuit, à travers des forêts et des tunnels, les phares jaunes de la locomotive griffant les champs d'ombre ? Pourquoi ai-je tant couru ? Pourquoi avoir rebouché les petits trous de ce mur et n'en avoir jamais soufflé mot à quiconque ? Un jour, elle était entrée dans la salle de bains à cinq heures du matin pendant que je me rasais, et m'avait murmuré : « Où cours-tu, Joël ? » Pourquoi lui avoir répondu laconiquement : « C'est le service,

Ivria », avant d'ajouter qu'une fois de plus il n'y avait pas d'eau chaude. Et elle, dans ses vêtements blancs, encore pieds nus, ses cheveux clairs retombant sur son épaule droite, avait hoché la tête quatre ou cinq fois, l'air songeur, m'avait traité de pauvre malheureux, puis elle était sortie.

Si dans un tel enchevêtrement, un homme veut démêler une fois pour toutes le présent du passé, le possible de l'illusion, ne doit-il pas faire halte et se mettre à l'écoute ? Qu'est-ce qui fait, par exemple, que la guitare d'un mort produit derrière la cloison les doux accords d'un violoncelle ? Quelle est la frontière entre la nostalgie et le mal lunatique astral ? Pourquoi son sang s'était-il glacé lorsque le patron avait prononcé le mot *Bangkok* ? Que voulait dire Ivria quand, à plusieurs reprises, elle avait murmuré, toujours dans l'obscurité et toujours de sa voix la plus calme et la plus profonde : « Je te comprends » ? Que s'était-il vraiment passé, de nombreuses années auparavant, auprès des vannes de Metulla ? Pourquoi l'avait-on trouvée dans les bras du voisin au milieu de la flaque dans la cour ? Netta avait-elle oui ou non un problème ? Si oui, lequel de nous deux le lui avait transmis ? Quand et comment avait commencé ma trahison, si tant est que ce mot eût un sens dans mon cas ? Ces choses n'étaient-elles pas inexplicables, à moins d'imaginer l'hypothèse selon laquelle dans chaque tourment agissait une perversion désintéressée, qui n'avait d'autre mobile ou but qu'une jouissance morbide, qui ne cessait de tout démonter avec des doigts d'horloger, et qui avait déjà brisé à mort l'un d'entre nous sans qu'on pût savoir quelle serait la prochaine victime ? Y avait-il un moyen de se défendre hormis l'éventualité d'une providence ou d'une miséricorde ? A moins qu'il ne fût préférable de prendre ses jambes à son cou ? Même si, par miracle, la bête torturée se libérait de ses attaches invisibles, la question demeurait : comment et où pouvait bondir un animal sans yeux ? Les lumières rouges et vertes d'un petit avion de reconnaissance, survolant à basse altitude en ronflant la ligne d'horizon, clignotèrent du sud vers le nord. Il était déjà loin à présent et seul le silence drapait la voiture dont les fenêtres s'étaient voilées de buée. On ne voyait plus rien. Le froid se faisait plus vif. La pluie promise n'allait pas tarder à tomber. Maintenant, je vais essuyer les vitres, chauffer un peu pour chasser la buée, faire demi-tour et prendre la route de Jérusalem. Pour plus de sécurité, je garerai la voiture dans la rue voisine et, profitant du brouillard et de l'obscurité, je monterai au deuxième étage sans allumer la lumière des escaliers. Avec un morceau de fil de fer recourbé et ce petit tournevis, je viendrai à bout de la serrure de la porte d'entrée sans faire de bruit. S'introduire ainsi, pieds nus et silencieux, dans son appartement de célibataire, surgir devant eux brusquement, sans perdre son sang-froid, le tournevis dans une main et le fil de fer recourbé dans l'autre et dire : « Pardon, ne vous dérangez pas, je ne suis pas venu vous faire une scène, mes batailles sont finies. Je veux seulement te demander de me rendre l'écharpe en tricot et *Mrs. Dalloway*. Je tâcherai de m'amender. J'ai d'ailleurs déjà commencé. Quant à M. Eviatar — bonjour, monsieur Eviatar — auriez-vous, s'il vous plaît, la bonté de nous jouer une de ces vieilles ballades russes que nous aimions tant lorsque nous étions enfants : *Nous avons perdu à jamais ce qui nous était cher* ? Merci. Nous nous en contenterons. Pardonnez mon intrusion. Je m'en vais tout de suite. Adieu ! *Prochtchaï.* »

Il rentra un peu après deux heures garant, comme d'habitude, la voiture en marche arrière, exactement au centre de l'auvent, le capot tourné vers la rue, prête à bondir sans perdre un instant. Puis il effectua un dernier tour d'inspection dans le jardin pour vérifier qu'on n'avait rien oublié sur la corde d'étendage. Croyant apercevoir une lueur faible et tremblotante dans l'appentis, il se rappela qu'avant de partir il avait laissé la torche allumée. Apparemment, la pile était en train d'agoniser. Au lieu d'introduire la clef dans la serrure de sa porte, comme il en avait l'intention, il l'enfonça par mégarde dans la serrure des voisins. Il s'escrima pendant quelques secondes, essayant successivement la douceur, la ruse ou la force jusqu'à ce qu'il comprît son erreur et rebroussât chemin. La porte s'ouvrit et Ralph rugit à trois reprises d'une voix d'ours endormi : « *Come in please ! Come in ! Come in !* Dans quel état tu es ! En premier lieu, un verre. Tu as l'air frigorifié et pâle comme la mort. »

XXXVII

Après lui avoir servi dans la cuisine un whisky puis un autre — pas de Dubonnet cette fois — sans soda ni glace, le géant au teint coloré qui rappelait le fermier hollandais d'une publicité pour cigares de luxe évita à Joël de chercher un prétexte, une excuse ou une explication. « *Never mind.* Peu importe ce qui t'amène chez nous au milieu de la nuit. Chacun a ses ennemis ou ses problèmes, n'est-ce pas ? Nous ne t'avons jamais demandé ce que tu faisais ni toi non plus d'ailleurs. Un jour peut-être toi et moi entreprendrons ensemble un chouette petit job. J'ai des propositions à te soumettre mais pas en pleine nuit. Nous en reparlerons quand tu voudras. Tu me trouveras alors à la hauteur de la situation, *dear friend.* Que puis-je t'offrir ? Un souper ? Une douche chaude ? Non ? En fait c'est l'heure d'aller dormir. »

Pris d'une brusque faiblesse, par fatigue ou distraction, il laissa Ralph l'entraîner vers la chambre à coucher. Dans la clarté sous-marine, opaque et verdâtre, il aperçut Ann-Mary qui dormait sur le dos comme un bébé, les bras le long du corps et les cheveux étalés sur l'oreiller. Elle pressait contre son visage une petite poupée de chiffon aux longs cils de fils de lin. Fasciné et las, debout près de l'étagère, Joël contemplait cette femme qui lui semblait plus innocente et émouvante que sensuelle. Il se sentait trop épuisé pour opposer la moindre résistance à Ralph qui s'était mis à le déshabiller avec des gestes paternels doux et fermes. Il déboucla sa ceinture, retira sa chemise de son pantalon dont il défit les boutons un à un avant de le débarrasser de son tricot de peau, il se pencha pour délacer ses chaussures, ôta les chaussettes que Joël lui tendait docilement l'une après l'autre puis, ouvrant sa braguette, il fit tomber à terre son pantalon et son slip et enfin, un bras entourant ses épaules à la manière d'un maître nageur entraînant vers l'eau un élève craintif, il le poussa vers le lit dont il écarta la couverture. Lorsque Joël à son tour s'allongea sur le dos, à côté d'Ann-Mary qui ne s'était pas réveillée, Vermont, les couvrant tous les deux avec une grande compassion, murmura : « *Good night!* » et s'éclipsa.

Joël se dressa sur un coude et examina le joli visage de bébé dans la faible lueur d'aquarium. Tendrement, amoureusement, il l'embrassa au coin des yeux sans presque la toucher de ses lèvres. A moitié endormie, elle l'enlaça, pétrissant sa nuque jusqu'à ce que ses cheveux se hérissent. Quand il ferma les yeux, résonna fugitivement quelque part en lui un signal d'alarme : « Attention, mon vieux! Ménage-toi une porte de sortie... » A quoi il répliqua aussitôt : « La mer ne va pas s'échapper. » Il s'appliqua à la contenter, la comblant comme s'il dorlotait une petite fille abandonnée, parvenant presque à s'abstraire de sa propre chair et y trouvant son propre plaisir. Il persévéra jusqu'à ce que ses yeux s'emplissent de larmes. Peut-être aussi parce que, sombrant dans le sommeil, il sentit ou devina que son frère arrangeait les couvertures sur eux.

XXXVIII

Il n'était pas cinq heures quand il s'éveilla. Il s'habilla en silence, songeant, Dieu seul savait pourquoi, à ce qu'il avait entendu dire un jour au voisin Itamar ou Eviatar au sujet des expressions bibliques *chébéchiflénou* et *namogou,* le premier sonnant polonais quand le second requérait un indéniable accent russe. Il ne put résister à la tentation de murmurer à voix basse, pour lui-même : *namogou, mouv'ak*[1], *chébéchiflénou.* Ann-Mary et son frère dormant toujours, l'une dans le grand lit, l'autre dans le fauteuil devant la télévision, Joël s'en alla sur la pointe des pieds sans les réveiller. La pluie pressentie était enfin arrivée, encore qu'il ne s'agît que d'une bruine grise dans l'obscurité de la ruelle. Des flaques de brume jaunâtre auréolaient les réverbères. *Ironside,* le chien du voisin, s'approcha pour flairer sa main, quémandant une caresse que Joël lui accorda, perdu dans ses pensées... Flirts... Crise... La mer... Ses désirs n'avaient pas été exaucés... Le vent a soufflé, on en n'est plus là... Et ils furent une seule chair...

Il y eut soudain une pâle éclaircie au moment où il ouvrait le portail du jardin. Dans le noir, les coups

1. *Mouv'ak :* en hb. « indéniable ».

d'épingle de la pluie brillaient d'une clarté trouble. Joël eut subitement l'impression que les gouttes ne descendaient plus sur le sol mais qu'elles en remontaient. Il bondit et s'agrippa à la fenêtre de la 2 CV à l'instant précis où le livreur l'entrouvrait pour lancer le journal. Comme l'homme, d'un certain âge, peut-être un retraité, avec un accent bulgare à couper au couteau, s'obstinait à rabâcher qu'on ne le payait pas pour sortir de son véhicule ni pour s'embêter avec des boîtes aux lettres et que, de toute façon, pour introduire le journal dans la boîte, il lui faudrait arrêter la voiture et laisser une vitesse enclenchée pour l'empêcher de dévaler la pente vu que le frein à main était mort, Joël sortit son porte-monnaie, lui fourra trente shekels dans la main et ajouta, mettant ainsi fin à la discussion : « A Pâque vous en aurez encore... »

Une fois dans la cuisine, tandis que, penché sur le quotidien, il se réchauffait les mains autour de la tasse de café qu'il venait de se verser, il pâlit en rapprochant l'entrefilet de la page deux de l'annonce de décès au sujet de laquelle le présentateur du bulletin d'informations avait fait une erreur la veille au soir. Le mystérieux accident n'avait pas eu lieu à Taïwan mais à Bangkok. La victime, dont la famille avait reçu un avis, n'était pas un homme d'affaires mais Yokneam Ostachinsky que certains avaient coutume d'appeler Cockney et que d'autres connaissaient sous le nom d'acrobate. Joel referma le journal, le plia en deux puis soigneusement en quatre et le laissa sur le coin de la table. Il porta la tasse de café dans l'évier, en jeta le contenu, la rinça, la nettoya puis il la rinça de nouveau. Ensuite il se lava les mains pour le cas où l'encre d'imprimerie les aurait maculées. Il essuya la tasse ainsi que la petite cuillère avant de les ranger à leur place respective. Quittant la cuisine, il se dirigea vers le salon sans savoir pourquoi. Il traversa le couloir, longea les portes fermées des chambres dans lesquelles dormaient sa mère et sa belle-mère ainsi que celle au lit conjugal puis s'arrêta devant le studio. Mais il eut peur de déranger. Ne sachant où aller, il entra dans la salle de bains et se rasa, constatant avec plaisir que, pour une fois, il y avait de l'eau chaude en abondance. Il se déshabilla, pénétra dans la cabine et prit une douche. Il se lava la tête et se savonna minutieusement une nouvelle fois des oreilles à la plante des pieds. A l'intérieur de l'anus, il s'introduisit même un doigt enduit de savon qu'il nettoya ensuite consciencieusement à plusieurs reprises. Il sortit, s'essuya et avant de s'habiller il plongea encore son doigt dans sa lotion après-rasage pour plus de sûreté. Il termina de se doucher à six heures dix et, jusqu'à six heures et demie, il s'affaira à préparer le petit déjeuner des trois femmes. Il retira la confiture et le miel du réfrigérateur, coupa du pain frais et composa une salade de crudités hachées menu, baignant dans l'huile, assaisonnées de fines herbes, de poivre noir et parsemées de petits cubes d'ail et d'oignon. Il remplit la cafetière électrique d'une mouture de première qualité puis disposa sur la table les assiettes, les couverts et les serviettes. Il tua le temps ainsi. Lorsque sa montre indiqua sept heures moins le quart, il téléphona à Krantz pour lui demander s'il pouvait, aujourd'hui encore, leur emprunter leur seconde voiture car Avigaïl risquait d'avoir besoin de la sienne pendant qu'il se rendrait en ville et probablement ailleurs. Krantz répondit aussitôt : « Il n'y a aucun problème ! » Il promit que sa femme et lui viendraient en cortège avec leurs deux véhicules d'ici une demi-heure. Ils lui laisseraient non pas la petite Fiat mais l'Audi bleue qui venait d'être réparée voici à peine deux jours et qui à présent était impeccable. Joël le remercia et le pria d'adresser ses amitiés à Odélia. Au moment de raccrocher, il se rappela que Lisa et

Avigaïl se trouvaient depuis l'avant-veille au festival d'hiver du Carmel et ne rentreraient que le lendemain. C'était inutilement qu'il avait dressé la table pour quatre et qu'il avait obligé les Krantz à venir. « Après tout », raisonna-t-il avec cette logique particulière aux obstinés, « je leur ai bien rendu un grand service hier, ils ne mourront pas s'ils m'en rendent un petit aujourd'hui ». Abandonnant le téléphone il retourna à la cuisine où il débarrassa les assiettes et les couverts à l'exception des siens et de ceux de sa fille. Netta se réveilla à sept heures, se leva, et apparut dans la cuisine vêtue non de son saroual et de sa tunique style toile de tente, mais en uniforme de lycéenne — jupe bleue et chemisier azur. Soudain Joël la trouva jolie, attirante, presque féminine. En partant elle demanda : « Qu'est-ce qui se passe ? » et lui, détestant mentir, se contenta de répondre en éludant la question : « Pas maintenant. Je t'en parlerai le moment venu. Apparemment, il me faudra également expliquer pour quelle raison Krantz et Odélia — les voici justement qui arrivent — m'apportent leur Audi alors que notre voiture marche parfaitement bien. C'est bien là le problème Netta : quand on commence les explications, c'est le signe que quelque chose est déjà foutu. Maintenant file ! Ne te mets pas en retard. Excuse-moi de ne pouvoir t'accompagner aujourd'hui, bien que j'aie deux voitures à ma disposition. »

Au moment où la porte se refermait sur sa fille que les Krantz eurent la gentillesse de déposer au lycée dans leur petite Fiat, Joël bondit sur le téléphone avec une telle précipitation qu'il se cogna le genou au tabouret du couloir. De colère il lui donna un coup de pied, le téléphone dégringola et tomba par terre en sonnant. Joël attrapa le combiné mais n'entendit rien, pas même la tonalité. Le choc avait apparemment détraqué l'appareil. Il tenta vainement de le réparer en lui assenant quelques claques. Comme il se ruait chez les Vermont, il se rappela qu'il avait lui-même installé un autre appareil dans la chambre d'Avigaïl afin que les grands-mères disposassent d'un poste indépendant. « Pardon ! Je t'expliquerai plus tard », marmonna-t-il à l'adresse de Ralph interdit sur le pas de sa porte avant de rebrousser chemin en courant vers la maison où il put enfin appeler le bureau. Il s'avéra qu'il s'était précipité pour rien. Tsipi, la secrétaire du patron, venait d'arriver à l'instant même. Deux minutes plus tôt il ne l'aurait pas trouvée. Elle avait toujours su qu'entre eux existait une sorte de télépathie. Et depuis son départ... Joël l'interrompit. Il devait voir son frère le plus rapidement possible. Aujourd'hui. Ce matin. « Attends un instant », répondit Tsipi. Il patienta au moins quatre minutes avant d'entendre de nouveau sa voix et encore dut-il la gronder pour qu'elle laissât tomber les excuses et qu'elle lui répétât ce qu'on lui avait dit. Le professeur avait dicté sa réponse à Tsipi en lui ordonnant de la rapporter textuellement à Joël sans y changer ni ajouter une virgule : « Il n'y a rien qui urge. Il sera difficile de te fixer un rendez-vous prochainement. »

Joël écouta et encaissa. Il demanda à Tsipi si la date de l'enterrement était déjà fixée. De nouveau Tsipi le pria d'attendre et cette fois il resta en ligne encore plus longtemps. Au moment où il se disposait à raccrocher brutalement, elle annonça : « Rien n'est encore décidé. » Insistant pour savoir quand il pourrait rappeler, il savait déjà qu'elle ne répondrait qu'après avoir pris des instructions. Le verdict finit par arriver : « Tu l'apprendras par la presse. »

Lorsqu'elle s'enquit sur un autre ton : « Quand est-ce qu'on te verra enfin ? », Joël marmonna d'une voix sourde : « Sous peu. » Sur ce, claudiquant à cause de son genou blessé, il prit l'Audi de Krantz et se rendit directement au bureau. Il abandonna même la vaisselle du petit déjeuner sans la laver ni l'essuyer. Il laissa tout en plan y compris les miettes sur la table de la cuisine à la surprise des deux ou trois oiseaux qui s'étaient habitués à les picorer quand Joël secouait la nappe sur la pelouse.

XXXIX

IL est en colère, prévint Tsipi, et encore le mot est faible. Il est... en deuil.

— Évidemment.

— Tu ne comprends pas. Il ne porte pas le deuil de l'acrobate mais le vôtre, à tous les deux. A ta place Joël, je ne serais pas venue aujourd'hui.

— Dis-moi. Qu'est-ce qui s'est passé là-bas à Bangkok ? Comment est-ce arrivé ? Je t'en prie, parle.

— Je ne sais pas.

— Tsipi !

— Je te répète que je ne sais pas.

— Il t'a ordonné de tenir ta langue, hein ?

— Je ne sais rien, Joël. Cesse de me harceler. Il n'y a pas que pour toi que c'est difficile.

— A qui en veut-il ? A moi ? A lui-même ? Aux salauds ?

— Si j'étais toi, je ne serais pas là en ce moment. Rentre chez toi. Écoute-moi, va-t'en.

— Il y a quelqu'un dans son bureau ?

— Il ne veut pas te voir. Et je suis polie.

— Préviens-le seulement que je suis là. Ou plutôt... Joël saisit l'épaule de Tsipi d'une main ferme... Attends, ce n'est pas la peine.

En deux enjambées il atteignit la porte capitonnée et

entra sans frapper. En la refermant derrière lui, il demanda comment c'était arrivé.

Le professeur, replet, soigné, l'air d'un homme cultivé et exigeant, les cheveux gris coupés avec soin, les ongles minutieusement manucurés, sa lotion après-rasage embaumant comme un parfum de femme, les joues roses et grasses, leva les yeux sur Joël. Ce dernier mit un point d'honneur à ne pas baisser les siens. A cet instant il remarqua que dans les prunelles étroites luisait une sorte de cruauté jaune de chat bien nourri.

— J'ai posé une question. Comment ça s'est passé ?

— Ce n'est pas ton affaire, répondit l'homme avec un accent français chantant que, cette fois, il choisit d'exagérer comme s'il se délectait de sa méchanceté.

— J'ai le droit de savoir, insista Joël.

— Vraiment, répliqua l'homme sans point d'interrogation et sans ironie.

— Écoute, ajouta Joël, j'ai une proposition à te faire.

— Vraiment, répéta l'homme. Ce n'est plus la peine, mon vieux. Tu ne sauras jamais ce qui s'est passé. J'y veillerai. Tu devras vivre avec.

— Mais pourquoi moi ? Tu n'avais qu'à ne pas l'envoyer là-bas.

— A ta place.

— Moi ! éructa Joël, luttant pour ravaler le mélange de chagrin et de colère qui montait en lui, moi je ne serais jamais tombé dans ce piège. Je n'ai jamais gobé toutes ces salades. Cette réédition-là, je n'y ai pas cru une seule seconde. A l'instant même où vous m'avez raconté que la fille exigeait que ce soit moi qui aille là-bas en vous abreuvant de détails sur mon compte, j'ai eu le pressentiment que ça sentait mauvais. Ce qui ne t'a pas empêché de l'envoyer.

— A ta place, répéta le patron cette fois-ci avec une lenteur particulière, détachant chaque syllabe comme s'il démontait les mots avec un tournevis. Mais maintenant... Comme un fait exprès, le téléphone carré de Bakélite désuet émit un crépitement rauque. Le professeur décrocha précautionneusement le combiné fêlé et articula : « Oui. » Dix minutes durant il écouta, immobile, renversé dans son fauteuil, sans dire un mot hormis un « oui » laconique qui, à deux reprises, ponctua le silence.

Joël s'approcha de l'unique fenêtre de laquelle on apercevait, enserrée entre deux hauts immeubles, une mer gris verdâtre, dense, presque solide. Il se rappela que, moins d'un an auparavant, il était encore transporté à l'idée d'hériter de ce bureau le jour où le professeur se retirerait dans son village de philosophes crudivoristes en haute Galilée. Il se plaisait alors à imaginer qu'il invitait Ivria sous prétexte de rajeunir la pièce, changer les meubles, redonner vie à ce triste réduit qu'envahissaient les signes d'usure. Il l'aurait fait asseoir ici, en face de lui, sur la chaise qu'il occupait un instant auparavant. Tel un enfant qui parviendrait enfin à étonner sa mère après de longues années de médiocrité. « Voilà, c'est de cette cellule monacale que ton époux règne sur le service que certains tiennent pour le plus efficace du monde. Le moment est enfin venu de remplacer cette table préhistorique avec ses deux armoires métalliques, et de se débarrasser de la table à café et de ses horribles fauteuils de rotin. Qu'en penses-tu, mon amour ? Et si à la place de ce vieux débris on installait un téléphone à touches et à mémoire ? On se débarrassera de ces vieux chiffons de rideaux. Conservera-t-on en souvenir *La Muraille de Jérusalem* de Litvinovsky et *La Ruelle de Safed* de Reuven ? Crois-tu qu'il vaille la peine de garder le tronc à aumônes du Fonds national avec sa devise : « Vous donnerez droit de rachat sur la terre » ainsi que la carte de Palestine de Dan à Beersheva parsemée çà et là des lopins de terre, pareils à des chiures de mouches, que les Juifs ont acquis jusqu'en quarante-sept ? « Que garderons-nous, Ivria ? Et à quoi renoncerons-nous pour toujours ? » Brusquement, tel un frémissement du bas-ventre annonciateur d'un regain de désir, il eut la certitude qu'il n'était pas trop tard, que la mort de l'acrobate le rapprochait de son but, que s'il le voulait, s'il s'organisait, s'il s'appliquait sans jamais relâcher sa vigilance à surveiller ses moindres gestes afin de ne pas commettre la plus petite erreur, il pourrait dans un an ou deux inviter Netta ici sous prétexte de lui demander conseil sur la rénovation du bureau — il la ferait asseoir en face de lui, de l'autre côté de la table, et lui expliquerait modestement : « En fait, tu sais, ton père est un veilleur de nuit en quelque sorte. »

En pensant à Netta, il eut la conviction brutale, aveuglante, qu'elle lui avait sauvé la vie. Que c'était elle qui lui avait défendu de partir à Bangkok bien que, secrètement, il en eût éprouvé le désir. Que, sans son obstination diffuse, sans son intuition capricieuse, sans l'acuité de ce sixième sens dû à son mal lunatique astral, il serait allongé à la place de Yokneam Ostachinsky dans un cercueil métallique plombé, probablement dans la soute du Jumbo de la Lufthansa qui, en ce moment même, faisait route dans la pénombre, dans le ciel du Pakistan ou du Kazakhstan, en provenance d'Extrême-Orient, en direction de Francfort et, de là, vers Lod puis vers ce cimetière rocailleux de Jérusalem, vers la voix enrhumée de Nakdimon Lublin qui nasillerait pour lui : *khir'outaiah, malkhoutaiah, bizman' kerab*. Grâce à Netta seule, ce voyage lui avait été épargné et il avait échappé aux liens séduisants qu'avait tissés cette femme et au destin que lui réservait l'homme rondelet, cruel, qui parfois, pour les contacts d'urgence, l'appelait son frère. Le voilà justement qui conclut : « Bien, merci », repose le combiné, se tourne vers Joël et reprend sa phrase exactement là où il l'avait interrompue dix minutes auparavant au moment où avait sonné son téléphone délabré :

— ... Mais maintenant c'est fini. Je te demande de t'en aller sur-le-champ.

— Une minute, objecta Joël en se passant selon son habitude un doigt entre son cou et le col de sa chemise, j'ai dit que j'avais une proposition à faire.

— Merci mais c'est trop tard.

Joël choisit de ne pas relever l'injure.

— Je me porte volontaire pour me rendre à Bangkok afin de clarifier ce qui s'est passé là-bas. Demain. Cette nuit.

— Merci. Nous avons déjà pris nos dispositions. Par-delà son accent qui s'était accusé, Joël crut déchiffrer une légère raillerie. Ou une colère contenue. Peut-être de l'impatience. Il prononça le mot « nous » avec une forte inflexion française, par coquetterie, comme pour imiter un nouvel immigrant. Puis se levant, il conclut :

— N'oublie pas de dire à ma petite Netta qu'elle m'appelle chez moi à propos de l'affaire dont je lui ai parlé.

— Attends, insista Joël, je voulais aussi que tu saches que je suis prêt, immédiatement, à reprendre un travail partiel. Peut-être un mi-temps. Au département d'analyse des opérations ou à la formation des élèves-officiers par exemple.

— Je viens de te le dire, mon vieux : nous avons déjà pris nos dispositions.

— Ou même aux archives. Ça m'est égal. Il me semble que je peux encore être utile.

Une fois sorti, alors qu'il venait de traverser le couloir dont les murs étaient enfin recouverts d'un isolant acoustique sur lequel on avait posé des lattes de plastique bon marché, imitation bois, Joël se souvint brusquement de la voix railleuse de l'acrobate qui lui avait dit peu de temps auparavant : « La curiosité est un vilain défaut. » Il entra résolument dans le bureau de Tsipi et, en lâchant un : « Laisse-moi faire, je t'expliquerai », il décrocha le combiné du téléphone intérieur et, d'une voix à peine audible, il demanda à l'homme de l'autre côté de la cloison : « Dis-moi, Jérémie, qu'est-ce que j'ai fait ? »

Patiemment, avec une lenteur didactique, l'homme remarqua : « C'est toi qui le demandes ? » puis, comme s'il dictait un texte à un greffier de tribunal, il poursuivit : « Puisque tu y tiens, je vais t'éclairer. Encore que tu connaisses déjà la réponse. Mon vieux, toi et moi, nous sommes des enfants rescapés. Des visages pâles diasporiques, pas des sabras. Ils ont risqué leur vie pour nous sauver des nazis. Ils nous ont fait entrer dans ce pays illégalement. Ils se sont battus parfois jusqu'à la mort pour nous offrir un État sur un plateau. Ils nous ont tirés de la fange pour nous faire, qui plus est, l'insigne honneur de nous laisser pénétrer dans le saint des saints. Cela nous lie quelque peu, non ? Et toi, quand nous avons eu besoin de toi, quand nous t'avons appelé, tu as pesé le pour et le contre : “ Qu'on envoie quelqu'un d'autre à ma place… ” “ Que l'un d'entre eux y aille… ” C'est ce qu'on a fait. Alors, maintenant, s'il te plaît, rentre chez toi et vis avec ça. Et évite de nous téléphoner trois fois par jour pour demander la date des obsèques. Le faire-part paraîtra dans les journaux. »

Joël retourna au parking en boitant à cause du coup qu'il avait reçu le matin lorsqu'il s'était cogné le genou contre le tabouret. Sans raison précise, un peu à la façon d'un enfant gâté, il était tenté d'exagérer sa claudication comme s'il s'agissait d'une sérieuse blessure. Ensuite, pendant vingt ou vingt-cinq minutes, il fit les cent pas, repassant deux ou trois fois devant chaque voiture, cherchant vainement la sienne. Il retourna au moins à quatre reprises à l'emplacement où était garé son véhicule sans comprendre ce qui arrivait. Jusqu'à ce que, saisi d'une illumination soudaine, il comprît qu'il n'était pas venu avec sa voiture mais avec l'Audi bleue de Krantz, laquelle se trouvait devant lui, exactement là où il l'avait laissée. Un agréable soleil hivernal réfléchissait une myriade de reflets éblouissants sur la vitre arrière. Et ce fut ainsi qu'il se résigna, avec plus ou moins de conviction, à considérer que ce chapitre était clos, qu'il n'entrerait plus jamais dans ce bâtiment vétuste, entouré d'une haute enceinte de pierre, dissimulé au milieu de cyprès touffus, et enserré entre de nombreux immeubles récents de béton et de verre plus hauts que lui. Après les vingt-trois années de service qu'il y avait accomplies, il regretta à cet instant précis d'avoir définitivement laissé passer l'occasion de vérifier par lui-même, une fois pour toutes, si quelqu'un glissait encore, de temps à autre, une pièce dans la fente du tronc à aumônes bleu du Fonds national juif dans le bureau du patron. Encore une question qui resterait sans réponse. Sur le trajet de retour, il pensa à l'acrobate, à Yokneam Ostachinsky, qui, en fait, ne ressemblait pas du tout à un acrobate. Plutôt à un vétéran du Mapaï, un ouvrier devenu, au fil des années, une sorte de chef de chantier chez *Solel-Boneh*. Un homme d'une soixantaine d'années, affublé d'une panse rebondie et boudinée. Un jour, sept ou huit ans plus tôt, il avait commis une fâcheuse erreur. Joël était parvenu à le sortir de l'impasse sans avoir à mentir. Il s'avéra, comme c'est souvent le cas lorsqu'on rend un service à ceux qui ne pourront jamais s'acquitter de leur dette, que, depuis lors, Ostachinsky nourrissait à l'égard de Joël une rancune amère et mesquine. C'était lui qui avait fait courir à son sujet le sobriquet de : « noble cœur arrogant qui se prend pour un prince du sang ». Pourtant, songea Joël coincé dans les embouteillages, si pour moi le mot « ami » a un sens alors il était mon ami. Lorsque Ivria était morte et que Joël, rappelé d'urgence de Helsinki, était arrivé à Jérusalem quelques heures à peine avant l'enterrement, toutes les dispositions étaient prises. Nakdimon Lublin avait nasillé qu'il n'y était pour rien. Deux jours plus tard Joël s'efforça de tirer au clair envers qui et de quoi il était redevable. Il consulta sans tarder les doubles des factures des Pompes funèbres et de la rubrique nécrologique du journal et, retrouvant partout le nom de Sacha Schein, il téléphona à l'acrobate pour lui demander à combien se chiffraient les dépenses. Montant sur ses grands chevaux, Ostachinsky lui avait répondu grossièrement : « Va te faire foutre. » Au milieu de la nuit, après une dispute, Ivria lui avait murmuré à deux ou trois reprises : « Je te comprends. » Qu'entendait-elle par là ? Qu'avait-elle compris ? Dans quelle mesure les secrets de chacun sont-ils identiques ou différents ? Joël savait qu'il n'y avait aucune façon de le découvrir. Encore que la question de percer ce que les gens connaissent les uns des autres, notamment les proches, lui eût toujours semblé une question importante, voire urgente, comme en ce moment. Elle se promenait toujours en chemisier et pantalon de coton blancs. L'hiver elle enfilait un pull-over, également blanc. Matelot que son navire aurait oublié à terre. Elle ne portait aucun bijou sauf son alliance que, mystérieusement, elle préférait mettre à l'auriculaire de la main droite. Il était impossible de l'ôter. Ses doigts fins étaient perpétuellement glacés. Joël languissait de leur caresse fraîche sur son dos nu. Il aimait parfois les réunir dans ses larges paumes laides, comme s'il réchauffait un oisillon gelé. Une seule et unique fois, l'automne précédent, sur le balcon de la cuisine à Jérusalem, elle lui avait confié : « Tu sais, ça ne va pas très bien. » Et quand il lui avait demandé où elle souffrait, elle avait essayé d'expliquer que c'était un malentendu, qu'il ne s'agissait pas de quelque chose de physique. Elle n'allait pas bien, voilà tout. Joël, qui attendait un coup de fil d'El Al, lui avait répliqué pour éluder, esquiver, endiguer ce qui risquait de dégénérer en une longue querelle : « Ça va passer, Ivria. Les choses vont s'arranger, tu verras. » S'il avait répondu à l'appel et s'était rendu à Bangkok, le patron et Ostachinsky auraient eu maintenant à s'occuper de sa mère, de sa fille et de sa belle-mère. Les trahisons qu'il avait pu commettre dans sa vie auraient été pardonnées, lavées, s'il était parti pour ne pas revenir. Dans la pratique, un handicapé de naissance sans bras ni jambes ne pouvait nuire. Et qui pourrait lui faire du mal ? Celui qui a perdu bras et jambes, on ne peut pas le mettre en croix. Apprendrait-il jamais ce qui s'était passé à Bangkok ? Peut-être un banal accident sur un passage clouté ? Ou dans un ascenseur ? Les musiciens de l'Orchestre philharmonique d'Israël sauraient-ils un jour que l'homme couché en ce moment dans le cercueil métallique plombé dans la soute obscure du Jumbo de la Lufthansa, au-dessus du Pakistan, était celui-là même qui, par son ingéniosité et son courage mais aussi pistolet au poing, les avait sauvés du massacre qu'on était sur le point de perpétrer contre eux, quelques années auparavant, à Melbourne, en plein concert ? A cet instant Joël ressentit, comme une onde de colère déferlante, la joie secrète qui l'inondait depuis le matin. Et alors ? Je les ai quittés. Ils désiraient ma mort et c'est eux qui sont morts. Il est mort ? Signe qu'il a échoué. Elle est morte ? Preuve qu'elle a perdu. C'est bien triste mais moi, je vis — donc j'ai raison.

Peut-être pas. Peut-être était-ce le salaire de la trahison, songea-t-il en sortant de la ville. Brusquement, s'élançant sur la bande d'arrêt d'urgence, dans une accélération brutale, il doubla par la droite une queue de quatre ou cinq voitures avant de se rabattre à dix centimètres du capot du premier véhicule de la file, à la seconde précise où le feu de signalisation changeait de couleur. Au lieu de poursuivre vers la maison, il prit la direction de Ramat-Gan, se gara à côté du centre commercial et pénétra dans un immense magasin de prêt-à-porter féminin. Après plus d'une heure d'hésitations, de comparaisons, de recherches et de subtiles réflexions, il en ressortit avec un élégant paquet contenant une robe canaille, presque osée, qu'il avait choisie pour sa fille car elle lui avait sauvé la vie. Il avait toujours eu un coup d'œil infaillible, un goût original et exquis en matière de vêtements féminins. Jamais il ne se trompait sur la taille, la mode, la qualité du tissu, la couleur ou la coupe. Dans l'autre main, il portait un grand sac en papier où se trouvaient, emballés séparément, un foulard pour sa mère, une ceinture pour sa belle-mère, un joli châle pour Odélia Krantz, une chemise de nuit pour Ann-Mary et six mouchoirs de soie, très chers, pour Ralph. Il y avait aussi une boîte entourée d'un ruban renfermant une jolie veste qu'il voulait offrir à Tsipi en cadeau d'adieu. Cela ne se faisait pas de disparaître sans un geste, après ces longues années. Encore que, après tout, quelle importance ? Ne pouvait-il s'évanouir sans laisser de trace ?

XL

Ça va pas ! s'exclama Netta. Jamais de la vie je ne porterai ça. Donne-la à la femme de ménage, elle est à peu près de ma taille. Si tu préfères, je le ferai moi-même.

— D'accord. Si tu veux. Mais essaye-la avant.

Netta sortit pour reparaître vêtue de la nouvelle robe qui adoucissait, comme par enchantement, les angles de son corps, lui conférant une taille plus élancée.

— Dis-moi, c'est vraiment ce que tu voulais que je porte sans oser me le demander ?

— Qu'est-ce qui te fait croire que « je n'osais pas » ? répondit Joël en souriant. N'est-ce pas moi qui l'ai choisie ?

— Qu'est-ce que tu t'es fait au genou ?

— Rien, j'ai reçu un coup.

— Tu veux me montrer ?

— Pour quoi faire ?

— Pour mettre un bandage, pardi !

— Laisse. Ce n'est rien. Ça passera.

Elle disparut et revint au salon affublée de ses vieux vêtements. Durant les semaines qui suivirent, elle ne remit plus jamais la robe sexy. Elle ne la donna pourtant pas à la femme de ménage ainsi qu'elle avait promis de le faire. En son absence, Joël s'introduisait parfois, furtivement, dans la chambre au grand lit pour vérifier si la robe était toujours accrochée à sa place dans la penderie. Il y voyait une relative victoire. Un soir, Netta lui glissa dans la main un recueil de Yaïr Hurvitz qui avait pour titre : *Les Liaisons torturées*. A la page quarante-sept, il tomba sur le poème intitulé : « Responsabilité » et dit à sa fille : « C'est beau. Mais je ne suis pas sûr que ce que je crois avoir compris est ce qu'a voulu exprimer le poète. »

Il ne mit plus les pieds à Tel-Aviv. Pas une seule fois jusqu'à la fin de l'hiver. Parfois, la nuit, il se plantait devant la barrière du verger, au bout de la ruelle en pente, humant le parfum de la terre humide et des arbres au lourd feuillage. Il contemplait au loin le scintillement tremblotant des lumières au-dessus de la ville — un rayonnement tantôt bleuâtre et brillant, tantôt orange ou jaunâtre, parfois rouge-pourpre, comparable à la couleur maladive, toxique, qui accompagne la combustion de produits chimiques.

A cette époque, il cessa également ses expéditions nocturnes au pied du Carmel, au monastère des trappistes de Latroun, entre la plaine côtière et les collines de Rosh Haayin. Il n'occupait plus les heures du petit matin à discuter avec les Arabes veilleurs de nuit dans les stations-service. Il ne passait plus, roulant au pas, devant les prostituées au bord de la route. Il ne visitait plus l'appentis dans le noir. Par contre, toutes les trois ou quatre nuits, il se retrouvait devant la porte des voisins à qui, depuis quelque temps, il apportait une bouteille de whisky ou une liqueur de qualité, veillant scrupuleusement à rentrer avant le lever du jour. A plusieurs reprises il eut l'occasion de faciliter la tâche du vieux Bulgare, le livreur de journaux — il lui prenait le journal des mains par la fenêtre de l'antique 2 CV, lui épargnant ainsi la peine de s'arrêter, d'éteindre le moteur, de laisser la voiture en prise et d'en descendre afin d'introduire le quotidien dans la boîte aux lettres. A diverses occasions, Ralph l'encouragea : « Nous ne te forçons pas. Prends ton temps. » Joël haussait les épaules sans mot dire.

Un jour, Ann-Mary lui demanda à brûle-pourpoint :

— Qu'est-ce qu'elle a ta fille ?

Joël réfléchit une minute avant de répondre :

— Je ne suis pas sûr d'avoir compris la question.

— Voilà. Vous êtes toujours ensemble mais je ne vous ai jamais vus vous toucher.

— Oui, peut-être.

— Tu ne me raconteras donc jamais rien ? Qu'est-ce que je suis pour toi ? Un petit chat ?

— Ça va s'arranger, éluda-t-il distraitement.

Il alla se servir à boire. Qu'y avait-il à expliquer ? J'ai tué ma femme parce qu'elle avait tenté de tuer notre fille qui avait essayé de supprimer ses parents ? Pourtant entre nous trois régnait un amour impossible, comme il est écrit : « Loin de toi, vers toi, je fuirai. »

— Nous en reparlerons à l'occasion, conclut-il. Il finit son verre et ferma les yeux.

Entre Ann-Mary et lui s'approfondissait une complicité physique délicate et précise, pareille à celle d'un vieux couple de joueurs de double au tennis. Depuis peu il avait renoncé à sa façon habituelle de lui faire l'amour comme s'il la comblait de présents en s'abstrayant de son propre corps. Il commençait lentement à lui faire confiance et à lui révéler, par de discrètes allusions, ses points sensibles. Il lui dévoilait les secrètes attentes que, durant toutes ces années, il ne s'était jamais hasardé à demander à Ivria ni à imposer aux femmes de passage. Les yeux clos, Ann-Mary se concentrait, recueillait chaque son, chaque note puis, s'inclinant, elle lui jouait une mélodie qu'il n'avait jamais soupçonné désirer si fort. Parfois elle ne paraissait plus s'unir à lui mais le porter en elle et le mettre au monde. A l'instant où ils finissaient, Ralph se penchait sur eux, tel un ours débordant d'allégresse et de bonté ou tel un entraîneur dont l'équipe vient de remporter la victoire. Il offrait à Joël et à sa sœur un verre de punch chaud parfumé à la cannelle, leur présentait une serviette, remplaçait le disque de Brahms par un autre de country music paisible, réduisait la lumière d'aquarium et s'éclipsait en murmurant : *Good night*.

Joël acheta à la pépinière Bardugo des bulbes de glaïeuls, de dahlias et de gerberas ainsi que quatre pieds de vigne qu'il planta en prévision du printemps. Il prit également six grandes jarres d'argile et trois sacs de compost. Il renonça à pousser jusqu'à Kalkilya. Il installa les jarres dans un coin du jardin où il repiqua des géraniums de différentes nuances qui, l'été venu, déborderaient dans un incendie de couleurs. Début février, il se rendit, en compagnie d'Arik Krantz et de son fils Doubi, dans un magasin de bricolage du centre commercial du quartier pour acheter quelques planches équarries, de longues vis, des crochets métalliques et des équerres d'angle. En dix jours, avec l'aide enthousiaste d'Arik et de Doubi Krantz mais aussi — à sa grande surprise — avec la participation de Netta, il remplaça l'auvent de tôle en tubes métalliques, sous lequel il garait la voiture, par une superbe pergola de bois qu'il enduisit de deux couches de laque marron résistante aux intempéries, et au pied de laquelle il planta les quatre plants de vigne pour en faire une tonnelle. Quand, dans le journal, il tomba sur le faire-part des obsèques de son ami au cimetière de Pardes Hanna, il décida de rester à la maison. Par contre, le jour anniversaire de la mort d'Ivria, le seize février, en compagnie de sa mère et de sa belle-mère, il assista à la cérémonie qui eut lieu à Jérusalem. Une fois de plus, Netta refusa de se joindre à eux.

Lorsque, de sa voix enchifrenée, Nakdimon nasilla sa

version erronée du *kaddisch,* Joël se pencha vers sa mère et lui demanda, d'une voix étouffée, si elle ne trouvait pas que ses lunettes lui donnaient l'air d'un cheval, d'un cheval intelligent et pieux. Lisa répliqua dans un chuchotement irrité : « Quelle honte ! Devant la tombe ! Vous l'avez déjà oubliée ! » Avigaïl, très droite, altière, enveloppée dans une mantille espagnole de dentelle noire qui lui couvrait la tête et les épaules, leur intima d'un geste de se taire. Joël et sa mère obéirent aussitôt.

Le soir venu, tout le monde, y compris Nakdimon Lublin et deux de ses fils, s'en retourna à Ramat-Lotan. Netta, avec l'aide de Ralph et d'Ann-Mary, avait, pour la première fois depuis leur arrivée, ouvert la table espagnole de la salle à manger et ajouté les rallonges. Elle avait eu le temps durant la journée de préparer un repas pour dix personnes avec une nappe rouge et des bougies. Elle avait confectionné des schnitzels de dinde épicés accompagnés de légumes sautés, de riz à la vapeur, de champignons ainsi qu'une sorte de gaspacho très relevé, servi dans de grands verres ornés d'une rondelle de citron disposée sur le rebord. C'était la spécialité que sa mère avait l'habitude de présenter pour étonner les invités, les rares fois où il en venait à la maison. Après mûre réflexion, Netta avait judicieusement fixé la place de chacun : Ann-Mary à côté de Krantz, les fils de Nakdimon entre Lisa et Ralph, Avigaïl à côté de Doubi Krantz et aux deux bouts de la table, Joël et Nakdimon.

XLI

Le lendemain, le dix-sept février, fut un jour gris et l'air semblait figé. Mais la pluie ne tomba pas, le vent ne souffla pas. Après avoir accompagné Netta à l'école et sa mère à la bibliothèque, il s'arrêta dans une station-service, fit le plein et continua à rajouter de l'essence après le débrayage automatique de la pompe jusqu'au moment où le réservoir fut rempli à ras bord, puis il vérifia l'huile, l'eau du radiateur ainsi que la pression des pneus. A son retour, il s'attaqua au jardin. Comme prévu, il tailla les rosiers et épandit de l'engrais organique sur les pelouses jaunies par les pluies d'hiver et le gel. Ensuite, il prépara du compost en mélangeant du fumier aux feuilles mortes qui avaient pourri au pied des arbres, et l'enterra à l'aide d'une fourche et d'un râteau. Il reconstitua les cuvettes d'arrosage et incliné, presque prosterné, sarcla à la main les plates-bandes de fleurs qu'il débarrassa des premières touffes de chiendent, d'oxalis et de liseron qui commençaient à poindre. Ce fut dans cette position que, sans pouvoir distinguer le visage, il aperçut sur le seuil de la cuisine la robe de chambre de flanelle bleue qu'elle portait et il se raidit immédiatement comme sous l'effet d'un coup de poing en pleine poitrine ou d'un spasme abdominal. En un éclair, ses doigts se durcirent puis, se reprenant, il s'efforça de contenir sa colère et cria :

— Que se passe-t-il, Avigaïl ?

— Je t'ai fait peur ? répondit-elle en éclatant de rire. Regarde la tête que tu fais. On croirait que tu vas étriper quelqu'un. Il n'y a rien, je suis juste venue te demander si tu voulais ton café dehors ou si tu penses rentrer ?

— Non. J'arrive.

Changeant d'avis, il ajouta :

— Ou plutôt si, apporte-le ici pour qu'il ne refroidisse pas.

Sur un autre ton, il reprit :

— Jamais plus, tu entends ? Ne remets jamais plus ses vêtements !

Le visage de paysanne slave d'Avigaïl, large, clair et paisible rougit subitement.

— Ce ne sont pas ses vêtements, c'est une robe de chambre qu'elle m'a donnée il y a cinq ans parce que tu lui en avais acheté une nouvelle à Londres.

Joël savait qu'il devait s'excuser. N'avait-il pas insisté l'avant-veille pour que Netta porte le bel imperméable qu'il avait ramené de Stockholm pour Ivria ? Pourtant la colère, ou l'irritation d'avoir perdu son calme, le poussa au contraire à maugréer amèrement avec une nuance de menace :

— Ça ne change rien. Je ne supporterai pas de tels agissements chez moi.

— Chez toi ?! s'étonna Avigaïl de son air de directrice d'école bienveillante.

— Chez moi, répéta froidement Joël en essuyant sur son jean la terre humide qui lui collait aux doigts. Ici, chez moi, tu ne te promèneras pas dans ses affaires.

— Joël, reprit Avigaïl tristement, tu veux m'écouter une minute ? Je commence à croire que ton cas est aussi grave que celui de ta mère. Ou de Netta. Pire même car toi, tu es tout à fait capable de dissimuler ta détresse. A mon avis, tu as vraiment besoin de...

— Bon. Ça suffit pour aujourd'hui. Il vient ce café oui ou non ? J'aurais dû aller me le faire moi-même au lieu de demander un service. Bientôt il faudra faire appel aux commandos antiterroristes.

— Tu sais parfaitement les relations qu'il y a entre ta mère et moi. Mais quand je vois...

— Avigaïl ! Le café !

— J'ai compris. Elle rentra pour ressortir presque aussitôt avec une tasse de café et une assiette sur laquelle était disposé un pamplemousse épluché et coupé en quartiers figurant un chrysanthème ouvert.

— D'accord. Les paroles te font mal, Joël. J'aurais dû m'en rendre compte toute seule. Apparemment chacun vit son chagrin à sa manière. Je te demande pardon si, à Dieu ne plaise, je t'ai blessé.

— N'en parlons plus.

La façon dont elle venait de prononcer « apparemment » avec son épouvantable accent emplit Joël d'une brusque haine. Bien qu'il s'efforçât de penser à autre chose, l'image de l'agent de police Sha'altiel Lublin s'imposa à lui, avec sa moustache de phoque, son bon cœur grossier, sa générosité pesante, ses blagues obscènes et scatologiques, son sempiternel discours, brûlé par la cigarette, sur la tyrannie du pénis ou l'universelle similitude des secrets humains. Subitement, il comprit que l'aversion qu'il ressentait n'était dirigée ni contre Lublin ni contre Avigaïl mais contre le souvenir de sa femme, la froideur de son silence et ses vêtements blancs. Il se força à avaler deux gorgées de café comme s'il absorbait de l'eau croupie puis, sans un mot, il tendit la tasse à Avigaïl ainsi que la fleur de pamplemousse et se remit à scruter, avec des yeux de rapace, la plate-bande qu'il venait de nettoyer à la recherche d'un soupçon de mauvaise herbe. Il décida de chausser ses lunettes à monture noire. Quand il rentra dans la cuisine quelque vingt minutes plus tard, il trouva Avigaïl assise, raide, figée, les épaules enveloppées dans sa mantille de veuve espagnole, pareille à la mère éplorée des timbres-poste. Elle contemplait fixement par la fenêtre le coin de jardin où il travaillait à l'instant. Instinctivement le regard de Joël se porta dans cette direction mais il ne vit rien.

— Voilà. Je suis venu te présenter mes excuses. Je n'ai pas voulu t'offenser.

Sur ces mots, il prit la voiture et se rendit une nouvelle fois à la pépinière Bardugo.

Que pouvait-il faire en ces derniers jours de février ? Netta avait été convoquée à deux reprises, à une semaine d'intervalle, au centre de recrutement, et il n'y avait plus qu'à attendre les résultats de la visite médicale. Chaque matin il l'accompagnait à l'école. Toujours au dernier moment. Ou en retard. Mais ce fut Doubi, l'un des fils de Krantz, un jeune homme frisé et maigre, qui vint la chercher pour la conduire au bureau de conscription. Il rappelait à Joël un jeune vendeur de journaux yéménite du temps des camps de transit et des restrictions. Il s'avéra que c'était son père qui, chaque fois, l'avait envoyé en lui recommandant apparemment d'attendre Netta jusqu'à la fin des entretiens puis de la ramener dans la petite Fiat.

— Dis-moi, demanda Joël à Doubi. Est-ce que, par hasard, tu collectionnerais aussi les chardons et les partitions ?

— Pas encore, déclara tranquillement le jeune homme ignorant totalement la plaisanterie, ou incapable de la déceler.

En dehors de Netta qu'il emmenait à l'école, Joël escortait sa mère lors de ses visites de routine à la clinique privée du docteur Litvin, dans un quartier limitrophe de Ramat-Lotan. Au cours de l'un de ces trajets, elle lui demanda à brûle-pourpoint si son histoire avec la sœur du voisin était sérieuse. Joël, sans prendre le temps de réfléchir, lui répondit en reprenant les mots du fils Krantz lorsqu'il l'avait taquiné un peu auparavant. Souvent, au milieu de la matinée, il allait passer une heure ou deux à la pépinière Bardugo. Il acheta des bacs, des pots de différentes tailles en terre cuite ou en synthétique, deux sortes de terreau enrichi, un motoculteur et un pulvérisateur. La maison se remplit de fleurs. Plus particulièrement de fougères qui envahirent les plafonds ou le linteau des portes. Pour les suspendre, il eut largement recours à la perceuse électrique munie de sa rallonge. Un jour, alors qu'il revenait de la pépinière à onze heures et demie, la voiture pareille à une jungle à roulettes, il aperçut la femme de ménage philippine des voisins au bas de la rue, poussant son caddie plein à craquer dans la côte, à environ un quart d'heure de marche de chez elle. Il s'arrêta et l'obligea à monter. En dehors des inévitables formules de politesse, il ne réussit pas à lier conversation avec elle. Par la suite, il la guetta à plusieurs reprises, embusqué derrière son volant au bout de l'aire de stationnement du supermarché, dissimulé derrière ses nouvelles lunettes de soleil. Lorsqu'elle sortait avec sa poussette, il démarrait en trombe pour l'intercepter. Elle connaissait un peu d'hébreu et un peu d'anglais mais, la plupart du temps, elle ne répondait que par trois ou quatre mots. Spontanément, Joël se proposa d'améliorer le caddie : il promit de remplacer les bruyantes jantes métalliques par des roulettes en caoutchouc qu'il acheta à la droguerie du centre commercial. Mais il n'osa jamais sonner à la porte des étrangers chez qui travaillait la jeune femme et, les fois où il réussissait à la kidnapper à la sortie du supermarché pour la raccompagner chez elle, il ne pouvait décemment pas s'arrêter, au beau milieu du chemin, vider la poussette, la retourner et changer les roues. De sorte que Joël ne tint pas sa promesse et fit comme s'il n'en avait jamais parlé. Il cacha les roulettes dans un recoin obscur de l'appentis du jardin, lui qui, durant toutes ses années de service, avait toujours scrupuleusement veillé à tenir parole. Excepté peut-être lors de son ultime mission, quand on l'avait rappelé précipitamment de Helsinki et qu'il n'avait pas eu le temps de rappeler l'ingénieur tunisien. Ce fut alors qu'il s'aperçut à sa grande surprise que, en dépit du fait que plus d'un an s'était écoulé depuis le jour où lui était apparu l'invalide, le numéro de téléphone de l'ingénieur était resté gravé dans sa mémoire.

Ce soir-là, après le départ des femmes, il resta seul au salon pour regarder les informations de minuit jusqu'à ce que l'écran se couvrît de neige. Brusquement, il dut se faire violence pour résister à la tentation de composer le numéro. Comment quelqu'un, privé de ses membres, pourrait-il décrocher le combiné ? Et que pourrait-il lui dire ? Ou lui demander ? En se levant pour éteindre la télévision floconneuse, il prit conscience que, puisque le mois de février avait pris fin la veille, c'était aujourd'hui l'anniversaire de son mariage. Il saisit la grosse torche et sortit dans l'obscurité pour vérifier à la lumière de la lampe comment se portait chaque plant.

Une nuit, alors qu'il buvait un verre de punch fumant après avoir fait l'amour, Ralph lui avait demandé s'il pouvait lui proposer un prêt. Croyant qu'il lui demandait de l'argent, Joël s'enquit du montant de la somme. « Environ vingt ou trente mille... », avait précisé Ralph avant que Joël ne comprît qu'on ne le sollicitait nullement mais qu'au contraire on lui faisait une offre. Comme il s'en étonnait, Ralph poursuivit :

— Quand tu voudras, tu seras le bienvenu. Personne ne te presse.

— Je ne suis pas d'accord, intervint Ann-Mary en serrant les pans de son kimono rouge sur son corps menu. Il n'y aura rien avant que nous ne sachions où nous en sommes.

— Qu'entends-tu par là ?

— Je veux dire qu'il faut que chacun mette un peu d'ordre dans sa vie.

Joël la regarda. Ralph se taisait. Une sorte d'instinct vital, puissant et diffus, alerta brusquement Joël. Il devait couper court immédiatement. Changer de sujet de conversation. Regarder sa montre et prendre congé. Ou se joindre aux sarcasmes de Ralph pour tourner en dérision ce qu'elle venait de déclarer et ce qu'elle était sur le point d'ajouter.

— Qui se souvient du jeu des chaises musicales ? lança-t-elle en éclatant de rire.

— Ça suffit ! trancha Ralph comme si, pressentant l'inquiétude de Joël, il était sur le point de la partager.

— Prenons un exemple : de l'autre côté de la rue, habite un homme d'un certain âge. Ta mère et lui parlent roumain pendant des heures de part et d'autre de la barrière. Lui aussi est seul. Pourquoi n'irait-elle pas vivre avec lui ?

— Et alors ?

— Alors, Ralph pourrait se mettre avec la deuxième mère qui habite chez vous. Au moins à l'essai. Et toi tu viendrais t'installer ici ? Qu'en dis-tu ?

— Elle se croit dans l'Arche de Noé, commenta Ralph. Elle range tout le monde par paire. Qu'est-ce qui t'arrive ? Le déluge approche ?

— Tu as oublié la petite, ajouta Joël en s'efforçant de dissimuler son irritation et de jouer le jeu. Où placera-t-on Netta dans ton Arche de Noé ? Puis-je avoir un autre punch ?

— Netta ? reprit Ann-Mary d'une voix si faible que Joël eut le plus grand mal à comprendre ses paroles et qu'il faillit presque ne pas remarquer les larmes qui mouillaient ses yeux. Netta est une jeune femme. Jusqu'à quand continueras-tu à la traiter comme une enfant ? Je pense que tu n'as jamais compris ce qu'est une femme. Tu n'as pas la moindre idée de ce que ce mot signifie. Laisse-moi parler Ralph ! Toi non plus tu ne l'as jamais su. Comment dit-on… ah oui ! un rôle. Je n'aime pas beaucoup ce mot. En d'autres termes, je pense que c'est vous, les hommes, qui distribuez les rôles. Soit que vous nous confiniez dans le rôle d'un bébé, soit que vous jouiez vous-mêmes au bébé. *Baby, baby,* c'est très joli, *sweet, but we must kill the baby.* Moi aussi, je prendrai bien encore un peu de punch.

XLII

Les jours suivants, Joël repensa à la proposition de Ralph, surtout quand il devint clair qu'un nouveau front opposait sa mère et lui contre sa belle-mère et Netta qui, elles, étaient pour la location de la chambre en ville, rue Charles-Netter. Avant même les épreuves du bac qui approchaient. Le 10 mars, Netta reçut un imprimé émanant de l'Information militaire l'avisant qu'elle serait enrôlée d'ici sept mois environ, le 20 octobre. Joël en conclut qu'elle n'avait rien dit aux médecins du bureau de recrutement ou que, si elle l'avait fait, les examens s'étaient révélés négatifs. Il se demandait parfois si son propre silence n'était pas irresponsable. N'était-ce pas, indubitablement, son devoir de parent unique de les contacter de sa propre initiative pour les informer des diagnostics des médecins de Jérusalem ? D'un autre côté en avait-il le droit ? Ne serait-ce pas là une mauvaise action, qui plus est absurde, d'entreprendre pareille démarche dans son dos au risque de la marquer pour la vie du sceau d'un mal lié à toutes sortes de superstitions ? De plus, le problème de Netta ne s'était pas une seule fois manifesté à l'extérieur. Jamais. En outre, depuis la mort d'Ivria il n'y avait eu qu'un seul et unique incident et encore était-il déjà ancien. Il datait de la fin août et récemment il n'y avait eu aucune alerte. D'ailleurs, à propos de la crise du mois d'août subsistait une certaine ambiguïté. Pourquoi ne pas aller faire un tour rue Charles-Netter ? Il pourrait examiner soigneusement la chambre d'où on lui garantissait une vue sur la mer, se renseigner sur les voisins, mener une discrète enquête sur la camarade de classe qui devait partager l'appartement, la fameuse Adva, et s'il s'avérait que la situation était nette, il lui donnerait cent vingt dollars par mois ou un peu plus. Le soir, il y ferait un saut pour prendre une tasse de café et pourrait s'assurer quotidiennement que tout allait bien. Et si le patron avait réellement l'intention de lui proposer un job au bureau ? Un quelconque emploi de secrétariat ? Il lui serait toujours possible d'opposer son veto et de contrecarrer les ruses du professeur. Encore que, en y réfléchissant bien, pourquoi le lui interdire ? De cette façon il s'épargnerait le tracas de faire jouer ses anciennes relations pour la faire réformer, et il n'aurait pas à arguer de raisons de santé qui risquaient de lui coller l'étiquette de « la fille qui n'a pas fait son service militaire ». Le patron pourrait sans difficulté faire passer ses occupations au bureau pour une forme de service militaire. Et puis, il ne lui serait pas désagréable, grâce à quelques manipulations subtiles, de sauver Netta à la fois de l'armée et du stigmate dont Ivria, dans sa folie, l'accusait parfois de vouloir délibérément marquer sa fille. Enfin, son revirement dans la polémique concernant la chambre entraînerait probablement une modification du rapport de forces à la maison. Mais, il se doutait bien que, aussitôt Netta de son côté, l'alliance se rétablirait entre les deux aïeules. Par contre, s'il parvenait à mettre Avigaïl dans son camp, sa mère et sa fille se retrancheraient dans l'opposition. Dès lors, à quoi bon se fatiguer ? Il décida donc de s'abstenir de toute initiative sur les deux fronts. A l'évidence, il n'y avait pas le feu, demain serait un autre jour et la mer n'allait pas s'échapper... Faute de mieux, il entreprit de réparer l'aspirateur de M. Kramer et, pratiquement deux jours durant, il aida la femme de ménage à traquer dans les derniers recoins le moindre grain de poussière suivant les habitudes d'autrefois, à Jérusalem, à l'approche de la fête de Pâque. Lorsque le téléphone sonna, Joël était tellement absorbé par cette tâche qu'il répliqua sèchement à Doubi Krantz, qui demandait simplement à quelle heure Netta rentrerait, qu'on procédait en ce moment à un nettoyage à fond, et qu'il était prié de rappeler plus tard. Il se prit à examiner l'offre de Ralph — un placement discret dans un consortium canadien qui doublerait son capital en huit ou dix mois — au regard des autres projets qu'on lui avait soumis : les allusions fréquentes de sa mère, par exemple, au sujet de la rondelette somme d'argent qu'elle avait mise en réserve pour l'aider à démarrer dans le monde des affaires ; les monts et merveilles que lui faisait miroiter son ancien collègue si seulement il daignait s'associer avec lui pour monter une agence de détective privé ; l'insistance d'Arik Krantz pour qu'il partageât sa nouvelle aventure : il assurait deux fois par semaine, en blouse blanche, une garde de nuit de quatre heures dans un hôpital en qualité de garçon de salle bénévole. A l'en croire, il avait obtenu les faveurs d'une infirmière prénommée Greta, et avait repéré deux autres volontaires, Christina et Iris, entre lesquelles Joël n'aurait que l'embarras du choix à moins qu'il ne préférât prendre les deux. Mais les monts et merveilles le laissaient froid, de même que les placements mirifiques et les pulpeuses bénévoles de Krantz. Cette vision ne lui inspira pas le moindre frisson d'excitation mais le sentiment confus et persistant que plus rien ne se passait à l'état de veille : il déambulait, pensait, bichonnait la maison, le jardin et la voiture, faisait l'amour avec Ann-Mary, se démenait entre la maison, la pépinière et le centre commercial, nettoyait les vitres en prévision de la fête de Pâque, terminait la biographie du chef d'état-major, Elazar, en dormant. S'il voulait conserver une chance de déchiffrer quelque chose ou, au moins, de formuler une question cohérente, il lui fallait émerger du brouillard. Se réveiller à tout prix. Même au prix d'un drame. Quelque chose devait déchirer d'un coup de poignard la membrane molle et grasse qui l'enveloppait de tous côtés comme une matrice.

Il lui arrivait de se rappeler les instants d'intense acuité lorsqu'il était en service. Il flânait dans les rues d'une ville étrangère comme s'il se glissait dans le trou d'une lame de rasoir, tous ses sens en éveil tel un prédateur ou après l'amour. Les choses les plus simples, ordinaires, banales, lui livraient alors des bribes de secrets. Le reflet de la lumière du soir dans une flaque d'eau. Les boutons de manchette d'un passant. Les dessous provocants dessinés sous la robe d'été d'une inconnue dans la rue. Il pouvait parfois anticiper les choses quelques secondes avant qu'elles ne se produisent : une bourrasque de vent, la direction que prendrait le chat en bondissant de la barrière où il s'était tapi, la certitude que l'homme qui marchait devant lui allait s'arrêter, se frapper le front et rebrousser chemin. Ses antennes, si sensibles autrefois, s'étaient émoussées. Le temps s'était ralenti. Il lui semblait qu'une vitre s'était brouillée et qu'il n'avait aucun moyen de savoir si elle était de l'intérieur, de l'extérieur ou pire encore si ce n'était pas le verre lui-même qui sécrétait ce liquide laiteux et trouble. S'il ne se réveillait pas sur-le-champ pour la briser, le brouillard augmenterait, la torpeur deviendrait plus profonde, le souvenir des instants de lucidité s'estomperait et il mourrait inconscient, pareil à un vagabond qui s'endort dans la neige.

Chez l'opticien du centre commercial, il acheta une forte loupe et, un matin qu'il était seul à la maison, il étudia enfin le point bizarre près du porche de l'un des monastères romans de la photo d'Ivria. Il consacra un long moment à ses investigations, s'aidant d'une grosse lampe, de ses lunettes ainsi que de celles de médecin de campagne et de la loupe qu'il venait d'acquérir, tantôt sous un angle, tantôt sous un autre. Il continua ainsi jusqu'à ce qu'il inclinât à penser qu'il ne s'agissait ni d'un objet abandonné ni d'un oiseau égaré, mais d'une sorte de défaut du film lui-même. Peut-être une petite entaille qui se serait produite au cours du développement. Les propos qu'avait tenus Jimmy Gal, le chef de bataillon auquel il manquait une oreille, concernant les deux points et la ligne qui les reliait, paraissaient à Joël parfaitement justes mais vides de sens et révélaient, en fin de compte, une étroitesse d'esprit dont il ne se pensait pas exempté, mais dont il espérait encore parvenir, peut-être, à se délivrer.

XLIII

Le printemps éclata en un vrombissement de milliers de moucherons et d'abeilles, dans un tourbillon de fragrances et de couleurs que Joël jugea presque excessif. D'un seul coup, le jardin explosa en une efflorescence lascive, exubérante. Les arbres, à l'arrière de la maison, commencèrent à bourgeonner. Trois jours plus tard, ils flamboyaient déjà. Les cactus en pots de la véranda virèrent à l'écarlate et à l'or incandescent comme s'ils essayaient de parler au soleil dans sa langue, telle une marée montante dont Joël eût pu percevoir le bouillonnement pour peu qu'il y eût prêté attention. Les racines des plantes semblaient, dans les ténèbres, s'être métamorphosées en ongles acérés pour labourer la terre d'où, par le canal des troncs, des branches, des tiges et des fleurs, jaillissait à flots une sève fuligineuse qui s'offrait à la lumière aveuglante, lui meurtrissant les yeux en dépit des lunettes de soleil qu'il avait achetées au début de l'hiver.

Immobile à côté de la haie, Joël décida qu'il n'y avait pas assez de pommiers ni de poiriers. Les troènes, les lauriers-roses, les bougainvillées ainsi que les buissons d'hibiscus lui parurent brusquement insipides, voire prosaïques. Il se promit donc de supprimer la parcelle de pelouse sous les fenêtres des vieilles dames, sur l'aile de la maison, pour y planter un figuier, un olivier, peut-être même un grenadier. Avec le temps, la vigne vierge qu'il venait de repiquer au pied de la pergola nouvellement construite s'insinuerait jusqu'ici pour former, dans dix ou vingt ans, un verger en miniature, dense et ombreux, comparable à ceux qui l'avaient toujours fasciné dans les cours des villas arabes. Joël ne laissa rien au hasard : il s'enferma dans sa chambre, se plongea dans un manuel de jardinage, dressa sur une feuille de papier un tableau comparatif des avantages et inconvénients des différentes espèces et s'en fut ensuite mesurer avec un mètre pliant les écarts idoines entre chaque plant qu'il marqua à l'aide de petits clous. Puis, téléphonant chaque jour chez Bardugo pour s'enquérir de sa commande, il s'arma de patience.

La veille de Pâque, au matin, aussitôt après le départ des trois femmes pour Metulla, il sortit creuser à l'emplacement des clous cinq beaux trous carrés dont il tapissa le fond avec une mince couche de sable mélangé à du fumier de volaille avant de se rendre à la pépinière chercher les arbustes, enfin arrivés : un figuier, un dattier, un grenadier et deux oliviers. A son retour — en seconde pour ne pas secouer sa précieuse cargaison — il trouva Doubi Krantz, plus fluet et frisotté que jamais, qui l'attendait en rêvassant assis sur les marches de l'entrée. Bien que — Joël le savait — les fils Krantz eussent terminé leur service militaire, l'adolescent qui se tenait devant lui ne paraissait pas avoir plus de seize ans.

— Ton père t'a envoyé m'apporter le pulvérisateur ?

— C'est-à-dire... Doubi traînait chaque syllabe comme s'il avait du mal à s'en séparer, si vous en avez besoin, je peux faire un saut à la maison pour aller le chercher. Aucun problème. Je suis venu avec la voiture des parents. Ils ne sont pas là. Ma mère est à l'étranger, mon père passe la fête à Eilat, et mon frère est allé voir sa copine à Haïfa.

— Et toi ? Tu t'es retrouvé enfermé dehors ?

— Non. C'est autre chose...

— Par exemple ?

— Voilà. Je suis venu voir Netta. Je me suis dit que, peut-être, ce soir...

— Dommage pour toi, mon vieux ! coupa Joël en partant d'un rire dont la violence les médusa l'un et l'autre. Pendant que tu gambergeais, elle est partie avec ses grands-mères à l'autre bout du pays. Tu as cinq minutes ? Viens m'aider à décharger la voiture.

Ils travaillèrent pendant près de trois quarts d'heure sans un mot sauf le strict nécessaire : « Tiens bien ! », « Redresse ! », « Serre fort mais doucement. » Avec une grande pince, ils dégagèrent les pots de tôle et réussirent à en extraire les jeunes pousses sans briser les mottes qui adhéraient aux racines. Ensuite, ils se livrèrent en silence au rite de la mise en terre, recouvrant les trous, tassant le sol et creusant les cuvettes d'arrosage. L'habileté du garçon plaisait à Joël qui finit presque par apprécier sa timidité et son air renfermé. Un soir d'automne à Jérusalem — une veille de chabbat où la tristesse des collines emplissait l'air — Ivria et lui s'étaient promenés dans une roseraie pour observer le déclin du jour.

— Tu te rappelles, avait dit Ivria, quand tu m'as violée au milieu des arbres à Metulla ? Ce jour-là, j'ai cru que tu étais muet.

— C'est inexact, s'était empressé de corriger Joël qui savait qu'il n'était pas dans les habitudes de sa femme de plaisanter. Primo : ce n'était pas un viol, c'était de la séduction. Il avait oublié d'énoncer le secundo.

— Tu passes ta vie à noter chaque détail, à assimiler des données sans perdre une miette. Là-dessus, tu es imbattable. Pour moi, c'était de l'amour.

Quand ils eurent terminé, Joël demanda à Doubi si cela lui avait plu de fêter le *Quinze Chevat*[1] une veille de Pâque. Il convia le garçon à se joindre à lui pour boire un jus d'orange glacé dans la cuisine car ils l'avaient bien mérité. Il fit du café et entreprit de le sonder habilement au sujet de son service au Liban, de ses opinions — résolument à gauche d'après son père — ainsi que sur ses occupations actuelles. Apparemment, le jeune homme avait servi au front dans le génie, pensait que Shimon Pérès faisait du très bon boulot et, semblait-il, la mécanique de précision était son passe-temps favori — il avait décidé d'en faire son métier. D'après lui, malgré son peu d'expérience, la meilleure chose qui pût arriver à un homme, c'était que son hobby emplît sa vie.

Joël intervint sur le mode de la plaisanterie :

— Moi, par contre, j'ai idée que c'est l'amour. Qu'en penses-tu ?

— Je n'ai pas la prétention de comprendre quoi que ce soit à ces choses, l'amour et tout ça..., répliqua gravement Doubi avec une émotion qu'il réussit à maîtriser au point que n'en subsistât plus qu'une imperceptible lueur au fond de ses yeux. Dans le cas de mes parents, par exemple, on aurait intérêt à mettre les sentiments en veilleuse. Il vaut mieux chercher à se faire plaisir et en même temps à se rendre utile. En tout cas, l'important pour moi c'est de servir à quelque chose et d'avoir un bon job.

Voyant que Joël tardait à répondre, le garçon prit son courage à deux mains et ajouta :

— Excusez-moi. Puis-je vous poser une question ? Est-il vrai que vous êtes une espèce de négociant en armes international ?

— Pourquoi pas ? s'exclama Joël avec un large

1. Nouvel an des arbres. *(N.d.T.)*

sourire en haussant les épaules. Brusquement, son sourire se figea. Je plaisantais, ajouta-t-il. Disons que je suis un fonctionnaire en vacances de longue durée. Que cherches-tu réellement chez Netta ? Un perfectionnement en poésie moderne ou une initiation à la culture des ronces en Israël ?

Il réussit à plonger le jeune homme dans l'embarras, presque à l'effaroucher. Doubi s'empressa de poser sur la table la tasse de café qu'il tenait toujours à la main puis, changeant d'avis, il la reprit, la reposa délicatement sur la soucoupe et il se mit à mordiller l'ongle de son pouce pour s'interrompre aussitôt et déclarer :

— Nous bavardons un peu, c'est tout.

— C'est tout ? répéta Joël dont les mâchoires se pétrifièrent avec la cruauté féline, pupilles étrécies, dont il avait coutume d'user quand il voulait terroriser les lâches, les petits truands, les escrocs qui grouillaient dans les bas-fonds, ton *c'est tout* n'a pas sa place ici, mon vieux. Va plutôt l'essayer ailleurs.

— Je voulais juste dire que…

— Tu ferais mieux de la laisser tranquille. Elle ne va pas parfaitement bien, tu es au courant ? Elle a un petit problème de santé. Gare à toi si tu t'avises d'y faire la moindre allusion !

— J'en ai vaguement entendu parler.

— Quoi ! J'exige que tu me répètes textuellement ce que tu as entendu.

— Ne faites pas attention, lança Doubi avec flegme. C'est des ragots, des conneries. Sur mon compte aussi on a déblatéré à une époque, une maladie nerveuse ou je ne sais quoi. Grand bien leur fasse, je m'en fous !

— Tu as un problème de ce côté-là ?

— Absolument pas.

— Écoute-moi bien. Je peux me renseigner en moins de deux, tu sais. Tu as un problème, oui ou non ?

— J'en ai eu un, avant. Maintenant ça va.

— C'est toi qui le dis.

— Monsieur Ravid ?

— Oui.

— Je peux savoir ce que vous me voulez exactement ?

— Que tu n'ailles pas lui fourrer des idées dans la tête. Elle en a déjà suffisamment comme ça et toi aussi, on dirait. Tu as fini ton café ? Puisqu'il n'y a personne chez toi, veux-tu que je fasse quelque chose à manger ?

Une fois le garçon parti dans l'Audi bleue de ses parents, Joël entra dans la salle de bains où il prit une longue douche bouillante. Il se savonna par deux fois, se rinça à l'eau froide et sortit en grommelant : « Grand bien leur fasse ! »

A quatre heures et demie, bien qu'il sût que Joël n'avait pas l'habitude de respecter la fête, Ralph vint lui dire que sa sœur et lui espéraient qu'il voudrait bien partager leur dîner, et regarder une pièce au magnétoscope. Ann-Mary allait préparer une salade Waldorf, et lui tenter une grande aventure, le rôti de veau au vin. Joël promit de passer mais quand Ralph revint, à sept heures et demie, il le trouva assoupi, tout habillé, sur le canapé du salon, les pages du journal éparpillées un peu partout. Il préféra ne pas le réveiller. Joël dormit à poings fermés dans la maison déserte et obscure. Une seule fois, à minuit passé, il se leva pour gagner les toilettes, à tâtons, sans ouvrir les yeux ni allumer la lumière. Le brouhaha de la télévision ou du magnétoscope des voisins qui lui parvenait à travers le mur mitoyen se mêlait, dans sa torpeur, aux accents de la balalaïka du chauffeur de camion qui, d'une certaine manière, avait peut-être été l'amant de sa femme. Au lieu de la porte des toilettes, il ouvrit celle de la cuisine et urina à l'aveuglette dans le jardin avant de retrouver, toujours somnolent, le canapé sur lequel, s'enroulant dans une couverture à carreaux, il sombra dans un sommeil profond comme une vieille pierre engloutie dans la poussière, jusqu'à neuf heures le lendemain matin. Cette nuit-là, il rata le mystérieux spectacle qui se déroulait juste au-dessus de lui : telle une gigantesque marée, d'immenses bandes de cigognes se déversèrent vers le nord sous la pleine lune de la mi-Nissan, dans un ciel sans nuages — des milliers, des myriades d'ombres souples planant dans un bruissement d'ailes étouffé, incessant, obstiné, doux comme un flot de petits mouchoirs de soie blanche se jetant dans une mer de soie noire nimbée de la lueur argentée d'un halo lunaire astral.

XLIV

A neuf heures, ce matin de Pâque, il se traîna à la salle de bains dans ses habits fripés. Il se rasa et se doucha à nouveau longuement, de la tête aux pieds, enfila un survêtement blanc propre puis il sortit voir comment se portaient les jeunes plants — le grenadier, les deux oliviers et le dattier. Il les arrosa légèrement et arracha çà et là les mauvaises herbes qui, après l'impitoyable ratissage de la veille, avaient apparemment poussé au cours de la nuit. Pendant que le café passait dans la cafetière électrique, il composa le numéro de Krantz pour présenter ses excuses à Doubi au sujet de sa conduite de la veille, un tantinet grossière, s'excusant une seconde fois pour avoir interrompu sa grasse matinée.

— Ça ne fait rien. C'est normal que vous vous inquiétiez pour elle. Il n'y a pas de mal à ça, mais vous devriez comprendre qu'elle peut très bien s'assumer seule. Au fait, si vous avez encore besoin de moi pour le jardin, ou pour autre chose, je n'ai rien de spécial à faire aujourd'hui. C'est gentil de m'avoir appelé, monsieur Ravid. Soyez sûr que je ne vous en veux pas.

Joël lui demanda quand ses parents étaient censés revenir, et apprit qu'Odélia rentrait d'Europe le lendemain et Krantz de son équipée à Eilat, le soir même, afin d'être à la maison à temps pour tourner la page. Joël songea que cette expression était absurde car elle évoquait l'extrême ténuité du papier. Il pria Doubi de transmettre à son père de le rappeler à son retour ; il avait en effet un petit problème à lui soumettre.

Il ressortit, accorda un bref regard aux plates-bandes d'œillets et de gueules-de-loup pour constater qu'il n'y avait plus rien à faire et se sermonna : « Arrête un peu ! » De l'autre côté de la haie, *Ironside* — le chien du voisin —, assis sur le trottoir, les pattes jointes, figé comme une statue, ne quittait pas des yeux un oiseau dont Joël ignorait le nom, et dont le bleu chatoyant le captivait. En vérité, il n'y avait point de page tournée. Au plus une naissance qui s'éternise. Et qui dit naissance dit rupture. Or, il est douloureux de rompre, surtout indéfiniment. On n'a pas fini de naître que déjà on donne naissance, et c'est ainsi qu'on se trouve acculé sur les deux fronts à la fois — le point d'attache et le point de rupture, par-devant et par-derrière. Il découvrit subitement qu'il avait de bonnes raisons pour haïr son père — son père roumain mélancolique dans son costume marron rayé ou son père hirsute dans la cale immonde du navire, disparus sans laisser de trace. Qui donc jadis l'avait empêché de disparaître à son tour à Brisbane ou dans quelque forêt au nord de Vancouver sous une identité d'emprunt — moniteur d'auto-école par exemple — dans une cabane construite de ses mains où il vivrait de chasse et de pêche en compagnie de sa maîtresse esquimaude dont la présence avait le don de ranimer Ivria ? Et qui l'empêchait de le faire à présent ? « Gros bêta ! » lança-t-il affectueusement à l'adresse du chien que son rôle de figurine en porcelaine n'amusait visiblement plus, et qui s'était mis à jouer au chasseur, dressé sur ses pattes arrière, celles de devant appuyées sur la haie, dans le vague espoir d'attraper l'oiseau. Jusqu'au moment où son maître — le vieux Roumain d'en face — le siffla, en profitant de l'occasion pour souhaiter à Joël une bonne fête.

Celui-ci se rendit compte qu'il mourait de faim. Il se souvint que, depuis midi, la veille, il n'avait rien avalé — il s'était endormi tout habillé sur le canapé et, au matin, il n'avait pris que du café. Il s'en fut demander à Ralph si, au cas où il resterait du rôti de veau de la veille, il pourrait en avoir un peu en guise de petit déjeuner. « Il y a aussi de la salade Waldorf... » s'écria gaiement Ann-Mary, « ... et de la soupe. Mais elle est très épicée. Ce n'est peut-être pas très indiqué à jeun le matin. » Joël éclata de rire. Il venait de se rappeler l'une des maximes favorites de Nakdimon Lublin : « Quand Mohamed meurt de faim, il avalerait la queue d'un scorpion. » Sans prendre la peine de lui répondre, il fit un geste de la main qui signifiait : « Donnez-moi ce que vous avez. »

Il semblait que son appétit fut insatiable. Une fois la soupe, le rôti et la salade liquidés, il n'hésita pas à réclamer un vrai petit déjeuner : des toasts, du fromage et du yaourt. Lorsque Ralph ouvrit le réfrigérateur pour y prendre le lait, l'œil exercé de Joël tomba sur une bouteille de jus de tomate et il ne se gêna pas pour lui faire un sort à elle aussi.

— Dis-moi, commença Ralph Vermont, Dieu sait que je n'ai pas l'intention de te mettre au pied du mur, mais j'aimerais te poser une question.

— Vas-y, marmonna Joël la bouche pleine.

— Eh bien !... euh !... voilà !... est-ce que tu aimes ma sœur ?

— Maintenant ? lâcha Joël, décontenancé.

— Maintenant également, précisa tranquillement Ralph avec la détermination de l'homme qui accomplit son devoir.

— Pourquoi cette question ? risqua Joël comme pour gagner du temps, c'est-à-dire, pourquoi est-ce toi qui la poses à la place d'Ann-Mary ? Que signifient ces façons de jouer les intermédiaires ?

— Tu peux parler ! s'exclama joyeusement Ralph, sans la moindre trace de sarcasme ; on aurait dit que l'aveuglement de son interlocuteur l'enchantait. Ann-Mary, les yeux clos dans une sorte de prière fervente et silencieuse, murmura :

— Je te le demande, effectivement.

Joël se passa un doigt circonspect entre son cou et le col de sa chemise. Il prit une profonde inspiration puis expira lentement. C'est ma faute, pensa-t-il, je ne me suis pas donné la peine de prendre le plus petit renseignement sur ces deux-là. Je n'ai aucune idée de qui ils sont, d'où ils débarquent ni de ce qu'ils sont venus faire ici. Ignorant la réponse exacte, il préféra cependant s'abstenir de proférer un mensonge.

Avec un bon sourire un peu niais, le gentleman-farmer trapu saisit entre ses mains roses, tachées de son, celles de Joël larges, laides, brunes comme du pain bis, aux ongles maculés de terre. Doucement, délicatement, il les posa l'une après l'autre sur les seins de sa sœur avec une telle précision que Joël en éprouva la fermeté au creux de ses paumes. Ann-Mary rit sans bruit. Ralph s'assit lourdement sur un tabouret dans un coin de la cuisine et, l'air découragé, quasi réprobateur, il s'enquit :

— Dans l'affirmative, est-ce que je... y aura-t-il une petite place pour moi dans les parages ?

Ann-Mary se dégagea pour verser le café dans les tasses car l'eau bouillait et le frère et la sœur proposèrent à Joël de regarder la comédie qu'il n'avait pu voir la veille, étant donné qu'il s'était endormi. « Peut-être un peu plus tard, j'ai d'abord quelque chose à faire », fit Joël en se levant. Après les avoir remerciés, il prit congé sans autre forme de procès, monta dans sa voiture et quitta la ville. Il se sentait bien, en parfaite harmonie avec son corps et ses pensées, chose qui ne lui était pas arrivée depuis une éternité. Était-ce parce qu'il avait assouvi sa faim dévorante avec des mets succulents ou parce qu'il savait exactement ce qu'il avait à faire ?

XLV

Sur la route qui longeait le littoral, il fit surgir des recoins de sa mémoire les détails qu'il avait emmagasinés par-ci par-là, au fil des années. Il était si absorbé qu'il faillit manquer l'échangeur de Natanya, pratiquement à la hauteur de la sortie nord de Tel-Aviv. Il savait que de ses trois filles, mariées depuis plusieurs années, l'une résidait à Orlando, en Californie, l'autre à Zurich, et que la troisième — tel était du moins le cas quelques mois auparavant — était attachée à l'ambassade du Caire. Ses petits-fils se trouvaient dispersés aux quatre coins du monde. Sa sœur vivait à Londres. Quant à son ex-femme, remariée depuis une vingtaine d'années à un musicien de renommée internationale, elle habitait également en Suisse, non loin de la fille cadette, probablement à Lausanne.

A Pardes-Hanna, s'il ne se trompait pas, ne restait de la famille Ostachinsky que le vieux père qui devait avoir, d'après ses calculs, dans les quatre-vingts ans. Peut-être bien quatre-vingt-dix. Lors d'une nuit blanche passée à la direction des opérations dans l'attente d'une information en provenance de Chypre, l'acrobate lui avait confié que son père était un éleveur de poules passionné, complètement cinglé. Joël n'avait posé aucune question. Chacun dissimule sa honte dans son grenier. En songeant aux greniers, il s'aperçut avec stupeur qu'au nord de Natanya, le long de la route côtière, on avait construit des villas modernes de manière à aménager des combles dans l'espace vacant sous le toit pentu. Récemment encore, n'existaient en Israël pratiquement ni caves ni greniers. Joël arriva à Pardes-Hanna juste après le bulletin d'information d'une heure qu'il écouta à la radio de bord. Il renonça à s'arrêter au cimetière car, en cet après-midi de fête, l'heure de la sieste approchait et il ne voulait pas risquer de l'interrompre. Après avoir demandé son chemin à deux reprises, il finit par trouver la maison — jouxtant le verger, isolée au bout d'un sentier boueux envahi de chardons qui atteignaient les fenêtres de la voiture. Il se gara et traversa une haie dont la végétation luxuriante masquait presque entièrement l'allée aux dalles de béton à moitié défoncées et éclatées. Il se prépara à rencontrer un vieillard débraillé dans un intérieur crasseux. Il examina aussi l'éventualité que les renseignements qu'il possédait seraient périmés, le vieil homme décédé ou placé dans un quelconque hospice. Une fois qu'il eut émergé des broussailles, quelle ne fut pas sa surprise en se trouvant devant une porte peinte d'un azur psychédélique, décorée de grappes bruissantes de pétunias et de narcisses blancs en pots qui se fondaient joliment dans la façade, noyée sous le bougainvillée ! Suspendues au milieu des plantes par des cordelettes tressées, tintinnabulaient de petites clochettes en céramique. Joël aurait juré y voir la main d'une femme, voire d'une jeune fille. Envisageant l'hypothèse que le vieux était probablement dur d'oreille, il frappa à la porte cinq ou six fois avec des pauses ; de plus en plus fort. Ce faisant, il avait quelques remords de troubler le silence ténu qui l'étreignait de toutes parts et il sentit un pincement de nostalgie comme si, s'étant déjà trouvé en pareil lieu, il y avait connu un indicible bonheur. Ce souvenir lui fit chaud au cœur bien qu'en réalité il ne se rappelât pas avoir connu semblable sensation ni lieu similaire.

N'obtenant pas de réponse, il résolut de contourner la maison et toqua à une fenêtre masquée par un rideau blanc dont les pans entrouverts comme deux ailes renflées rappelaient les maisons de poupée illustrant les livres pour enfants. Il aperçut un salon minuscule mais accueillant, méticuleusement propre et net — un tapis de Boukhara, une table basse taillée dans une souche de bois d'olivier polie et vernie, un large fauteuil, un rocking-chair installé devant un poste de télévision au-dessus duquel se trouvait un bocal en verre, du genre de ceux qui, trente ou quarante ans auparavant, contenaient du yaourt et du lait caillé, où on avait disposé un bouquet de chrysanthèmes. Sur le mur, il vit une peinture du mont Hermon enneigé, surplombant le lac de Tibériade dans la brume bleutée du matin. Machinalement, Joël supputa la perspective depuis laquelle l'artiste avait dû camper le paysage : probablement le versant du mont Arbel. Mais que pouvait signifier cette lancinante impression de déjà vu, de déjà vécu, cette sensation d'un ancien bonheur sans partage ?

Parvenu à l'arrière de la maison, il frappa à la porte de la cuisine peinte de la même nuance éclatante, envahie elle aussi sous une profusion de pétunias et de clochettes en faïence. N'obtenant pas davantage de réponse, il pressa la poignée de la porte qui céda sous sa poussée. Il pénétra dans une cuisine exiguë, chaulée de bleu pâle, étincelante de propreté, aux meubles et ustensiles désuets. Sur la table, il y avait un autre pot de lait caillé à l'ancienne où s'épanouissaient non des chrysanthèmes mais des marguerites, tandis que, dans un pot de yaourt posé sur l'antique réfrigérateur, se lovait une vigoureuse pousse de patate douce. Joël résista à grand-peine à la tentation de s'installer sur le tabouret de paille tressée, sans plus bouger.

Il réussit à s'arracher au charme et, après une légère hésitation, décida d'explorer en premier lieu les poulaillers dans la cour. Il y en avait trois, symétriques et bien entretenus, entourés de hauts cyprès et de petits carrés de pelouse, ornés de rocailles entre lesquelles poussaient des cactus. Joël nota qu'ils étaient équipés d'un système de climatisation. A l'entrée de l'un d'eux, il remarqua un petit homme décharné, tout recroquevillé qui, la tête légèrement inclinée, clignait l'œil en examinant une éprouvette à moitié remplie d'un liquide opaque et laiteux. S'excusant de cette visite impromptue, Joël se présenta comme un ancien ami, un collègue de son défunt fils, Yokneam.

Comme si c'était la première fois qu'il entendait prononcer ce nom, le vieillard le dévisagea avec un tel étonnement que Joël, quelque peu déconcerté, finit par lui demander s'il était bien M. Ostachinsky et si sa présence l'importunait. Dans sa tenue kaki fraîchement repassée, aux larges poches — sans doute un uniforme improvisé du temps de la Guerre d'Indépendance —, le visage flétri pareil à un bout de viande crue, le dos voûté, contracté, les petits yeux perçants luisant du même bleu vif que les murs de sa maison, le vieil homme faisait vaguement penser à un petit carnassier, une mangouste ou un blaireau. Ignorant la main que Joël lui tendait, il déclara d'une voix de ténor, très claire, avec le lourd accent des vétérans que oui, la visite le dérangeait et que oui, il était Zerach Ostachinsky soi-même puis, lui lançant un coup d'œil rusé, il ajouta : « On ne vous a pas vu à l'enterrement. » Joël réitéra ses excuses. Il faillit prétexter qu'à cette époque il se trouvait à l'étranger. « C'est exact, je n'étais pas là » fit-il, s'abstenant cette fois encore de mentir. Il le félicita pour son excellente mémoire, compliment que le vieux affecta également d'ignorer.

— Pourquoi êtes-vous là aujourd'hui? s'enquit-il, sans cesser de fixer avec circonspection, de biais, l'œil mi-clos, le liquide à la consistance de sperme de l'éprouvette.

— Je suis venu vous parler et voir si je pouvais vous aider. Pourrions-nous nous asseoir quelque part ?

Le vieillard fourra le tube au liquide trouble dans la poche de sa chemise kaki comme s'il s'agissait d'un vulgaire stylo.

— Désolé, je n'ai pas le temps. Êtes-vous un agent secret vous aussi ? enchaîna-t-il. Un espion ? Un tueur pour la bonne cause ?

— Plus maintenant. Ne vous serait-il pas possible de m'accorder dix minutes ?

— Cinq, concéda le vieux. Allez-y, je suis tout ouïe.

Là-dessus, il tourna les talons et, obligeant pratiquement Joël à courir pour lui emboîter le pas, il pénétra dans le poulailler obscur et se mit à bondir de cage en cage pour vérifier les robinets fixés à la tête des abreuvoirs métalliques de chaque incubateur. Un caquetage assourdissant — on aurait dit une assemblée de commères vociférant — emplissait l'air imprégné du remugle de fumier, de plumes et de nourriture.

— Expliquez-vous, intima le petit homme. Soyez bref.

— Voilà, monsieur. Apprenez qu'on a envoyé votre fils à Bangkok à ma place. C'est moi qui aurais dû y aller. J'ai refusé et il a pris ma place.

— Et alors ? lâcha l'autre sans manifester la moindre émotion ni suspendre ses gestes agiles et précis.

— Si je suis évidemment en partie responsable de ce drame, je plaide non coupable.

— C'est fort bien, commenta le vieillard sans cesser de s'agiter en tous sens. Parfois, il disparaissait d'un côté de l'allée pour resurgir de l'autre si bien que Joël fut près d'imaginer l'existence d'un passage souterrain reliant les cages.

— J'ai effectivement refusé de partir, reprit Joël comme pour se disculper mais, s'il n'avait tenu qu'à moi, votre fils serait resté bien tranquillement à la maison. Je ne l'aurais jamais envoyé se jeter dans la gueule du loup, ni lui ni quiconque, d'ailleurs. Dès le début, cette histoire m'a paru louche. Cela n'a plus d'importance à présent. Il n'empêche que je ne sais toujours pas ce qui s'est réellement passé.

— Ce qui s'est passé ? On l'a tué, voilà ce qui s'est passé. C'est tout. A coups de revolver. Cinq balles. Tenez ici, s'il vous plaît !

Joël saisit à pleines mains le tuyau en caoutchouc à l'endroit que lui indiquait le vieil homme qui, rapide comme l'éclair, brandit brusquement un couteau à cran d'arrêt à l'aide duquel il pratiqua un petit trou dans le tuyau pour y enfiler un robinet à vis, en métal brillant, qu'il serra avant de se faufiler plus loin, Joël pendu à ses basques.

— Savez-vous qui l'a tué ?

— Qui l'a tué ? Les ennemis d'Israël, bien sûr. Qui voulez-vous que ce soit ? Des amateurs de philosophie grecque, peut-être ?

— Écoutez..., commença Joël, mais le vieux avait disparu. Comme volatilisé. A croire que le sol, recouvert d'une couche fétide de fumier de volaille, l'avait positivement englouti. Joël partit à sa recherche entre les cages sous lesquelles il jeta même un coup d'œil et, presque en courant, il inspecta les allées latérales dans le dédale desquelles il tourna un bon moment avant de revenir sur ses pas, remontant vers l'entrée pour redescendre par une allée parallèle jusqu'au moment où, désespéré, il cria à tue-tête : « Monsieur Ostachinsky ! »

— Il me semble que les cinq minutes sont passées, répondit ce dernier en émergeant de derrière une petite console en acier exactement à la droite de Joël, un mince rouleau de fil de fer à la main.

— Je voulais juste vous annoncer que c'était moi qu'on avait chargé de cette mission et qu'elle a échu à votre fils seulement parce que je l'ai refusée.

— Ne vous l'ai-je pas déjà entendu dire ?

— Moi, je n'y aurais envoyé ni votre fils ni qui que ce soit.

— Ça aussi, je l'ai déjà entendu. Y a-t-il autre chose ?

— Saviez-vous, monsieur, qu'il a autrefois sauvé la vie des musiciens de l'Orchestre philharmonique que des terroristes s'apprêtaient à massacrer ? Puis-je me permettre d'ajouter que c'était un homme bon, intègre, courageux ?

— Et après ? Quel besoin avons-nous d'un orchestre ? Qu'avons-nous à faire d'un orchestre, je vous le demande, hein ?

Un fou, conclut *in petto* Joël, inoffensif mais fou à lier. Et moi j'ai dû tomber sur la tête pour être venu ici.

— En tout cas, croyez que je m'associe à votre chagrin.

— Lui aussi était un terroriste, à sa manière. Qui répand le sang de l'homme, par l'homme son sang sera répandu. C'est dans l'ordre des choses.

— C'était mon ami, un ami très proche. Alors, puisque vous êtes, si je ne me trompe, plutôt seul... pourquoi ne viendriez-vous pas chez nous ? Vous seriez notre invité ? Aussi longtemps qu'il vous plaira. Nous formons une grande famille... une sorte de petit kibboutz en ville, si l'on peut dire. Enfin presque. Nous n'aurons aucun mal, je crois, à... vous adopter. A moins qu'il n'y ait autre chose que je puisse faire pour vous ? De quoi avez-vous besoin ?

— Besoin ? Quel besoin ? Purifier nos cœurs, voilà ce dont j'ai besoin. Mais là personne ne peut rien. Chacun est seul.

— Permettez-moi d'insister. Réfléchissez encore et dites-moi en quoi je puis vous être utile, monsieur Ostachinsky.

La même expression rusée de blaireau ou de mangouste vacilla sur la face burinée du vieillard qui adressa à Joël le même clin d'œil qu'au liquide fangeux de l'éprouvette, un instant auparavant.

— Vous avez quelque chose à voir avec la mort de mon fils et vous êtes venu ici pour apaiser votre conscience, n'est-ce pas ?

Il gagna le tableau de contrôle électrique à l'entrée du poulailler de la démarche sinueuse et véloce d'un lézard rampant d'un pan d'ombre à un autre en terrain découvert et, tournant brusquement sa tête rabougrie, il jeta à Joël un regard pénétrant :

— Eh bien ! qui est-ce ?

Joël ne comprit pas.

— Vous avez affirmé que ce n'était pas vous qui l'aviez expédié là-bas. Et vous m'avez demandé si j'avais besoin de quelque chose. Voici : j'ai besoin de savoir qui l'a envoyé.

— Naturellement, dit Joël avec une infinie cordialité comme s'il foulait aux pieds le Nom Ineffable avec une jubilation vengeresse ou avec la véhémence d'un redresseur de torts, très volontiers. Si vous voulez le savoir, c'est Jérémie Cordovero. Notre patron. Le chef de notre bureau. Notre professeur. Ce grand homme indéchiffrable. Notre père à tous. Mon frère. C'est lui.

Tel le cadavre d'un noyé remontant à la surface de la mer, le vieux flottait lentement sous la console. Au lieu des remerciements qu'escomptait Joël, au lieu du pardon qu'il lui semblait avoir bien mérité, au lieu de l'invitation à boire un verre de thé dans l'étroite cuisine après laquelle son cœur soupirait ardemment, comme une Terre Promise, dans la maison aux sortilèges de cette enfance qu'il n'avait jamais eue, au lieu de l'épanchement, survint le coup de massue. Auquel, confusément, il s'attendait, que peut-être il souhaitait. Le père entra soudainement dans une rage folle, il s'enfla et se hérissa comme une mangouste à l'affût. Joël recula en perspective du crachat qui ne vint pas. Le vieillard se contenta d'éructer :

— Traître !

Quand, dans une fuite intérieure éperdue, Joël battit en retraite à pas mesurés, il cria comme s'il le lapidait à coups de pierres acérées :

— Caïn !

Joël jugea indispensable de faire le tour de la maison magique afin de regagner sa voiture. Il pénétra dans les broussailles — jadis haie vive aujourd'hui livrée à elle-même. Aussitôt se refermèrent sur lui des ténèbres chevelues, une inextricable fourrure de fougères moites. Pris d'une terreur panique, comprimant à grand-peine les battements désordonnés de son cœur, en proie à un étrange mélange de répulsion et d'attraction, il se mit à se débattre, piétinant les branchages, bourrant de coups de pied le feuillage dense qui les absorbait mollement, ployant tiges et rameaux — en sang, le souffle rauque, les vêtements couverts de pollen, de chardons et de feuilles mortes, avec la sensation de s'enfoncer inexorablement dans des crevasses cotonneuses glauques, sinueuses, flasques et compactes.

Il se nettoya du mieux qu'il put et démarra précipitamment en marche arrière pour se dégager du chemin. Il ne reprit ses esprits que lorsqu'il entendit le bruit caractéristique du feu arrière qui se brisait en heurtant, au cours de la manœuvre, un tronc d'eucalyptus posé en biais — Joël aurait juré qu'il ne s'y trouvait pas à son arrivée. Cet incident lui fit recouvrer son sang-froid et, pendant le trajet de retour, il conduisit avec une extrême prudence. Parvenu à l'échangeur de Natanya, il alluma la radio et écouta la fin d'une pièce baroque pour clavecin sans parvenir à identifier le nom du compositeur ni celui du morceau. Lui succéda l'interview d'une femme, férue de Bible, qui parla avec flamme du Roi David. Cet homme à qui, durant sa longue vie, on avait à plusieurs reprises annoncé de funestes nouvelles lacérait ses vêtements et se lamentait en longs gémissements déchirants alors que, en réalité, chacune d'elles était une bonne nouvelle puisque chaque mort lui apportait contentement, voire parfois délivrance. Tel fut le cas de la mort de Saül et de Jonathan sur le mont Guilboa, de la mort d'Avner, fils de Ner, de celle d'Urie de Hittite, sans parler de celle de son fils, Absalom. Joël éteignit la radio, gara habilement la voiture, le nez face à la ruelle, exactement au centre de la pergola qu'il venait de construire et il s'en fut prendre une douche et changer de vêtements.

Le téléphone sonna au moment où il sortait de la salle de bains. Il décrocha et demanda à Krantz ce qu'il désirait.

— Rien, répondit l'agent immobilier, je croyais qu'il fallait que je te rappelle d'urgence. Voilà, je viens de rentrer d'Eilat avec ma superbe nana et je dois me dépêcher de faire le ménage parce qu'Odélia revient de Rome demain et que je n'ai pas du tout envie que les histoires recommencent illico.

— Je sais, dit Joël. Écoute. Je voudrais te parler d'une affaire. Pourrais-tu faire un saut demain matin ? A quelle heure arrive ta femme ? Attends. Non, le matin, je ne peux pas. Je dois donner ma voiture à réparer. J'ai cassé un feu arrière. D'ailleurs, l'après-midi non plus, ce ne sera pas possible car les femmes doivent rentrer de Metulla. Après-demain ? Tu travailles cette semaine ?

— Arrête un peu, Joël, c'est quoi ton problème ? J'arrive dans dix minutes. Mets le café en route et attends-moi de pied ferme.

Joël brancha la cafetière électrique. Demain, songea-t-il, il faudra aussi contacter l'assurance. Et épandre de l'engrais sur la pelouse. Le printemps n'est plus bien loin.

XLVI

BRONZÉ, décontracté, arborant une chemise chatoyante, Arik Krantz n'épargna à Joël aucun détail des dons extraordinaires de Greta ni de ce qu'il était possible de faire à Eilat quand le soleil commençait à taper dur. Il s'efforça une fois de plus de persuader Joël de sortir de sa tour d'ivoire, avant qu'il ne fût trop tard, pour mordre la vie à belles dents. « Pourquoi ne m'accompagnerais-tu pas à l'hôpital, disons, pour commencer, une nuit par semaine ? De dix heures du soir à deux heures du matin, il n'y a pratiquement rien à faire ; les malades dorment, les infirmières sont bien réveillées et les bénévoles encore plus. » Il poursuivit sur le même ton en chantant les louanges de Christina et d'Iris qu'il gardait au chaud pour Joël. Cela ne pourrait durer éternellement et, plus tard, c'était trop tard. Il n'avait pas oublié que Joël lui avait appris à dire « je t'aime » en birman.

Après quoi, vu qu'ils étaient seuls ce soir-là, Joël laissa Krantz inspecter le frigo et leur préparer un repas de célibataires composé d'une omelette à la saucisse, de pain, de fromage et de yaourt, tandis qu'il dressait sur une feuille de papier la liste des courses qu'il effectuerait le lendemain matin afin que sa mère, sa belle-mère et sa fille, à leur retour de Metulla dans l'après-midi, ne trouvent pas le réfrigérateur vide. Il calcula que la réparation du feu arrière de la voiture allait certainement se monter à quelques centaines de shekels et que, ce mois-ci, il en avait dépensé autant pour le jardin et la nouvelle pergola, sans compter ce qu'allait coûter un nouveau chauffe-eau, une boîte aux lettres neuve, un ou deux fauteuils à bascule pour le salon et, éventuellement, l'éclairage du jardin.

— Doubi m'a appris qu'il t'avait aidé au jardin. Chapeau ! Il faudra que tu me donnes la recette pour l'obliger à mettre un peu la main à la pâte chez nous aussi.

— Écoute, dit Joël un instant plus tard, en sautant du coq-à-l'âne comme toujours, comment se porte actuellement le marché de l'immobilier ? On achète ou on vend ?

— Ça dépend où.

— A Jérusalem, par exemple.

— Pourquoi ?

— Pourrais-tu aller te renseigner sur le prix que vaut actuellement un deux-chambres-salon, avec un petit studio attenant, à Talbiye ? Il est en location en ce moment mais le bail expire bientôt. Je te donnerai les détails et les papiers. Attends, ce n'est pas fini. Nous avons à Jérusalem un autre deux-pièces, en plein centre de Rehavia. J'aimerais que tu me donnes également une estimation de sa valeur. Bien entendu, je te rembourserai les frais de déplacement car il est possible que tu aies à y passer quelques jours.

— Tu plaisantes ? Tu devrais avoir honte ! Sache que je ne te demanderai jamais un sou. Nous sommes amis, oui ou non ? Mais dis-moi, tu as réellement décidé de tout liquider ?

— Je n'ai pas terminé. Je voudrais également que tu sondes pour moi ce Kramer, ton ami, pour voir s'il serait prêt à me vendre sa maison.

— Joël, il est arrivé quelque chose ?

— A part ça, aurais-tu une minute cette semaine pour venir visiter avec moi un appartement en terrasse à Tel-Aviv, rue Charles-Netter ? La ville à portée de la main, comme tu dis.

— Tu veux bien me donner le temps de souffler un peu et d'essayer de comprendre ? Tu as l'intention de...

— Une dernière chose, j'aimerais trouver dans le quartier un studio avec le confort et une entrée indépendante. Un nid douillet et confortable.

— Ah ah ! Des filles !

— Une seule au maximum.

La nuque inclinée, bouche bée dans sa chemise scintillante, l'agent immobilier se leva pour se rasseoir aussitôt avant que Joël n'ait eu le temps de l'en prier. Brusquement il extirpa de sa poche revolver une petite boîte en fer-blanc, y préleva une pastille qu'il goba séance tenante avant d'enfouir prestement la boîte dans sa poche en expliquant que c'était contre les brûlures d'estomac, l'omelette n'est-ce pas... Joël en voulait-il aussi ? Il éclata de rire et s'exclama avec admiration, plus pour lui-même que pour Joël :

— Le grand chambardement, hein ?

Ils burent un autre café en discutant des détails. Krantz téléphona chez lui pour demander à Doubi de se charger de deux ou trois choses en prévision du retour de sa mère car il avait encore à faire ici et se rendrait probablement ensuite directement à l'hôpital — c'était sa nuit de garde — et de le réveiller à six heures tapantes le lendemain matin — il voulait emmener la voiture de M. Ravid, de Joël, au garage de Gouetta pour que Yoav répare le phare arrière sans délai et à moitié prix. « N'oublie pas, Doubi, d'accord ? » « Une minute » l'interrompit Joël — Krantz recouvrit le combiné de sa main — « dis à Doubi de venir me voir dès qu'il aura un moment. J'ai quelque chose pour lui ».

— Maintenant ?

— Oui... non. Terminons d'abord de régler cette opération d'échange d'appartements et de disposer les chaises musicales.

Quand Doubi arriva dans la petite Fiat de sa mère, environ une demi-heure plus tard, son père était sur le point de partir pour son tour de garde à l'hôpital qu'il allait passer, à l'en croire, dans la position horizontale, dans la chambrette derrière le poste de l'infirmière.

Joël fit asseoir Doubi dans le fauteuil du salon et s'installa en face de lui sur le canapé. Il lui proposa quelque chose à boire — un soda, une boisson chaude ou un alcool — mais le garçon, maigre, chétif et frisé, auquel ses membres, semblables à des allumettes, donnaient l'air d'un gamin de seize ans et non pas d'un soldat issu d'une unité de combat, refusa poliment. Joël renouvela ses excuses quant à sa brutalité de la veille et le remercia encore pour le coup de main. Là-dessus, ils entamèrent une petite discussion politique puis parlèrent voitures. Finalement, comprenant que Joël avait du mal à entrer dans le vif du sujet, Doubi trouva le moyen de l'aider avec simplicité et délicatesse :

— Netta affirme que vous faites des efforts incroyables pour jouer au père modèle, et que c'est pratiquement devenu chez vous une obsession. Alors, puisque vous brûlez tellement de savoir ce qui se passe entre nous, ça ne me dérange pas de vous le dire : nous discutons. Nous ne sortons pas exactement ensemble. Pas encore. Mais si je lui plais, ça se fera sûrement car, à moi, elle me plaît terriblement. A ce stade, c'est tout.

Joël tourna et retourna ces paroles dans sa tête sans y découvrir de faille :

— Bon, merci, finit-il par articuler, un sourire fugitif, inhabituel, éclairant son visage, mais rappelle-toi qu'elle...

— Monsieur Ravid. Ce n'est pas la peine. Je m'en souviens. Je le sais très bien. Laissez tomber. Vous ne lui rendez vraiment pas service.

— Quel est ton hobby déjà ? La mécanique de précision, n'est-ce pas ?

— Oui et j'espère bien que ça deviendra mon métier. Au fait, la dernière fois, quand vous m'avez répondu que vous étiez fonctionnaire, vous vouliez dire quelque chose de secret, hein ?

— Plus ou moins. Je devais expertiser certaines marchandises et certains négociants. Quelquefois, il m'arrivait de traiter. C'est de l'histoire ancienne. Je suis en disponibilité aujourd'hui, ce qui n'empêche pas ton père de se croire obligé de me faire gagner un temps précieux en emmenant lui-même ma voiture à réparer au garage. Admettons. Puis-je te demander un service ? Ça a un vague rapport avec la mécanique. Tu vois ce truc-là : à ton avis, comment est-il possible qu'il ne perde pas l'équilibre ? Et la patte, tu as une idée de ce qui la rattache au support ?

Doubi réfléchit un petit moment en silence, le dos tourné, le regard fixé sur l'étagère au-dessus de la cheminée. Subitement, Joël s'aperçut qu'il était légèrement bossu, à moins que ses épaules ne fussent pas à la même hauteur ou qu'il ne souffrît d'une infime déviation des vertèbres cervicales. Ce n'est pas exactement un James Dean que nous avons là, se dit-il. D'un autre côté, il ne s'agit pas tout à fait non plus de Brigitte Bardot. Ivria n'aurait pas manqué d'être satisfaite, elle qui ne cessait de répéter que les athlètes velus lui donnaient la nausée. Entre Heathcliff et Linton, c'est manifestement le second qu'elle préférait. Ou qu'elle voulait préférer. Affabulait-elle ou s'abusait-elle, ainsi que Netta et moi ? Et si, en somme, nos secrets n'étaient pas identiques, comme le proclamait ce vieux poison, le Pouchkine inventeur de l'électricité, le policier de la Galilée du nord ? A-t-il réellement cru, jusqu'au bout, que j'avais attaqué sa fille, dans le noir, près des vannes d'irrigation, et que je l'avais violée par deux fois jusqu'à ce qu'elle consente à m'épouser ? Dire qu'il a eu le culot de venir me nasiller à la face qu'il me manquait trois choses, intrinsèquement liées, grâce auxquelles le monde existe — le désir, la joie et la pitié. D'après sa théorie, s'il venait à vous manquer, par exemple, le numéro deux, alors vous manqueraient aussi le numéro un et le numéro trois, et vice versa. Si vous essayez de leur faire comprendre qu'on ne peut négliger l'amour, ils appuient un doigt massif sur les lourdes poches qu'ils ont sous les yeux, tirent un peu la peau vers le bas et vous crachent avec une sorte de dérision imbécile : « Mon œil ! »

— C'est à vous ou c'était là avant ?

— C'était là avant.

— C'est beau, commenta Doubi à voix basse, le dos toujours tourné. Il y a sans doute quelques défauts, mais c'est beau. Tragique.

— Est-il exact que l'animal est plus lourd que son socle ?

— Oui.

— Alors comment expliques-tu que ça ne se casse pas la figure ?

— Ne le prenez pas mal, monsieur Ravid, vous ne posez pas la bonne question. Du point de vue physique, au lieu de chercher à savoir pourquoi ça ne se casse pas la figure, il faut simplement constater que, puisque c'est le cas, c'est la preuve que le centre de gravité se situe au-dessus du socle. C'est tout.

— Et qu'est-ce qui le fait tenir ? Là aussi tu as une réponse miracle ?

— Pas vraiment. On peut imaginer deux ou trois

hypothèses, peut-être plus. Pourquoi est-ce que vous tenez tellement à le savoir ?

Joël éluda. Il avait coutume de prendre son temps même lorsqu'il s'agissait de questions aussi simples que : « Comment vas-tu ? » ou : « As-tu écouté les informations ? » On aurait dit que les mots étaient des objets personnels dont il aurait eu du mal à se défaire. Le garçon patienta. Entre-temps, il observait attentivement le portrait d'Ivria qui avait réapparu sur l'étagère aussi mystérieusement qu'il avait disparu. Joël savait qu'il lui faudrait découvrir qui l'avait retiré et qui l'avait replacé et pour quelle raison, sachant qu'il n'en ferait rien.

— C'est la mère de Netta ? Votre femme ?

— C'était, corrigea Joël. Avec un temps de retard, il répondit à la première question :

— Ce n'est pas très important, tu sais. Ce serait dommage de le casser juste pour savoir de quoi il en retourne.

— Pourquoi s'est-elle suicidée ?

— D'où tiens-tu ça ?

— C'est des potins. En réalité, personne n'en sait rien. Netta dit que...

— Ce que dit Netta n'a aucune valeur. D'ailleurs, elle n'était pas là quand c'est arrivé. Je n'aurais jamais cru que de tels ragots puissent courir ici. C'était un accident, Doubi. Un câble électrique tombé à terre. Je me demande si les commérages vont bon train sur Netta aussi. A propos, est-ce que tu connais Adva, la fille qui doit lui louer une chambre qu'elle a héritée, paraît-il, de sa grand-mère, sur la terrasse de je ne sais quel immeuble dans le vieux quartier de Tel-Aviv ?

Doubi se retourna, se gratta un peu le crâne puis il déclara :

— Ne vous fâchez pas, monsieur Ravid, vous avez tort de la surveiller comme ça. Lâchez-la un peu.

Laissez-la tranquille. Laissez-la vivre. D'après elle, vous vous évertuez à être le père exemplaire. Arrêtez, ça vaudra mieux. Excusez-moi mais, à mon avis, vous ne lui rendez pas service. Bon, il faut que je me sauve. J'ai des tas de choses à faire à la maison parce que ma mère rentre demain et que mon père veut que tout soit nickel. Je suis content d'avoir bavardé avec vous. Au revoir et bonne nuit !

Environ deux semaines plus tard, le lendemain de la première épreuve du baccalauréat, Joël ne fit aucun commentaire quand il surprit sa fille en train d'essayer devant la glace la robe qu'il lui avait offerte le jour où il avait appris le drame de Bangkok, la robe qui adoucissait ses formes anguleuses et la faisait paraître plus droite. Lorsqu'elle rentra, à minuit, il l'attendait dans la cuisine et ils discutèrent du hamsin qui approchait. En son âme et conscience, Joël ne se reconnaissait pas le droit de l'empêcher d'agir à sa guise — Ivria, il en était sûr, aurait fait de même. De plus, au cas où sa mère et sa belle-mère manifesteraient la moindre velléité de s'en mêler, il se promit de les remettre à leur place de manière à leur ôter l'envie de recommencer. Désormais, il serait intraitable.

A deux heures du matin, quelques jours plus tard, il acheva la biographie du chef d'état-major Élazar. Au lieu d'éteindre et de dormir, il se rendit à la cuisine pour boire un verre de lait. Il tomba sur Netta qui, drapée dans une robe de chambre qu'il ne lui connaissait pas, était plongée dans un livre. Quand, à son habitude, il demanda ce que lisait mademoiselle, elle répondit, mi-figue, mi-raisin, qu'elle était en train de réviser le Mandat britannique en vue de l'épreuve d'histoire du baccalauréat.

— Tu veux que je t'aide ? Je m'y connais un peu, tu sais.

— Je sais. Tu veux un sandwich ? Sans attendre sa

réponse, sautant du coq-à-l'âne, elle ajouta : Doubi te tape sur les nerfs, hein ?

Joël médita un moment avant de répondre :

— Détrompe-toi. Je pense, au contraire, qu'il est presque sympathique.

A sa grande surprise, Netta commenta sur un ton presque joyeux :

— Tu sais, papa, c'est exactement ce que Doubi m'a dit à ton sujet, presque mot pour mot.

Le soir de la Fête de l'Indépendance, les Krantz les convièrent tous les quatre à un barbecue dans leur jardin. Cette fois, Joël ne se déroba pas mais se contenta de demander s'il pouvait inviter ses voisins, Ralph et Ann-Mary. Odélia y consentit très volontiers. Vers la fin de la soirée, elle prit Joël à part et lui confia que, lors de son séjour en Europe, il lui avait pris l'envie de flirter un peu — deux fois, à dire vrai, et pas avec le même homme —, qu'elle n'avait vu aucune raison d'en faire mystère et que, depuis, ses rapports avec Arié s'étaient nettement améliorés : ils étaient presque réconciliés, pour l'instant… « en grande partie grâce à vous ».

— Je n'y suis pour rien, remarqua modestement Joël. Au fond, je voulais juste rentrer chez moi indemne.

XLVII

Fin mai, la chatte mit bas pour la seconde fois, sur le même vieux sac, dans la remise du jardin. Une terrible querelle éclata entre Lisa et Avigaïl qui ne se parlèrent plus cinq jours durant jusqu'à ce que cette dernière, avec sa générosité coutumière, prît sur elle — pour une faute qu'elle n'avait pas commise — de demander pardon à Lisa en considération de son état de santé. En effet, dans l'intervalle, Lisa avait eu une légère attaque nécessitant une hospitalisation de deux jours à l'hôpital de Tel-Hachomer. Ce ne fut qu'à sa sortie qu'elle se prêta à son tour à la réconciliation, restant toutefois convaincue, malgré ses dénégations, que seule la méchanceté d'Avigaïl était responsable de son malaise. Lors de l'entretien qu'il accorda à Joël, le médecin de l'hôpital — partageant en cela l'opinion du docteur Litvin — lui assura que, s'il y avait effectivement une certaine aggravation, elle n'était pas très significative. Joël avait renoncé à déchiffrer leur jargon. Une fois raccommodées, Lisa et Avigaïl reprirent leurs matinées bénévoles ainsi que leurs séances de yoga auxquelles s'ajoutait à présent leur participation à l'Association « La Fraternité ».

Pendant les épreuves du baccalauréat, au début du mois de juin, Netta et Doubi se mirent à habiter ensemble dans l'appartement en terrasse de la rue Charles-Netter. Un beau matin, l'armoire de la chambre au grand lit se vida, les murs se dépouillèrent des photographies des poètes, le simulacre de sourire d'Amir Guilboa cessa de déclencher chez Joël le réflexe de rendre au portrait la monnaie de sa pièce et les étagères se vidèrent de leurs collections de chardons et de partitions. La nuit, quand il n'arrivait pas à trouver le sommeil et qu'il se retrouvait à la cuisine, il n'avait d'autre ressource que d'avaler son verre de lait d'un trait, debout, avant de regagner son lit. Ou de prendre la torche pour sortir dans le noir contempler la levée des jeunes pousses. Quelques jours plus tard, une fois que Doubi et Netta eurent arrangé leur intérieur, ils invitèrent Joël, Avigaïl et Lisa, ainsi que Krantz et Odélia, à découvrir la splendide vue sur la mer depuis leur fenêtre. Lorsque Joël aperçut par hasard, sous un vase, un chèque de deux mille shekels à l'ordre de Doubi, il s'isola un instant dans les toilettes pour en établir un autre de trois mille shekels à l'ordre de Netta qu'il glissa subrepticement sous celui de Krantz. Le soir venu, de retour à la maison, il vida l'étroit studio irrespirable de ses vêtements, de ses papiers et de ses draps et déménagea le tout dans la chambre conjugale, à présent vacante, où régnait un air frais dispensé par le climatiseur qu'il avait raccordé également aux chambres des vieilles dames, cependant que le coffre-fort, non verrouillé, restait dans le bureau de M. Kramer — il ne prit pas la peine de le transporter dans sa nouvelle chambre.

Mi-juin, Ralph lui annonça qu'il devait retourner à Detroit au début de l'automne mais qu'Ann-Mary ne s'était pas encore décidée. « Donnez-moi un mois ou deux », les pria Joël, « le temps de me retourner. » Il ravala difficilement sa surprise quand Ann-Mary lui répondit froidement : « Pour qui tu te prends ? Fais ce que tu veux, quand tu veux, mais sache que j'ai moi aussi le droit de me poser des questions à ton sujet. Ralphie rêve qu'on se marie et qu'on l'adopte mais moi, je ne suis pas certaine que ces dispositions-là soient ma tasse de thé pour le moment. Tu es vraiment extraordinaire : autant tu peux être attentionné au lit, autant, pour le reste, tu es plutôt rasoir. A moins que ce ne soit moi qui t'assomme. En tout cas, c'est à Ralphie que je tiens le plus. Réfléchissons-y chacun de notre côté et nous en reparlerons. »

J'ai eu tort, pensa Joël, j'ai vraiment eu tort de la prendre pour une femme-enfant. Dans sa détresse, elle a fait de son mieux pour se conformer au rôle que je lui imposais. Mais voilà, c'est une femme-femme. Pourquoi tant de répugnance à l'admettre ? Le désir et le respect ne pourraient-ils coexister ? Seraient-ils incompatibles ? Serait-ce à cause de cette incompatibilité-là que je n'ai pu ni ne pourrai jamais avoir cette maîtresse esquimaude ? Et si c'était moi qui lui avais menti ? Si c'était elle ? Ou les deux ? Nous verrons bien.

Il repensait souvent à cette fameuse nuit à Helsinki. A quel moment la neige s'était-elle mise à tomber ? Comment avait-il pu faillir à la promesse faite à l'ingénieur tunisien ? Comment avait-il pu aussi être distrait au point de ne pas remarquer si le handicapé se déplaçait dans un fauteuil roulant mécanique, ou si quelqu'un le poussait par-derrière ? Joël avait irrémédiablement échoué à découvrir qui ou quoi, le cas échéant, actionnait le véhicule. En effet, au cours de l'existence, ce n'était qu'une seule fois, peut-être deux, qu'il était donné de vivre cet instant unique, crucial, qu'on se démenait jour après jour à poursuivre, l'instant qui, s'il se laissait saisir, permettrait d'entrevoir enfin la raison pour laquelle la vie se réduisait à une longue et morne suite de modalités, de prévisions, de subterfuges et de dérobades.

Parfois, il imputait cet échec à la fatigue de ses yeux. Pourquoi, cette nuit-là, ne s'était-il pas contenté de téléphoner de sa chambre au lieu d'aller patauger dans la gadoue ? Pourquoi la neige bleuissait-elle et rosissait-elle comme une peau squameuse, partout où l'éclaboussait le halo des réverbères ? Comment avait-il pu égarer son livre et son écharpe et se raser stupidement à la hauteur du Castel, dans la voiture du patron, juste pour faire une bonne impression en arrivant à la maison ? Si seulement il n'avait pas abdiqué, s'il avait eu le cran d'affronter les disputes, voire la rupture, Ivria aurait probablement cédé et accepté de donner à l'enfant son prénom favori, *Cyclamen*. A présent, il devait se résigner. Jusqu'à quel point ? Où se trouvait la limite à ne pas dépasser ? Bonne question, s'écria-t-il soudain à voix haute en posant ses cisailles pour essuyer la sueur qui lui dégouttait du front et lui piquait les yeux. « Tu parles encore tout seul, on dirait un vieux garçon », récrimina sa mère. « Tu finiras par devenir fou si tu continues comme ça ou, à Dieu ne plaise, par tomber malade ! Ou bien tu vas te mettre à prier. Monte une affaire. Tu t'y connais un peu et je t'aiderai à démarrer. Tu veux boire quelque chose ? »

— Imbécile ! s'écria Joël, non pas à l'adresse de sa mère mais en direction d'*Ironside* qui venait de débouler dans leur jardin et qui, dans une course démente, extatique, s'était mis à tracer des huit effrénés sur la pelouse, comme si montaient en lui des bouffées de joie délirante qu'il lui était absolument impossible de refréner. Espèce de chien débile ! Ouste ! Dehors ! Oui, s'il te plaît, répondit-il sans transition à sa mère. Si ça ne te dérange pas trop, j'aimerais un grand verre de soda glacé. Réflexion faite, apporte-moi plutôt la bouteille. Merci. Il se remit au travail.

Un beau matin, quelque temps après, le patron téléphona, non pour l'informer des conclusions de l'enquête sur le fiasco de Bangkok mais pour prendre des nouvelles de Netta. Sa conscription, le ciel nous en préserve, présentait-elle des difficultés ? Avait-elle subi récemment de nouveaux examens médicaux ? Au centre de recrutement, par exemple ? Et si nous contactions... si je contactais... le service des affectations ? Bon. Pourrais-tu lui dire de me rappeler, pas au bureau, chez moi, le soir ? J'ai peut-être un travail à lui proposer chez nous. Quoi qu'il en soit, j'aimerais la voir. Tu n'oublieras pas ?

Joël faillit rétorquer, sans élever le ton : « Va te faire foutre, Cordovero ! » Il n'en fit rien. Il choisit de raccrocher sans un mot et s'en fut se verser un verre de cognac, puis un autre, en dépit de l'heure matinale. Aurait-il raison ? songea-t-il. Ils m'ont sauvé la vie, à moi, un fils de rescapé, un visage pâle diasporique. Non seulement ils ont bâti un État, un pays, mais ils m'ont laissé pénétrer dans le saint des saints. Le hic, c'est qu'ils n'en resteront pas là. Ils ne se contenteront pas de ma vie ni de celles d'autrui, ils exigeront également celle de Netta et ça, il n'en est pas question, pour rien au monde. Fin de la discussion. Si le seul but de la vie, c'est d'en glorifier le caractère sacré, alors vivre signifie mourir. A la fin du mois, Joël commanda les éclairages du jardin ainsi qu'un chauffe-eau solaire et, début août, bien que les négociations avec M. Kramer, le représentant d'El Al à New York, n'eussent pas encore abouti, il fit venir des ouvriers pour remplacer la fenêtre du salon qui donnait sur la pelouse par une baie vitrée. Il acheta une nouvelle boîte aux lettres et un fauteuil à bascule. Il fit également l'acquisition d'un second poste de télévision, plus petit, pour la chambre d'Avigaïl afin que les vieilles dames eussent la possibilité de passer la soirée entre elles quand Ann-Mary et lui-même auraient envie de se mitonner un petit souper en amoureux. Ayant appris par Joël que le voisin roumain, le maître d'*Ironside,* était un génie des échecs, Ralph s'était mis à le fréquenter assidûment, presque chaque soir. Ou bien c'était le vieil homme qui se rendait chez Ralph pour la revanche. Joël rumina ces faits sans y trouver la moindre faute. Mi-août, il savait que ce qu'il obtiendrait de la vente de l'appartement de Talbiye suffirait pratiquement à l'achat de la villa de Kramer, à condition, bien entendu, que ce dernier acceptât de la vendre. En attendant, il se comportait en propriétaire. Quant à Arik Krantz, qui aurait dû veiller aux intérêts du propriétaire en titre, il finit par prendre son courage à deux mains et déclara à Joël : « Tu sais, je suis de ton côté, pas du sien. » En outre, Joël renonça au studio confortable et discret qu'il avait envisagé d'acquérir car on avait proposé à Avigaïl le poste de secrétaire bénévole de l' « Association pour la non-violence dans le monde », pour l'année suivante, à Jérusalem. Il tergiversa jusqu'à la dernière minute — presque jusqu'à la veille du départ de Ralph pour Detroit — avant de prendre définitivement un parti. Était-ce parce que, une nuit, Ann-Mary émit l'hypothèse de retourner à Boston afin de demander une révision du droit de garde de ses deux fillettes ? « Si tu m'aimes, pourquoi ne m'accompagnerais-tu pas ? » ajouta-t-elle. « Ta présence serait d'un grand réconfort. » Sans répondre, Joël se passa lentement le doigt entre son cou et le col de sa chemise et retint un moment l'air dans ses poumons avant d'expirer lentement à travers ses dents à peine entrouvertes.

— C'est difficile, lâcha-t-il.

Puis :

— On verra mais, *a priori,* cela ne me semble guère possible.

Cette nuit-là, quand il s'éveilla et se fraya à tâtons un chemin vers la cuisine, il crut voir avec une netteté et une précision inouïes un gentleman-farmer anglais aux hanches étroites du siècle dernier qui, un fusil à double canon à la main, ses bottes de chasse aux pieds, cheminait pensivement sur un sentier qui serpentait le long d'un marais, précédé d'un chien tacheté. L'animal s'arrêta net et dévisagea son maître avec ses bons yeux de chien fidèle, un peu étonnés, au point que Joël ressentit brutalement la douleur, l'émotion et la tristesse d'une perte irréparable — il réalisa que cet homme songeur et son chien étaient enfouis sous terre à jamais et que seul cet étroit sentier désert, battu par la bruine et le vent glacials, poursuivrait éternellement son parcours sinueux entre les peupliers délavés, sous un ciel blafard. Une fraction de seconde plus tard, l'apparition s'était évanouie.

XLVIII

Un bouton de ta chemise bleu ciel à carreaux est tombé, déclara Lisa.

— Bon, je le recoudrai ce soir. Tu vois bien que je suis occupé.

— Non, ce soir, tu ne le recoudras pas pour la bonne raison que je l'ai déjà fait. Je suis ta mère, Joël, même si ça fait belle lurette que tu l'as oublié.

— Arrête !

— Comme tu l'as oubliée, elle. Comme tu as oublié qu'un homme en bonne santé ne doit pas rester oisif à longueur de journée.

— Écoute. Je dois sortir maintenant. Auparavant, veux-tu que j'aille te chercher ta potion avec un peu d'eau ?

— Autant me faire avaler du poison et on n'en parlera plus. Approche ! Assieds-toi là, à côté de moi. Où est-ce que tu vas me mettre, dis ? Dans la cabane à outils ? A l'hospice ?

Joël posa délicatement sa pince et son tournevis sur la table de la véranda, s'essuya les mains à même son jean et, après une légère hésitation, il s'assit à l'extrême bord de la balancelle, aux pieds de Lisa.

— Ça ne te vaut rien de t'énerver. Que se passe-t-il ? Tu t'es encore disputée avec Avigaïl ?

— Pourquoi as-tu tenu à m'avoir près de toi ? A quoi est-ce que je te sers ?

Joël s'aperçut qu'elle pleurait comme un enfant, sans bruit, les yeux grands ouverts, les joues inondées de larmes, sans la moindre contraction de son visage qu'elle ne cherchait pas à cacher de ses mains.

— Arrête. Ça suffit. On ne te mettra nulle part. Personne ne va t'abandonner. Qui t'a fourré cette sottise dans la tête ?

— De toute façon, tu n'y arriveras pas, sans-cœur que tu es !

— Je n'arriverai pas à quoi ?

— A abandonner ta mère. Parce que, depuis que tu es grand comme ça, tu as commencé à te sauver.

— Je ne sais vraiment pas de quoi tu parles. Je n'ai jamais cherché à fuir.

— Sans arrêt, Joël. Tout le temps, tu t'échappes. Si, ce matin en me réveillant, je ne m'étais pas précipitée sur ta chemise bleue à carreaux, tu n'aurais même pas laissé ta mère te recoudre un bouton. Ça me rappelle une histoire, celle du petit Igor, celui à qui une bosse avait poussé un jour sur le dos. *O cocoacha ca asta.* Laisse-moi finir. Cet imbécile d'Igor s'est mis à courir pour fuir la bosse qui lui grandissait sur le dos et depuis, il ne s'est plus jamais arrêté. Je ne vais pas tarder à mourir Joël, et alors tu brûleras de me poser toutes sortes de questions. Ce n'est pas mieux que tu me les poses maintenant ? Dieu sait les choses que je connais sur toi !

Joël ressentit le dégoût, la pitié de son enfance, ainsi qu'une mosaïque de sentiments confus qu'il préféra ignorer quand il s'obligea à poser sa grosse main laide sur l'épaule décharnée. La retirant presque aussitôt, il l'essuya avec une hâte imperceptible au revers de son jean avant de se lever en concluant :

— Des questions ? Quelles questions ? Bon. D'accord. Je te les poserai, tes questions. Mais une autre fois, maman. Maintenant, je n'ai vraiment pas le temps.

— Très bien, file, murmura Lisa. On aurait dit que sa voix, ses traits avaient subitement vieilli comme si elle n'était plus sa mère mais sa grand-mère, voire son arrière-grand-mère. Une fois qu'il se fut un peu éloigné, elle ajouta, ses lèvres seules remuant en une sorte d'approbation intérieure :

— Dieu lui pardonne !

Vers la fin du mois d'août, Kramer donna le feu vert pour la vente de sa maison dont le prix excédait de neuf mille dollars la somme que Krantz avait obtenue de l'appartement de Talbiye, cédé aux héritiers de leur défunt voisin, Itamar Vitkin. Joël décida de se rendre à Metulla afin de demander cet argent à Nakdimon à titre d'avance sur les revenus qu'il percevait de la part héritée de Lublin père ou dans le cadre d'un autre arrangement. Le petit déjeuner expédié, il descendit du haut de l'armoire son sac de voyage dont il ne s'était pas servi depuis un an et demi, y rangea une chemise, des sous-vêtements et son nécessaire de toilette au cas où il devrait s'attarder dans la vieille maison de pierre à l'extrémité nord du village, si Nakdimon venait à faire des difficultés ou à soulever des objections. L'idée d'y passer une nuit ou deux lui fit soudain chaud au cœur. En ouvrant la poche latérale du sac, il trouva un paquet rectangulaire et craignit d'y avoir oublié une vieille bonbonnière, à présent complètement moisie. Avec d'infinies précautions, il saisit l'objet, enveloppé dans du papier journal jauni, et le déposa sur la table. Ce faisant, il vit qu'il s'agissait d'un journal finnois. Il marqua un temps d'hésitation puis entreprit de défaire l'emballage comme on le lui avait enseigné autrefois au cours d'un entraînement spécial. Ce n'était que *Mrs. Dalloway* qu'il plaça dans la bibliothèque, exactement à côté de l'exemplaire qu'il avait acheté à la librairie du centre commercial de Ramat-Lotan, en août dernier, présumant — à tort — l'avoir oublié dans sa chambre d'hôtel, à Helsinki. Joël ajourna donc son voyage à Metulla. Il se borna à donner un coup de fil à Nakdimon lequel, comprenant immédiatement de quoi il était question, l'interrompit :

— Pas de problème, Captain. Je connais ton numéro. Ce sera viré sur ton compte dans trois jours.

XLIX

Insouciant, il errait dans l'entrelacs des ruelles derrière son guide, un homme mince et délicat, au sourire figé, aux gestes amples, qui se confondait en courbettes obséquieuses. Dans une chaleur d'étuve, moite et visqueuse, des nuées d'insectes et de reptiles volants jaillissaient au sein de miasmes délétères. Ils traversaient sans trêve des ponts de bois branlants, aux planches à moitié rongées par la moisissure, qui enjambaient des canaux à l'eau croupissante, masquée par d'épaisses vapeurs méphitiques. Dans les rues bondées, une foule taciturne flânait nonchalamment parmi les relents de pourriture et d'encens qu'exhalaient les autels domestiques, auxquels se mêlait une âcre fumée de bois humide consumé. Au milieu de cette cohue où chaque homme ressemblait à s'y méprendre à son guide — ainsi que les femmes, à croire que les sexes y étaient indifférenciés —, il lui paraissait miraculeux de ne pas le perdre de vue. En raison d'un précepte religieux interdisant d'abattre les animaux, pullulaient dans les cours, sur les trottoirs et les ruelles de terre battue, des chiens lépreux, des hordes d'énormes rats, des chats galeux, des souris grises aux petits yeux rouges perçants, qui cheminaient en procession, impavides et flegmatiques. A chaque pas, dans les éclaboussures d'une humeur poisseuse marron sale, il écrasait des cancrelats monstrueux — certains avaient la taille de côtelettes — qui, par inertie, indifférence, ou par une prostration de cafards, ne cherchaient même pas à échapper à leur destin. Le bourbier dégageait une odeur pestilentielle d'égout à ciel ouvert, de poissons gâtés, de friture, de fruits de mer avariés, âcre mélange de procréation et de mort. Exilé loin d'elle, il ne songeait qu'à retourner dans cette cité putride, fournaise poisseuse qu'il désirait fuir à tout jamais à peine revenu. Il se cramponnait toujours à son guide. S'agissait-il bien du même homme ou d'un autre, d'un deuxième, voire d'un troisième ? — silhouette protéiforme parmi une multitude de jeunes éphèbes efféminés — ou d'une jeune fille déguisée en garçon, créature insaisissable, happée par la marée de ses sœurs jumelles qui glissaient à travers les cataractes tombées du ciel comme si, des étages supérieurs, on vidait simultanément, à pleins seaux, l'eau qui avait servi à laver et à cuire le poisson. La ville était bâtie sur un delta marécageux si bien que, en période de crue ou non, il n'était pas rare que fussent submergés des quartiers entiers dont les habitants, pataugeant jusqu'au genou, des boîtes en fer-blanc à la main, l'échine profondément courbée tels des pénitents, se mettaient alors à pourchasser, à travers leurs taudis, le menu fretin entraîné par les flots. Dehors régnaient en permanence un vacarme assourdissant ainsi que la puanteur des émanations d'essence, les antiques véhicules étant pour la plupart démunis de tuyaux d'échappement. Au milieu des taxis délabrés, déambulaient des *rickshaws* tirés par des adolescents ou des vieillards et des cyclopousse, taxis à pédale improvisés. Des hommes étiques, à demi nus, transportaient sur leurs épaules des bidons arrimés aux deux bouts d'une souple palanche concave. Dans les eaux fangeuses du fleuve incandescent qui traversait la ville, un maelström de chalands lourdement chargés, de sampans, de barques et de radeaux croulant sous des monceaux de viande crue sanguinolente et des pyramides de légumes et de poissons argentés, se frayaient un passage parmi les débris de barils de bois et les cadavres ballonnés de buffles, de chiens ou de singes. A l'horizon, entre l'enchevêtrement des misérables masures, émergeaient des palais, des tourelles et des pagodes dont les ors flamboyaient au soleil. A chaque coin de rue, des bonzes rasés — statues en robe safran — tendaient un bol de cuivre dans l'attente d'une obole de riz. Devant l'entrée des bicoques, dans chaque courée, se dressaient les autels des ancêtres, pareils à des maisons de poupée avec leurs meubles miniatures et leurs ornements dorés — là, auprès de ses parents dont elle surveillait les moindres actes, reposait l'âme du mort qu'on nourrissait quotidiennement d'une minuscule portion de riz accompagnée d'un dé de liqueur. De petites prostituées indolentes, des petites filles âgées de douze ans dont la chair valait dix dollars, assises sur les barrières ou au bord des trottoirs, jouaient avec des poupées de chiffon. Jamais il ne vit de couple marcher dans la rue, enlacé ou se tenant par la main. Ils avaient quitté la ville noyée sous la pluie. A présent, le guide, dont la démarche élastique faisait presque croire qu'il dansait ou qu'il planait, avait cessé ses courbettes — il ne souriait plus et ne se donnait même plus la peine de tourner la tête pour vérifier si son client le suivait toujours. La pluie chaude transperçait sans pitié le buffle attelé à une charrette chargée de bambous et l'éléphant ployant sous les cageots de légumes, inondait les rizières glauques, glissait sur les palmes des cocotiers, transmuées en déités monstrueuses à la poitrine, à la croupe et aux cuisses hérissées d'une multitude de lourds seins flasques, et ruisselait sur les toits de chaume des huttes, élevées sur pilotis de bois largement espacés. Immergée jusqu'au cou, une femme aux innombrables jupons se baignait dans l'eau croupie du canal ou disposait des nasses. Et que dire du flot endigué ? Comment décrire le silence du pitoyable temple où la pluie, qui redoublait d'intensité, n'épargnait pas les salles du sanctuaire, séparées par des cloisons de glace destinées à égarer les esprits malfaisants, incapables d'avancer autrement qu'en lignes droites, aussi funestes qu'étaient belles et bonnes les courbes, paraboles, hyperboles et autres ellipses. Son guide s'était éclipsé. Survint un bonze au visage grêlé — un eunuque ? — qui déclara dans un hébreu étrange : « Ce n'est pas encore prêt. Ça ne suffit pas. » La pluie tiède tombait à verse quand Joël, ruisselant de sueur, se réveilla sur le canapé du salon où il s'était endormi, tout habillé. Il se dévêtit, se leva pour éteindre la télévision floconneuse et s'en fut brancher le climatiseur dans sa chambre avant d'aller prendre une douche froide. Ensuite, il sortit fermer les tourniquets du jardin et rentra se coucher.

L

Le vingt-trois août au soir, à neuf heures et demie, il gara soigneusement sa voiture entre deux Subaru, dans le parking réservé aux visiteurs, face à la sortie, prête à démarrer. Après s'être assuré que les portières étaient bien verrouillées, il gagna le hall de réception parcimonieusement éclairé au néon, et demanda où se trouvait le service d'orthopédie numéro trois. Au moment de pénétrer dans l'ascenseur, d'un coup d'œil machinal, il dévisagea soigneusement les personnes qui s'y trouvaient et ne remarqua rien de suspect.

Quand il arriva à destination, une infirmière d'âge mûr, aux lèvres épaisses et aux yeux haineux, l'interpella en objectant d'un ton péremptoire qu'à pareille heure les visites étaient rigoureusement interdites. Déconcerté, Joël battit en retraite : « Veuillez m'excuser, madame », finit-il par articuler timidement, « il y a sûrement un malentendu. Je m'appelle Sacha Schein. Je ne suis pas venu voir un malade mais M. Arié Krantz ; il devait m'attendre ici. »

Le visage de l'ogresse s'éclaira instantanément et ses lèvres charnues esquissèrent un sourire amical.

— Mais bien sûr, que je suis bête, vous êtes l'ami d'Arik, le nouveau bénévole ! s'écria-t-elle avec enthousiasme. A la bonne heure, soyez le bienvenu ! Puis-je vous offrir une tasse de café ? Non ? Bon. Je vous en prie, asseyez-vous. Arik va arriver tout de suite, il est descendu chercher une bouteille d'oxygène. Arik est notre ange gardien, vous savez. L'être le plus merveilleux, le plus dévoué, le plus charitable que j'aie jamais vu. Un des trente-six justes, c'est sûr. Voulez-vous que je vous fasse visiter notre royaume en attendant ? Au fait, mon nom est Maxime, mais tout le monde m'appelle Max. Ne vous gênez pas pour en faire autant. Et vous ? Sacha ? Monsieur Schein ? C'est une blague ? Quel curieux nom ! Vous avez pourtant bel et bien l'air d'être d'ici... — ce sont les grands malades sous surveillance spéciale — vous ne seriez pas chef de bataillon par hasard ou P.-D.G. ? Attendez. Ne dites rien. Laissez-moi deviner. Voyons, officier de police ? C'est ça ? Vous avez commis une faute ? Votre commission de discipline, quel que soit le nom que vous lui donnez, vous a condamné à une période de travaux d'utilité publique ? Non ? Personne ne vous force à répondre. Va pour Sacha Schein. Pourquoi pas ? Les amis d'Arik sont mes amis. Celui qui ne le connaît pas et qui s'en tient aux apparences le prendra pour un poseur. Mais celui qui a des yeux pour voir s'apercevra que ce n'est qu'un masque. Il fait un tel cinéma qu'on ne se rend pas tout de suite compte à quel point il est formidable. C'est ici qu'on se lave les mains. Utilisez le liquide bleu que vous voyez là et soyez gentil de bien vous savonner. C'est parfait. Les serviettes en papier sont à côté. Maintenant mettez une blouse, une de celles qui sont accrochées là-bas. Vous pourriez au moins me mettre sur la voie, me dire si je brûle ou si je me fourvoie complètement. Cette porte est celle des toilettes des malades qui peuvent se lever et des visiteurs. Celles du personnel se trouvent au bout du couloir. Ah, voilà Arik ! S'il te plaît, Arik, tu veux bien montrer à ton ami où est la buanderie ? Il peut commencer à mettre les draps et les housses propres dans le chariot. La Yéménite du trois a demandé qu'on vide son vase. Inutile de te dépêcher, il n'y a pas le feu, elle réclame quelque chose à tout bout de champ juste pour qu'on s'occupe d'elle. Sacha ? D'accord. Je n'ai pas d'objection. Mais il s'appelle Sacha comme moi Ofra Haza ! Enfin ! Y a-t-il autre chose ? Bon. Je me sauve. J'allais oublier de te dire que Greta a téléphoné pendant que tu étais en bas pour prévenir qu'elle ne viendrait pas cette nuit mais demain.

Ainsi s'engagea la nouvelle vie de Joël qui, deux nuits par semaine, devenait un garçon de salle bénévole, comme Krantz l'y incitait sans désemparer. D'emblée, il n'eut aucun mal à démêler le faux du vrai : s'il était exact que Krantz avait à l'hôpital une amie, volontaire elle aussi, prénommée Greta, qu'il leur arrivait de disparaître sur le coup d'une heure du matin durant près d'un quart d'heure, que les deux infirmières stagiaires, Christina et Iris, existaient effectivement — quoique Joël eût bien fait leur connaissance, deux mois plus tard, il ne parvenait toujours pas à les distinguer l'une de l'autre et n'avait d'ailleurs même pas essayé —, il était par contre mensonger qu'Arik passât son temps à faire l'amour. Au contraire, l'agent immobilier accomplissait sa tâche avec le plus grand sérieux, avec abnégation, avec un air si rayonnant que, parfois, Joël ne pouvait s'empêcher de s'interrompre quelques secondes pour l'examiner à la dérobée. Il éprouvait très souvent de brusques accès de timidité ainsi que l'irrépressible besoin de s'excuser. De quoi ? il n'aurait su le dire. Mais il faisait l'impossible pour ne pas demeurer à la traîne.

Les premiers temps, on le pria de travailler à la buanderie. Apparemment, la blanchisserie de l'hôpital fonctionnait même la nuit — à deux heures du matin, deux employés arabes venaient chercher la lessive du service. Joël devait séparer le linge à bouillir du synthétique, vider les poches des pyjamas sales et inscrire sur le formulaire adéquat le nombre total de draps, de taies d'oreiller... qu'il venait de trier. Les taches de sang, de crachats et de déjections, les relents aigres d'urine, les remugles de transpiration et de vomi qui souillaient les draps et les pantalons de pyjamas, les traces de médicaments, l'air vicié et l'odeur de maladie, ne suscitaient en lui aucune aversion, malaise ni répugnance, mais un sentiment de triomphe qu'il savourait sans honte, quoique secrètement ; qu'il ne s'évertuait plus, selon son invariable habitude, à déchiffrer, et auquel il s'abandonnait avec une sorte d'exaltation intérieure : je suis vivant. Donc je suis solidaire. Moi et pas les morts.

Il avait quelquefois l'occasion d'étudier Krantz quand, poussant un lit roulant d'une main et brandissant de l'autre un flacon de sérum, il transférait des urgences au service d'orthopédie un soldat, évacué du Sud-Liban en hélicoptère, qui était arrivé au début de la nuit. Ou une femme aux jambes sectionnées lors d'un accident de la route. Parfois, Max ou Arik lui demandaient de leur prêter main-forte pour installer sur son lit un blessé souffrant de multiples fractures du crâne. Quelques semaines plus tard, on commençait déjà à lui faire confiance. Il avait retrouvé ses capacités de concentration — dire qu'il n'y avait pas si longtemps, il avait tenté de persuader Netta qu'elles l'avaient définitivement abandonné ! Lorsque les infirmières étaient débordées, il était capable de régler seul le goutte-à-goutte d'une perfusion, d'introduire un cathéter ou de surveiller une sonde. Il manifestait notamment l'extraordinaire pouvoir de calmer et de rassurer. Si un patient se mettait brusquement à hurler, il lui suffisait de poser une main sur son front et l'autre sur son épaule pour le faire taire, non pas qu'il eût le don miraculeux d'effacer la douleur mais parce qu'il avait correctement identifié la nature de ces cris : ce n'était pas de la douleur, mais de l'angoisse qu'il était en mesure d'apaiser d'une caresse et de quelques mots de réconfort. Les médecins eux-mêmes en prirent conscience et il n'était pas rare que l'interne de garde le fît appeler de son tas de linge sale dans les cas où la morphine s'avérait impuissante.

Pardon, madame, commençait Joël. Comment vous appelez-vous ? Oui, je sais, ça vous démange horriblement. C'est intolérable, vous avez raison. Mais c'est bon signe. C'est la preuve que l'opération a réussi. Demain, ça brûlera un peu moins et après-demain, croyez-moi, c'est à peine si ça vous chatouillera.

Ou bien :

— Laissez-vous aller, mon vieux. Vomissez. Il ne faut pas avoir honte. C'est très bien. Vous vous sentirez beaucoup mieux après.

Ou encore :

— Mais oui, je vous assure. Elle est venue pendant que vous dormiez. Elle vous aime très fort. Ça saute aux yeux.

Quand il lui arrivait, d'une certaine manière, d'éprouver dans sa chair les souffrances des malades ou des blessés, Joël, inexplicablement, ne cherchait pas à comprendre. Du moins le croyait-il. Cette douleur le fascinait, éveillant en lui une espèce de félicité. Mieux que les médecins, mieux que Max, Arik et les autres, Joël était capable d'amadouer les familles affligées, lesquelles se répandaient en sanglots, voire en violentes menaces. Il dosait habilement la pitié et la fermeté, la sympathie, le chagrin et la compétence. Dans la formule consacrée : « J'ai le grand regret de vous dire que je ne sais pas », il instillait une goutte de compréhension, empreinte de détermination et de réserve si bien que, après une brève hésitation, les plus désespérés étaient gagnés par la mystérieuse certitude qu'ils avaient affaire à un coreligionnaire subtil et valeureux qui se battait pour eux contre l'adversité, et ne capitulerait pas facilement.

Une nuit, un médecin — un tout jeune homme — qu'il ne connaissait pas lui demanda d'aller chercher un dossier qu'il avait oublié sur sa table, dans un autre service. Quand, revenant quelques minutes plus tard sans la chemise, Joël lui expliqua que le bureau était fermé à clef, l'interne explosa : « Vous avez intérêt à me la dégoter dare-dare cette clef, empoté que vous êtes ! » Bien loin de le blesser, cette brusque sortie lui fut presque agréable.

Chaque fois qu'il lui était donné d'assister à l'agonie d'un malade, Joël s'arrangeait pour se libérer afin d'observer à loisir la mort faire son œuvre. Grâce à ses antennes hypersensibles, il enregistrait le moindre détail dans sa mémoire avant de s'en retourner compter les seringues, nettoyer les toilettes ou trier le linge sale. Ce faisant, il déroulait au ralenti le film des dernières convulsions, en plans rapprochés qu'il scrutait par le menu comme s'il lui incombait de déceler un vacillement insolite — mirage ou illusion d'optique.

A plusieurs reprises, il aida un vieux Juif, sénile et baveux, à trottiner sur ses béquilles jusqu'aux toilettes. Joël lui baissait son pantalon, l'installait sur la lunette et, s'agenouillant, il lui maintenait les jambes tandis que, au prix d'atroces douleurs, l'infirme soulageait son intestin flatulent. Ensuite, avec une infinie douceur pour ne pas lui faire mal, Joël essuyait les salissures mêlées de sang. Enfin, il se lavait longuement les mains avec une solution savonneuse antiseptique avant de recoucher le vieillard et de déposer, avec de grandes précautions, les béquilles au chevet de son lit. Sans échanger une seule parole.

Une nuit que leur tour de garde touchait à sa fin — il devait être une heure du matin — alors que tout le monde était assis autour d'une tasse de café turc dans la petite salle attenante au poste de l'infirmière, Christina, ou Iris, déclara :

— Tu aurais dû être médecin.

Joël prit son temps avant de répondre :

— Non. J'ai horreur du sang.

Max s'en mêla :

— Ma parole, quel sacré menteur ! Dieu sait si j'en ai rencontré dans ma vie, mais un comme lui, jamais. C'est ça le véritable menteur : celui qui ne ment pas. Quelqu'un veut encore du café ?

— A première vue, remarqua Greta, on dirait qu'il est perpétuellement dans les nuages, qu'il vit sur une autre planète. Il ne voit rien, n'entend rien. Même maintenant qu'on parle de lui, il fait celui qui n'écoute pas. Après, on s'aperçoit que chaque chose est méthodiquement répertoriée dans sa tête. Fais gaffe, Arik !

Joël, reposant délicatement sa tasse sur la table de Formica maculée, comme s'il craignait de blesser l'une ou l'autre, se passa deux doigts entre son cou et le col de sa chemise en disant :

— Le petit Guilad Danino de la chambre quatre a fait un cauchemar. Je l'ai autorisé à dessiner sur le comptoir du box à côté, et je lui ai promis aussi de lui raconter une histoire d'espionnage. Bon, j'y vais. Merci pour le café, Greta. Arik, avant de partir, fais-moi penser à faire l'inventaire des tasses fêlées.

A deux heures et quart cette nuit-là, alors qu'à bout de force ils se traînaient en silence vers le parking, Joël s'enquit :

— Es-tu allé rue Charles-Netter dernièrement ?

— Moi, non, mais Odélia oui. Elle m'a dit qu'elle t'y avait rencontré et que vous aviez joué au Scrabble avec les enfants. J'y ferai probablement un saut demain. Greta me tue. Ce n'est plus de mon âge...

— Demain est un autre jour, commenta Joël.

Soudain, il ajouta :

— Tu es un chic type, Arié.

— Merci. Toi aussi.

— Bonne nuit, mon vieux. Sois prudent en rentrant.

Joël abandonna toute velléité de résistance. Désormais, les yeux las mais grands ouverts, il se bornerait, faute de mieux, à scruter sans mot dire le cœur des ténèbres — dût-il se concentrer sans jamais relâcher sa vigilance, heure après heure, jour et nuit, durant des années —, dans l'espoir de contempler l'instant fulgurant, unique, où se déchirerait brusquement le voile, où se produirait l'illumination, le vacillement fugace qu'il ne faut, à aucun prix, manquer ou mésestimer. Car peut-être révèle-t-il ce en face de quoi nous ne sommes qu'émotion et humilité.

Le Livre de Poche Biblio

Extrait du catalogue

Sherwood ANDERSON
Pauvre Blanc

Guillaume APOLLINAIRE
L'Hérésiarque et Cie

Miguel Angel ASTURIAS
Le Pape vert

James BALDWIN
Harlem Quartet

Djuna BARNES
La Passion

Adolfo BIOY CASARES
Journal de la guerre au cochon

Karen BLIXEN
Sept contes gothiques

Mikhail BOULGAKOV
La Garde blanche
Le Maître et Marguerite
J'ai tué
Les Œufs fatidiques

Ivan BOUNINE
Les Allées sombres

André BRETON
Anthologie de l'humour noir
Arcane 17

Erskine CALDWELL
Les Braves Gens du Tennessee

Italo CALVINO
Le Vicomte pourfendu

Elias CANETTI
Histoire d'une jeunesse (1905-1921) - *La langue sauvée*
Histoire d'une vie (1921-1931) - *Le flambeau dans l'oreille*
Histoire d'une vie (1931-1937) *Jeux de regard*
Les Voix de Marrakech
Le Témoin auriculaire

Raymond CARVER
Les Vitamines du bonheur
Parlez-moi d'amour
Tais-toi, je t'en prie

Camillo José CELA
Le Joli Crime du carabinier

Blaise CENDRARS
Rhum

Varlam CHALAMOV
La Nuit
Quai de l'enfer

Jacques CHARDONNE
Les Destinées sentimentales
L'Amour c'est beaucoup plus que l'amour

Jerome CHARYN
Frog

Bruce CHATWIN
Le Chant des pistes

Hugo CLAUS
Honte

Joseph CONRAD et Ford MADOX FORD
L'Aventure

René CREVEL
La Mort difficile
Mon corps et moi

Alfred DÖBLIN
Le Tigre bleu
L'Empoisonnement

Iouri DOMBROVSKI
La Faculté de l'inutile

Friedrich DÜRRENMATT
La Panne
La Visite de la vieille dame
La Mission

Paula FOX
Pauvre Georges !

Jean GIONO
Mort d'un personnage
Le Serpent d'étoiles
Triomphe de la vie
Les Vraies Richesses

Lars GUSTAFSSON
La Mort d'un apiculteur

Knut HAMSUN
La Faim
Esclaves de l'amour
Mystères
Victoria

Hermann HESSE
Rosshalde
L'Enfance d'un magicien
Le Dernier Été de Klingsor
Peter Camenzind
Le poète chinois

Bohumil HRABAL
Moi qui ai servi le roi d'Angleterre

Yasushi INOUÉ
Le Fusil de chasse
Le Faussaire

Henry JAMES
Roderick Hudson
La Coupe d'or
Le Tour d'écrou

Ernst JÜNGER
Orages d'acier
Jardins et routes
(Journal I, 1939-1940)
Premier journal parisien
(Journal II, 1941-1943)
Second journal parisien
(Journal III, 1943-1945)
La Cabane dans la vigne
(Journal IV, 1945-1948)
Héliopolis
Abeilles de verre

Ismaïl KADARÉ
Avril brisé
Qui a ramené Doruntine ?
Le Général de l'armée morte
Invitation à un concert officiel
La Niche de la honte
L'Année noire

Franz KAFKA
Journal

Yasunari KAWABATA
Les Belles Endormies
Pays de neige
La Danseuse d'Izu
Le Lac
Kyôto
Le Grondement de la montagne
Le Maître ou le tournoi de go
Chronique d'Asakusa

Abé KÔBÔ
La Femme des sables

Andrzeij KUSNIEWICZ
L'État d'apesanteur

Pär LAGERKVIST
Barabbas

LAO SHE
Le Pousse-pousse
Un fils tombé du ciel

D.H. LAWRENCE
Le Serpent à plumes

Primo LEVI
Lilith
Le Fabricant de miroirs

Sinclair LEWIS
Babbitt

LUXUN
Histoire d'AQ : Véridique biographie

Carson McCULLERS
Le cœur est un chasseur solitaire
Reflets dans un œil d'or
La Ballade du café triste
L'Horloge sans aiguilles
Frankie Addams
Le Cœur hypothéqué

Naguib MAHFOUZ
Impasse des deux palais
Le Palais du désir
Le Jardin du passé

Thomas MANN
Le Docteur Faustus

Katherine MANSFIELD
La Journée de Mr. Reginald Peacock

Henry MILLER
Un diable au paradis
Le Colosse de Maroussi
Max et les phagocytes

Paul MORAND
La Route des Indes
Bains de mer

Vladimir NABOKOV
Ada ou l'ardeur

Anaïs NIN
Journal 1 - *1931-1934*
Journal 2 - *1934-1939*
Journal 3 - *1939-1944*
Journal 4 - *1944-1947*

Joyce Carol OATES
Le Pays des merveilles

Edna O'BRIEN
Un cœur fanatique
Une rose dans le cœur

PA KIN
Famille

Mervyn PEAKE
Titus d'Enfer

Robert PENN WARREN
Les Fous du roi

Leo PERUTZ
La Neige de saint Pierre
La Troisième Balle
La Nuit sous le pont de pierre
Turlupin
Le Maître du jugement dernier
Où roules-tu, petite pomme ?

Luigi PIRANDELLO
La Dernière Séquence
Feu Mathias Pascal

Ezra POUND
Les Cantos

Augusto ROA BASTOS
Moi, le Suprême

Joseph ROTH
Le Poids de la grâce
Raymond ROUSSEL
Impressions d'Afrique
Salman RUSHDIE
Les Enfants de minuit
Arthur SCHNITZLER
Vienne au crépuscule
Une jeunesse viennoise
Le Lieutenant Gustel
Thérèse
Les Dernières Cartes
Leonardo SCIASCIA
Œil de chèvre
La Sorcière et le Capitaine
Monsieur le Député
Petites Chroniques
Isaac Bashevis SINGER
Shosha
Le Domaine

André SINIAVSKI
Bonne nuit !
Alexandre VIALATTE
La Dame du Job
La Maison du joueur de flûte
Franz WERFEL
Le Passé ressuscité
Thornton WILDER
Le Pont du roi Saint-Louis
Mr. North
Virginia WOOLF
Orlando
Les Vagues
Mrs. Dalloway
La Promenade au phare
La Chambre de Jacob
Années
Entre les actes
Flush
Instants de vie

Composition réalisée par BUSSIÈRE 18200 Saint-Amand-Montrond

IMPRIMÉ EN FRANCE PAR BRODARD ET TAUPIN
Usine de La Flèche (Sarthe).
LIBRAIRIE GÉNÉRALE FRANÇAISE - 6, rue Pierre-Sarrazin - 75006 Paris.

ISBN : 2 - 253 - 06189 - 1 30/9538/7